Promesses trahies

*

Un irrésistible rival

Collection : Azur

Titre original :
CLAIMING HIS WEDDING NIGHT CONSEQUENCE

HARPERCOLLINS FRANCE
83-85, boulevard Vincent-Auriol, 75646 PARIS CEDEX 13
Service Lectrices — Tél. : 01 45 82 47 47

www.harlequin.fr

ISBN 978-2-2804-2904-7 — ISSN 0993-4448

ABBY GREEN

Promesses trahies

Traduction française de
FRANÇOISE PINTO-MAÏA

Azur

HARLEQUIN

1.

« Je suis désolé de vous apporter de mauvaises nouvelles, *signorina* Caruso. Votre père avait accumulé des dettes depuis des années pour maintenir son activité et, aujourd'hui, la banque menace de saisir le *castello*, à moins que vous le rachetiez au prix du marché. Mais vu l'état de vos finances, je crains que ce ne soit impossible... »

Postée devant la baie vitrée du grand salon, Chiara s'enveloppa de ses bras, en un geste réconfortant. L'avant-veille, deux jours après les obsèques de ses parents, elle avait reçu la visite de l'avocat de son père. Depuis, à chaque instant, ses paroles ne cessaient de tourbillonner douloureusement dans son esprit confus. Mais elle ne voyait pas comment s'extraire de cette situation. Aucune solution ne semblait lui éviter de tout perdre.

Elle avait vécu toute sa vie au *castello* Caruso, l'imposant château familial fièrement dressé sur un des belvédères à l'escarpement abrupt du littoral sicilien. La belle demeure avait été au centre d'une exploitation florissante autrefois, grâce aux oliveraies et aux vergers attenants. Mais la récession avait durement touché le secteur. Faute de demande, les récoltes avaient séché sur place et les propriétaires avaient été contraints de se séparer du personnel.

Chiara soupira. Son père avait fait de son mieux, sans succès. Elle avait souvent proposé de le seconder, mais il avait refusé de l'informer de ses affaires, jugeant cette activité inappropriée pour une jeune femme. Dire qu'il s'était endetté pour leur épargner la ruine et qu'elle n'en avait rien su…

Elle s'en voulait terriblement de ne pas avoir insisté davantage, mais elle avait passé tout son temps à s'occuper de sa mère malade. Jusqu'à la tragédie survenue une semaine plus tôt.

Son père avait décidé d'emmener son épouse à sa séance de chimiothérapie à l'hôpital de Reggio Calabria. Ce matin-là, Chiara s'était vue ordonner de descendre au village pour trouver un emploi, parce qu'elle ne pouvait pas se contenter de soigner sa mère. Il avait parlé sèchement, comme à son habitude, ne cachant jamais sa déception d'avoir pour seul enfant une fille.

Chiara était allée au centre-ville, mais aucun des petits travaux qu'on lui avait proposés ne convenait et son manque de qualifications lui était apparu plus violemment que jamais. Enfant, elle avait eu une santé fragile, en conséquence son éducation avait été faite à domicile. Pourtant, en grandissant, elle avait repris des forces, mais ses parents avaient préféré la garder auprès d'eux.

Humiliée, elle était retournée au *castello* et avait constaté que ses parents n'étaient pas encore rentrés de l'hôpital. Elle avait alors profité de ce moment de liberté pour aller jusqu'à son refuge, une petite plage enclavée au pied des falaises et qui n'était pas visible du château. Là, elle s'était mise à rêvasser. Comment aurait-elle pu deviner qu'au même moment ses parents trouvaient la mort dans un terrible accident de voiture ?

Oh ! mon Dieu…

Chiara cilla furieusement pour contenir ses larmes. Ce qui aggravait son sentiment de culpabilité, c'était l'illusion dans laquelle elle s'était complu — toujours la même depuis des années : voyager à travers le monde, puis rencontrer un homme séduisant et connaître avec lui l'amour et la passion…

Elle laissa échapper une sorte de hoquet. Elle qui s'était rêvée libre, eh bien elle l'était maintenant. Mais à quel prix !

Elle avait perdu les siens et bientôt elle n'aurait même plus de maison…

Elle se sentait si seule ! N'ayant ni frère ni sœur, elle s'était toujours promis de s'entourer d'une grande famille, et surtout, qu'aucun de ses enfants ne connaîtrait la solitude dont elle avait souffert. Car l'affection de sa mère n'avait pas compensé le détachement de son père à son égard.

Arrête ! Inutile de t'apitoyer sur ton sort, songea-t-elle en se ressaisissant. Elle avait des questions urgentes à résoudre. Où irait-elle ? Qu'allait-elle devenir ? Où trouverait-elle du travail ?

Le problème, c'était qu'elle n'était pas du tout préparée à vivre hors des murs du *castello*. En dépit de ses envies de voyage, elle avait toujours su au plus profond d'elle-même que cette demeure ancestrale resterait son port d'attache et l'accueillerait dès qu'elle déciderait d'y revenir. Plus tard, elle y aurait abrité sa famille nombreuse. Imaginer quitter définitivement ce lieu si cher à ses yeux lui était horriblement douloureux et terrifiant.

Sentant une légère pression contre sa jambe, Chiara baissa les yeux vers Spiro, le chien des Caruso, un berger sicilien de presque quinze ans. Il leva vers elle son regard triste et poussa un gémissement.

Chiara le caressa. Mon Dieu, que ferait-elle de lui quand elle partirait d'ici ?

À cet instant, un bruit de moteur se fit entendre au-dehors. Spiro se raidit sur ses pattes et émit un faible aboiement. Chiara regarda par la fenêtre. Une belle voiture de sport gris métallisé remontait l'allée du château. Il y avait belle lurette que le portail automatique de la propriété ne fonctionnait plus.

L'avocat avait bien parlé d'un homme d'affaires qui avait une proposition à lui faire mais, trop bouleversée par les nouvelles désastreuses qu'il venait de lui annoncer, elle n'y avait pas prêté attention. C'était sans doute lui qui venait visiter les lieux.

Chiara se sentit irritée. Comment un parfait inconnu osait-il la déranger en un moment pareil ?

La voiture rutilante s'arrêta dans la cour principale qui parut étrangement laide et délabrée tout à coup. Rassurant Spiro d'une caresse, Chiara traversa le hall, bien décidée à dire au visiteur de revenir un autre jour. Mais y aurait-il une autre occasion ? Elle ne savait pas si les banques étaient réactives dans ces cas-là. Risquait-elle d'être jetée dehors à la fin de la semaine ?

En proie à une panique croissante, elle ouvrit la lourde porte de chêne. Éblouie par le soleil, elle ne vit d'abord qu'une silhouette qui gravissait prestement les degrés du perron.

Elle allait s'abriter les yeux quand l'homme parvint à la dernière marche et masqua la lumière du jour de sa haute taille. Malgré tout, Chiara tenta d'adapter sa vue à plusieurs reprises. Car elle n'avait jamais rencontré un tel homme. C'était le genre de personnage qu'elle n'avait vu qu'en rêve ou qu'on décrivait dans les romans.

Ses cheveux bruns, épais et légèrement ébouriffés, auréolaient un visage d'une beauté sauvage. Des pommettes saillantes et un nez aquilin lui conféraient un air aristocratique, comme le dessin ferme de sa bouche. Il avait des yeux sombres, un port de tête altier, et toute son allure dégageait un mélange de sévérité et de sensualité décadente.

Un frisson parcourut Chiara, l'atteignant jusqu'au tréfonds de son être.

— Puis-je vous aider ? demanda-t-elle en se ressaisissant.

L'homme posa sur elle un regard précis et indéchiffrable qui la mit terriblement mal à l'aise. Inconsciemment, elle chercha de la main la présence rassurante de Spiro. Pourtant, elle ne craignait pas pour sa propre sécurité. Non, c'était autre chose, une sensation bien plus ambiguë…

— Je voudrais voir Chiara Caruso. Auriez-vous l'obligeance d'aller chercher votre patronne ?

Sa voix grave, presque rocailleuse, tira Chiara de ses pensées. Seigneur ! Il la prenait pour l'employée de maison…

Elle prit alors conscience de sa robe de deuil, terriblement simple, de son visage dénué de maquillage et de ses longs cheveux châtains indisciplinés. Certes, elle n'avait rien d'une beauté avec sa silhouette ordinaire et sa taille moyenne. Pourtant sa remarque la vexait. Du reste, il y avait bien longtemps qu'il n'y avait plus de personnel au *castello*, d'où l'impression de délabrement et de désordre qui y régnait.

— Je suis Chiara Caruso, répondit-elle en redressant le menton.

Les yeux du visiteur se plissèrent et l'incrédulité se peignit sur ses traits.

— Vous ?

Chiara se raidit.

— J'ignore à quoi vous vous attendiez, mais oui, je suis la personne que vous cherchez. Puis-je savoir qui vous êtes ?

— Nicolo Santo Domenico, répondit-il froidement.

Il parut attendre sa réaction, comme si son nom était censé lui dire quelque chose. Mais c'était la première fois qu'elle l'entendait.

— Et… ? En quoi puis-je vous aider ? s'enquit-elle, perplexe.

— Vous ne savez pas qui je suis ?

— Le devrais-je ?

L'homme laissa échapper une sorte de rire méprisant.

— Sérieusement, vous pensez que je vais vous croire ?

Chiara croisa les bras. Ce type était d'une arrogance incroyable !

— Non, je ne sais pas qui vous êtes. Maintenant, si vous n'avez rien d'autre à me dire, je vais vous demander de partir. Il y a eu un enterrement ici et le moment est mal choisi.

— Au contraire, dit-il d'un ton cynique. C'est même le moment le plus approprié pour avoir cette conversation. Vous permettez ?

Et, avant qu'elle ait pu l'arrêter, il la contourna et entra dans le hall spacieux.

Chiara fit volte-face, médusée.

— Hé ! Pour qui vous prenez-vous ? C'est ma propriété.

L'homme se tourna vers elle et Chiara reçut un choc. Du fait de sa présence, le majestueux vestibule semblait avoir rétréci. Immense et large d'épaules, il portait un costume sombre superbement taillé qui lui conférait la sophistication nécessaire pour contre balancer l'animalité intense qui se dégageait de toute sa personne. Chiara ne put s'empêcher de le comparer à un lutteur à mains nues.

Spiro gronda faiblement et elle l'apaisa d'une caresse, ce contact tendre lui permit de retrouver son propre calme.

— C'est justement l'objet de ma visite, reprit-il. Cette maison n'est pas la vôtre.

Chiara se figea, en proie à un affreux pressentiment. Cet homme venait-il de la banque ?

— Que voulez-vous dire ?

Il ne répondit pas immédiatement. Il enfonça ses mains dans les poches de son pantalon, si bien que le tissu se tendit légèrement sur les hanches. Une onde de chaleur envahit Chiara et elle détourna les yeux avant qu'il remarque son trouble. Mais il était occupé à contempler l'espace du hall d'entrée.

— J'ai attendu si longtemps ce moment…, dit-il d'une voix traînante.

Puis il se dirigea vers le salon et Chiara se hâta de le suivre.

— *Signor* Domenico…

Il était campé au centre de la pièce et pivota vers elle.

— Mon nom est Santo Domenico.

— Allez-vous me dire ce que tout cela signifie ou dois-je appeler la police, *signor* Santo Domenico ?

Bon sang ! Les banquiers avaient-ils le droit de débarquer chez vous à l'improviste ? Pourquoi l'avocat ne l'avait-il pas prévenue qu'ils viendraient si tôt ?

— Où est le personnel ? s'enquit-il à cet instant.

— Il n'y en a pas. Mais je ne vois pas en quoi ça vous regarde.

— Vraiment ? Comment avez-vous entretenu cette maison dans ce cas ?

Ça non plus, ça ne le regardait pas, pensa-t-elle. Mais cette rencontre prenait une tournure si surréaliste que Chiara s'entendit répondre :

— Nous n'utilisions que les pièces qui nous étaient indispensables.

— À vous et à vos parents ?

— Oui, ils ont été enterrés il y a quelques jours, au cas où vous l'ignoriez, dit-elle en espérant lui faire comprendre que sa visite était indécente.

— Je sais, je suis désolé pour vous.

À l'entendre, il ne l'était pas le moins du monde ! Mais avant que Chiara ait pu répliquer quoi que ce soit, il reprit la parole.

— Vous avez rencontré votre avocat l'autre jour ?

— Oui. Comment le savez-vous ?

— C'est ce qui se passe habituellement après les obsèques. Il y a la lecture du testament, ce genre de choses… Donc, vous devez savoir que ce château risque de devenir la propriété de la banque à moins que vous réunissiez les fonds nécessaires. Et ceci, pardonnez-moi la rudesse de mes propos, me paraît peu probable.

Sentant un regain de panique la gagner, Chiara s'exhorta au calme. Elle n'avait aucune raison d'être paranoïaque. Il y aurait forcément une procédure avant qu'on l'expulse de chez elle.

— Vous représentez la banque, c'est ça ?

Il secoua la tête et un léger sourire joua sur ses lèvres, comme si sa question l'amusait. Chiara était si frustrée qu'elle eut envie de le gifler.

— Alors, comment connaissez-vous ces informations ?

Il haussa les épaules.

— J'ai mes sources et je m'intéresse de très près au *castello* depuis… un certain temps.

Comme Chiara s'efforçait de trouver un sens à ces paroles énigmatiques, il poursuivit :

— Oui, toute ma vie, en fait. Parce que la vérité, c'est qu'il m'appartient. À ma famille, plus exactement. Les Santo Domenico.

Nico observa la jeune femme qui se tenait sur le seuil. Elle paraissait insignifiante dans sa robe noire informe, avec son abondante chevelure bouclée et son visage sans éclat. Au premier abord, il l'avait prise pour une domestique, mais à présent il notait une certaine fierté dans son allure. Elle se tenait très droite, les épaules en arrière.

Il eut mauvaise conscience. Après tout, ses parents venaient de mourir. Mais il balaya vite cet élan de compassion. Le jour que les Santo Domenico avaient espéré pendant des décennies était enfin arrivé. Son père était mort, rempli d'amertume et de déception, et tous les siens avaient souffert des décisions arbitraires de la famille de cette femme. Il n'avait pas été épargné non plus, car il avait dû supporter les moqueries et les méchancetés.

« Tu n'es pas une personnalité, Santo Domenico. Tu n'es rien… »

Mais ce n'était plus vrai maintenant. Il avait quitté les bas-fonds de Naples, avait construit sa carrière à la force du poignet avant de connaître une réussite éblouissante. Il se sentait enfin capable de réclamer l'héritage familial à ceux qui l'avaient volé des années plus tôt.

Son seul regret était que son père n'ait pas vécu assez longtemps pour voir le *castello* restitué.

Nico n'avait jamais oublié l'humiliation sur les traits de son père, ni la rage qui avait enflammé son regard lorsque sa demande de répandre les cendres du grand-père sur la sépulture de ses ancêtres avait été refusée par les Caruso. Ils l'avaient chassé comme un malpropre. Mais c'était ce

qu'il lui avait dit ce jour-là qui avait particulièrement retenu son attention :

« Promets-moi que tu passeras ce portail et que tu récupéreras notre héritage, Nico. Promets-le-moi ! »

Et il était enfin sur le point de réaliser cette promesse. Néanmoins, il ne se sentait pas entièrement satisfait. Malgré lui, il se laissait distraire par le regard vert pâle de Chiara Caruso, au point de penser que cette femme n'était peut-être pas aussi insignifiante qu'elle le paraissait. Elle avait cette grâce rafraîchissante et naturelle, dont les femmes trop maquillées qu'il avait l'habitude de fréquenter étaient dépourvues.

À cet instant, elle secoua la tête, l'air perplexe.

— Que voulez-vous dire ? Ce château ne peut pas vous appartenir. C'est la propriété de ma famille depuis des siècles.

— En êtes-vous sûre ? Vous prétendez ne rien savoir de ce qui s'est passé ici. Mais comment pourrais-je vous croire ? Vous êtes peut-être aussi douée que votre père pour réécrire l'histoire en vous arrangeant avec la réalité.

Elle pâlit, visiblement déstabilisée, mais se reprit très vite.

— Laissez mon père en dehors de ça ! Comment osez-vous vous présenter ici avec une histoire à dormir debout ? Partez, dit-elle en s'écartant. Vous n'êtes pas le bienvenu ici.

L'espace d'une seconde, Nico hésita sur la conduite à tenir. Sa conscience le titillait un peu. Il ferait peut-être mieux de s'en aller et de respecter son deuil. Il reviendrait dans quelques jours. Mais il y avait ces mots qu'elle avait prononcés. « Vous n'êtes pas le bienvenu ici. » Exactement ceux que le père de Chiara Caruso avait dits au sien quand celui-ci avait voulu accéder au cimetière.

Résolument, Nico resta campé au milieu de la pièce. Il n'avait pas l'intention d'en bouger.

— Désolé, mais c'est vous qui n'êtes pas la bienvenue. La banque ne va pas tarder à prendre possession de cette maison. Ce n'est qu'une question de temps.

*
* *

L'homme était aussi immobile qu'une statue. Avait-elle affaire à un fou ? se demanda Chiara. Peut-être croyait-il vraiment ce qu'il disait.

— Qu'est-ce qui vous autorise à tenir de tels propos ? s'enquit-elle d'un ton hostile.

— Mais c'est la vérité. Ma famille a fait construire ce château au XVIIe siècle. À cette époque, les Santo Domenico possédaient ce domaine, ainsi que les terres et les villages qui vont d'ici jusqu'à Syracuse.

Si c'était vrai, cela représentait une grande partie de la région. Puis Chiara secoua la tête. Non, c'était impossible !

— Les Caruso sont les seuls propriétaires de ce *castello.* D'ailleurs, notre nom est gravé dans la pierre, au-dessus de l'entrée.

Il balaya cet argument d'un sourire méprisant.

— N'importe qui peut sculpter une inscription. Votre famille a pris possession de ce château avant la Seconde Guerre mondiale. Les Caruso étaient les comptables des Santo Domenico. Quand nous avons connu des difficultés financières, ils ont accepté de nous renflouer, le *castello* leur servant de garantie. L'accord prévoyait que dès que nous aurions l'argent pour rembourser, l'hypothèque serait levée. Puis la guerre est arrivée. À la fin des hostilités, ils ont profité du chaos qui régnait et ont prétendu n'avoir conclu aucun arrangement. Ils ont détruit les papiers et les actes de propriété et ont fait valoir que notre demande était illégitime. À l'époque, tant de gens essayaient de réclamer des terres et des biens spoliés que les autorités nous ont pris pour des opportunistes. Nous étions des notables puissants, fiers, et certains étaient trop contents de nous voir déchus. La guerre nous avait fait perdre nos économies destinées à rembourser notre dette. Les Caruso ont refusé de discuter, de nous laisser une chance de récupérer notre bien. Nous sommes devenus des indigents. Une partie de notre famille

a immigré aux États-Unis, tandis que nous avons échoué à Naples, car mon grand-père refusait de quitter l'Italie. Il espérait voir nos terres restituées avant sa mort. Ni lui ni mon père n'ont vu leur vœu exaucé.

— Vous n'avez aucune preuve de ce que vous dites, dit Chiara, incapable d'assimiler ce qu'elle venait d'entendre. Je n'ai jamais entendu parler des Santo Domenico.

Il lui jeta un regard méprisant.

— Ça m'étonnerait. Mes ancêtres se sont illustrés dans l'histoire locale.

Chiara repensa à l'éducation ultra-protégée qu'elle avait reçue, aux regards qu'on lui lançait chaque fois qu'elle s'aventurait au village. Elle avait cru que c'était à cause de ses vêtements démodés. Mais s'il y avait une once de vérité dans ce que cet homme venait de raconter, peut-être les gens du village avaient-ils jugé plus que son apparence.

Se sentant vulnérable, elle répéta :

— Vous n'avez aucune preuve.

— Venez avec moi, commanda-t-il.

Il sortit de la pièce à grands pas. Chiara hésita avant de se décider à le suivre. L'intuition que cet homme était, d'une façon ou d'une autre, lié à ces lieux la mettait de plus en plus mal à l'aise.

Il passa la porte d'entrée et Chiara eut envie de la claquer et de la verrouiller derrière lui. C'était puéril, elle en convenait, et son visiteur ne se laisserait pas avoir si facilement.

Il fit une pause dans la cour principale et regarda autour de lui, comme s'il essayait de s'orienter. Résolument, il prit la direction de la chapelle et du cimetière, celui-là même où quelques jours plus tôt ses parents avaient été inhumés. Mon Dieu ! Elle n'allait pas laisser cet étranger entrer là !

— Arrêtez ! Vous n'avez pas le droit…

Mais il poursuivit sa progression comme s'il ne l'avait pas entendue. Devant l'entrée du cimetière, il bifurqua brusquement et se dirigea vers un portillon qui disparaissait sous la végétation.

Chiara arriva derrière lui, légèrement essoufflée.

— Qu'est-ce que vous cherchez ? Il n'y a que les tombes de mes ancêtres ici.

Elle n'avait jamais pénétré dans le vieux cimetière. Dans son enfance, on lui en avait interdit l'accès et l'employée de maison avait même prétendu qu'il était hanté. À présent, Chiara se demandait si celle-ci n'avait pas plutôt gardé quelque secret en lien avec le récit ahurissant de son visiteur.

Écartant le feuillage, il trouva le loquet. Comme il s'efforçait de le faire bouger, Chiara voyait ses muscles se tendre sous l'étoffe de son costume. Elle sentit son pouls s'accélérer, en même temps qu'une sensation brûlante fusait dans son bas-ventre. Elle jugea cette réaction aussi déconcertante qu'inappropriée.

Il poussa enfin le portillon.

— Venez, dit-il sèchement.

Irritée, mais désireuse d'en avoir le cœur net, elle le suivit dans le cimetière abandonné. Le sol était inégal, elle s'avança avec précaution.

Il avait atteint l'extrémité de l'enclos et dégageait des branchages. En s'approchant, Chiara vit qu'il avait découvert une stèle. Il se tourna vers elle et l'intensité de son regard la frappa.

Il la saisit par le bras et dit avec impatience :

— Regardez !

Chiara était troublée par le contact de ses doigts tièdes et il lui fallut un moment pour accommoder sa vue. Le cœur battant, elle distingua des mots gravés dans la pierre usée.

TOMASSO SANT O DOMENICO

Né et décédé au Castello SANTO DOMENICO

1830 - 1897

— C'était mon arrière-arrière-grand-père.

Non, c'est impossible !

Chiara respirait avec difficulté et sa peau était moite.

Autour d'elle, d'autres stèles enfouies semblaient l'acculer, puis l'espace du cimetière tout entier parut se refermer sur elle. D'un mouvement brusque, elle se dégagea de l'emprise de Nicolo Santo Domenico et s'enfuit, en proie à une panique incontrôlable.

Dans sa course, elle trébucha et laissa échapper un sanglot affolé. Enfin, elle atteignit le portillon et déboucha, chancelante, dans la lumière réconfortante du soleil.

Nico remarqua à peine que Chiara Caruso était partie. La preuve de l'héritage de sa famille était là, sous ses yeux ! Il était sous le choc.

Quelques minutes plus tôt, dans le salon, face à une Chiara Caruso hébétée, il avait eu un instant de doute. Ce grand domaine délabré avait-il réellement appartenu à sa famille ? Les Santo Domenico avaient-ils été la famille la plus puissante de toute la Sicile du Sud ?

Oui. Ce cimetière oublié était la preuve formelle que ses ancêtres avaient bâti ce lieu pierre après pierre.

Une intense satisfaction l'envahit : il avait maintenant le droit de revendiquer ce bien. Certes, mettre Chiara Caruso au pied du mur, alors qu'elle venait de perdre ses parents, n'était pas un acte glorieux. Mais la compassion n'était pas son fort. Et sachant que les siens avaient été remisés dans cet espace à l'abandon, sur des terres qui auraient dû leur être restituées depuis longtemps, il était encore moins enclin à l'empathie.

Il sortit du cimetière et dénoua sa cravate tant il avait l'impression d'étouffer. Chiara Caruso avait disparu, mais bizarrement le souvenir de ses traits vulnérables et de son regard vert jade restait en lui. Comme le contact de son bras mince et souple sous ses doigts. Peut-être cachait-elle un corps joliment proportionné sous sa robe informe… À sa grande surprise, cette pensée lui chauffa le sang. Il attribua cette réaction au choc qu'il venait de recevoir.

Il marcha jusqu'au bord d'une vaste pelouse qui descendait vers la mer. Des pins s'alignaient d'un côté. Il y avait aussi çà et là des buissons rabougris tordus par le vent. Son domaine !

Une impression de reconquête l'emplit. Depuis le moment où il avait remonté l'allée principale qui menait au château, un sentiment de propriété l'envahissait, plus profond que l'injustice avec laquelle il avait grandi. Pour la première fois de sa vie, il eut la sensation d'être enfin arrivé *chez lui*.

Cependant, tandis qu'il profitait de la vue, il songea que la situation n'était pas aussi claire qu'il l'avait pensé en arrivant. Parce que le choc qui avait parcouru la jeune femme avait semblé sincère. Soit elle disait la vérité et n'avait rien su, soit elle possédait un incroyable talent d'actrice.

Il était venu lui proposer un marché qu'elle ne pouvait refuser et par lequel il prendrait possession du domaine très rapidement : lui offrir suffisamment d'argent pour qu'elle accepte de lui laisser le *castello*. Et qu'avec elle disparaisse le dernier maillon des Caruso !

Seulement, le trouble qu'il ressentait brouillait ses plans et le fit hésiter. Alors, une conversation qu'il avait eue récemment avec son avocat lui revint en mémoire.

« Nico, tu n'appartiens pas au monde des affaires. Tu as fait fortune en bousculant les codes et en punissant ceux qui te sous-estimaient. Mais il est temps de consolider ces atouts et d'aller plus loin. Tu es perdant sur des contrats, parce que tu n'as pas de vie respectable, pas de famille, rien à perdre. Et ça n'inspire pas confiance aux investisseurs… »

Nico fronça les sourcils. Ce refrain, il le connaissait par cœur. Il avait assisté récemment à un gala de charité à Manhattan et avait discuté d'une affaire avec un magnat américain spécialisé dans la construction. Au cours de la soirée, la femme de celui-ci lui avait ouvertement témoigné son attirance. Bien qu'il eût repoussé ses avances, Nico avait appris le lendemain que le constructeur ne donnait pas suite à leur projet commun.

Il soupira. Ce marché potentiel lui aurait rapporté des

sommes colossales… Il avait conscience que son style de vie trop libre ternissait sa réputation auprès de ses partenaires les plus conservateurs et qu'il devait s'acheter une respectabilité.

Une perspective qui ne lui était pas si insupportable finalement, car il était las de la vie de plaisirs en pointillé qu'il menait. Il en avait assez du jeu des femmes et de leur cupidité. Il n'avait aucune envie d'avoir une épouse dans leur genre, mais l'idée de vieillir seul, entouré des gratte-ciel sans âme de New York ou de Londres, le dégoûtait tout autant.

C'était là pourtant qu'il avait fait fortune et qu'il avait restauré l'honneur de son nom. Mais à présent, c'était ici, en Sicile, sur la terre de ses ancêtres, que son destin devait se jouer.

Tout en respirant les parfums évocateurs de mer et de terre qui imprégnaient l'air, il eut une vision nouvelle de l'avenir. Il lui apparaissait aussi clair que l'eau étincelante qu'il contemplait. Son plan était audacieux et contraire à son projet initial, mais il s'imposait à son esprit avec une telle force qu'il ne pouvait le rejeter. D'un air pensif, il se tourna vers la silhouette massive du *castello*. Bizarrement, la seule personne qui avait constitué un obstacle à son avenir devenait tout à coup celle qui le rendrait limpide.

2.

Chiara avala une gorgée du vieux cognac qu'elle avait déniché dans le minibar du salon. L'alcool ambré lui brûla la gorge et la fit grimacer. Bientôt cependant, une douce chaleur se répandit dans son corps.

En entendant des pas déterminés résonner dans le hall, elle posa vivement son verre sur un plateau d'une main tremblante.

Quand Nicolo Santo Domenico entra, elle arbora une attitude posée, les mains derrière le dos, même si elle sentait en réalité le poids d'une tonne s'abattre sur elle.

Il s'arrêta devant elle, la dominant de sa haute taille.

— Un cimetière rempli de tombes de *mes* ancêtres, ça vous suffit comme preuve ? déclara-t-il d'une voix glaciale.

Il était si intimidant que Chiara s'éloigna vers le fond de la pièce, Spiro sur les talons. Elle caressa distraitement le chien comme s'il pouvait lui offrir quelque protection ou une échappatoire à cette situation invraisemblable.

— Je… Je ne sais pas quoi vous dire. Je n'étais au courant de rien…

— Oh ! je vous en prie ! Pourquoi vous obstinez-vous à jouer cette comédie ? À moins que vos parents ne vous aient mis en garde…

— Non ! Ils ne m'ont rien dit.

Mais avaient-ils su quelque chose ? Elle se sentit nauséeuse tout à coup.

Il prit un air méprisant.

— Impossible. Ou alors vous viviez ici comme une recluse.

Il ne croyait pas si bien dire, pensa Chiara, mortifiée.

— J'admets que la découverte du cimetière abonde dans votre sens, *signor* Santo Domenico… Mais en ce qui concerne le *castello*, vous devriez vous adresser à la banque plutôt qu'à moi, dit-elle avec amertume.

Au lieu de répondre, il la dévisagea longuement. Gênée par ce regard pénétrant qu'il promenait sur elle, Chiara faillit lui dire d'arrêter ce petit jeu. Jamais elle n'avait été plus consciente de son apparence terne, qui contrastait avec la formidable vitalité qu'il dégageait. Elle aurait parié qu'il avait voyagé dans le monde entier et n'en avait pas été plus impressionné que ça.

Brusquement, il reprit la parole.

— Je suppose que, si vous aviez le choix, vous préféreriez rester propriétaire de cette maison ?

— Évidemment. C'est le seul foyer que j'aie jamais connu. Et ma famille est enterrée ici maintenant.

— Ce qui vous empêche de la garder, c'est un manque d'argent, n'est-ce pas ?

Chiara ravala son irritation.

— Oui, malheureusement, je n'en ai pas.

— Moi, j'ai les fonds nécessaires.

Chiara lui jeta un regard hostile.

— C'est pour cette raison que vous êtes venu ? Pour m'humilier au nom de votre famille en vous vantant d'avoir les moyens de racheter le *castello* ?

Il secoua la tête.

— Rien d'aussi mesquin. Je voulais dire que je peux vous donner l'argent pour payer vos dettes. Vous garderiez ainsi cette propriété.

— Pourquoi feriez-vous ça ? s'enquit-elle, incrédule.

Car il ne lui faisait pas l'impression d'être quelqu'un de charitable, loin de là, et encore moins envers l'ennemie jurée de sa famille.

— Parce que si j'entamais des démarches avec la banque

pour entrer en possession du *castello*, ça risquerait d'être long et fastidieux. Il a bien besoin d'être restauré, et le plus tôt sera le mieux. J'ai attendu cette occasion assez longtemps.

Chiara essayait désespérément de comprendre où il voulait en venir.

— Votre plan ne peut pas fonctionner. Qu'auriez-vous à gagner dans l'affaire ?

— C'est très simple, répondit-il en lui jetant un regard direct. Vous m'épousez, et dès que possible.

Sous le choc, Chiara sentit le monde vaciller autour d'elle.

— Vous voudriez… vous marier avec moi ?

— Comme je vous l'ai dit, traiter avec la banque prendrait des mois. Par le mariage, j'entrerais en possession du *castello* dans un délai beaucoup plus court.

Chiara accusa le coup. C'était pour des raisons bassement pratiques qu'il voulait l'épouser. Ce type était si arrogant et si saugrenu qu'elle en restait hébétée. L'idée même d'avoir une relation avec lui était complètement folle. Et pourtant… Elle ne pouvait nier la sensation aiguë qu'il éveillait au fond d'elle-même. Ce trouble la faisait rougir et elle avait hâte d'être débarrassée de cet homme.

— J'en ai assez entendu, déclara-t-elle froidement. Votre demande en mariage… n'en est pas une. Ce que vous dites est absurde. Je n'ai aucune envie d'épouser un inconnu, pour quelque raison que ce soit.

Il hocha la tête, puis alla se poster à la fenêtre. À sa grande honte, Chiara ne put s'empêcher de contempler ses épaules larges. Le somptueux tissu de sa veste laissait deviner sa belle musculature.

À cet instant, il pivota pour lui faire face et elle releva vivement les yeux.

— J'aurais dû m'y attendre. Prête à contrecarrer les projets d'un Santo Domenico, une fois de plus. Mais sachez que je deviendrai le propriétaire du *castello*, avec ou sans votre aide.

— Je vous répète que je ne connaissais absolument

pas votre histoire, se défendit Chiara, frustrée. Pourquoi voudrais-je vous en empêcher ? Ce que deviendra cette maison une fois que la banque l'aura saisie ne m'intéresse pas. Je n'ai aucun pouvoir !

— Sauf si vous m'épousez.

Bon sang ! Il n'en démordait pas… Malgré elle, Chiara se prit à imaginer qu'elle n'aurait pas à quitter cet endroit qui lui était cher. Oui, mais à quel prix !

Une vague d'émotion la submergea et elle sentit Spiro se frotter contre elle. Elle alla s'asseoir dans un fauteuil, car ses jambes menaçaient de la lâcher.

— Vous ne pouvez pas songer sérieusement à m'épouser, c'est impossible. Vous me haïssez à cause de ma famille. Pourquoi consentirais-je à une telle union avec un homme dont le seul désir est d'acquérir un château ?

La réponse à cette question était simple, pensa Nico. Ce mariage lui apporterait ce qu'il voulait et épongerait un peu de l'énorme dette que les Caruso avaient envers les siens. Et quelle meilleure épouse pourrait-il choisir qu'une Sicilienne classique et qui lui était redevable ? Sans compter que, du même coup, le nom des Caruso s'éteindrait définitivement. *Juste revanche !* Oui, décidément, il était plus convaincu que jamais du bien-fondé de son projet.

— Vous avez une dette envers moi…, commença-t-il.

Chiara se leva d'un bond.

— Mais je ne dois pas vous sacrifier ma vie !

— Mes ancêtres qui pourrissent dans ce cimetière ont bien été effacés de l'histoire, eux !

Elle lui faisait face, les poings crispés, et il nota que ses seins hauts et bien galbés se soulevaient rapidement sous sa robe. Un frisson d'excitation le traversa et il dut faire un effort pour rester maître de la situation. C'était cette attirance incongrue qui avait inspiré son plan audacieux. Même si elle n'était pas du tout son type de femme, Chiara Caruso possédait quelque chose de charnel, un charme qui parlait à ses sens, indépendamment de qui elle était.

Avant de venir, il avait fait quelques recherches à son sujet, mais n'avait trouvé aucune photo et presque aucune information. Ni études ni emploi. À vingt et un ans, elle ne semblait pas avoir entrepris grand-chose.

Elle posait sur lui ses grands yeux vert jade et il eut l'impression qu'elle suivait le cours de ses pensées. La sensation était assez déconcertante pour lui qui gardait enfouis ses secrets. Mais ce n'était pas suffisant pour le détourner de son objectif. Il était venu en Sicile réclamer l'héritage de sa famille et, en cet instant, il se jura qu'il ne partirait pas avant qu'elle devienne sa femme.

— Ce que je vous propose, c'est un mariage de convenance. Un marché, si vous voulez. Je fournis les fonds pour que vous vous acquittiez de vos dettes et, en retour, vous m'épousez et signez un contrat qui fait de moi l'unique propriétaire du *castello.* Ainsi, en tant que mon épouse, vous aurez le droit d'y vivre le restant de vos jours.

Elle devint très pâle.

— Vous êtes complètement fou !

— Pas du tout. Ce mariage n'est pour moi rien d'autre qu'une fusion d'intérêts et le moyen d'avoir des héritiers. Avec eux, le nom de Santo Domenico renaîtra enfin.

« Des héritiers... » ? Chiara suffoquait.

— Mais... Pourquoi m'épouser moi quand vous pouvez choisir n'importe quelle femme au monde ?

Il était évident qu'elle n'était absolument pas le genre de femme qu'il devait fréquenter. Ses cheveux indomptables et sa silhouette quelconque la désespéraient. Elle n'avait aucun sens de la mode et...

— Je n'ai pas l'intention de me marier par amour.

— Pourquoi ? demanda-t-elle, curieuse soudain de savoir d'où lui venait cette insensibilité.

Nico se raidit. Parce que sa mère les avait abandonnés, lui et son père, alors qu'il n'avait que quelques semaines et parce que les gens se servaient du sentiment amoureux pour mieux vous manipuler. Il avait aimé une fois et avait failli perdre tout ce qu'il avait bâti. Une leçon qu'il n'était pas près d'oublier.

— Je ne crois pas aux sentiments. Quant à vous choisir comme épouse… Sur un plan pratique, vous avez grandi ici et vous connaissez parfaitement les lieux. J'envisage d'effectuer des rénovations importantes, et comme mes bureaux sont situés à New York, à Londres et à Rome, ce serait plus simple pour moi de laisser le chantier aux mains de quelqu'un qui tient à cette propriété.

Chiara secoua la tête, écœurée.

— Vous parlez d'un chef de projet, pas d'une épouse. Comment pouvez-vous suggérer d'avoir des enfants dans un mariage sans amour ?

Le regard de son interlocuteur parut capter quelque chose derrière elle. Il s'approcha d'un guéridon qui supportait une photo encadrée d'elle et de ses parents. Il la prit en ébauchant un sourire méprisant.

— Vous voulez me faire croire que vous étiez une famille heureuse ?

Chiara serra les dents. Sur la photo, sa mère et elle souriaient, mais son père affichait l'air déçu qu'elle lui avait toujours connu. En proie à une haine féroce à l'encontre de Nicolo Santo Domenico, elle s'avança et lui prit le cadre des mains.

— Nous n'étions peut-être pas en parfaite harmonie, mais nous étions heureux à notre manière !

Menteuse, lui souffla une voix intérieure.

Chiara reposa le cadre et s'éloigna, jugeant la proximité de cet homme trop dangereuse pour sa tranquillité d'esprit.

— Vous venez de prouver que j'ai raison, dit-il sèchement. La famille harmonieuse n'existe pas. Il vaut mieux pour un enfant grandir entre des parents qui fonctionnent en bonne intelligence et dans un respect mutuel que d'être leurré par un état aussi éphémère que l'amour.

— Comment pouvez-vous dire que vous me respecteriez ?

— Personnellement, je n'ai aucun grief contre vous, Chiara, en dépit de ce que vous pensez. Mon père et la génération d'avant lui ont passé leur vie à détester les Caruso pour ce qu'ils avaient fait. Mais toutes leurs émotions ne les ont menés nulle part. Ma réussite, je la dois, à l'inverse, à mon indifférence.

Il s'était coupé de toute sentimentalité des années plus tôt, le jour où il avait trouvé celle dont il était amoureux dans les bras de son meilleur ami. Mais Chiara Caruso n'était pas de ces femmes qui éveillaient les passions. Elle était saine et irréprochable.

— Si je tiens avant tout à restaurer l'honneur de mon nom sur ces terres, j'agis aussi pour des raisons économiques. Cette région de la Sicile est terriblement sous-développée malgré un fort potentiel. Mon projet va bien au-delà de ce domaine. J'ai déjà racheté toutes les parcelles voisines. Vous êtes un atout pour cette propriété, Chiara. Vous serez donc associée à sa réussite, ce à quoi aucune autre femme ne pourrait prétendre.

Chiara mesura à quel point il était impitoyable. Même si elle ne l'épousait pas — et elle n'avait aucune intention de le faire, évidemment ! —, elle était sûre qu'il ferait tout ce qu'il disait, y compris épouser une femme par convenance et avoir des enfants avec elle.

— Mais pourquoi le mariage ? Vous pourriez me proposer un arrangement pour acheter le château avant que la banque ne s'en mêle.

— C'était ma première idée. Mais depuis que je vous ai vue, mes conditions ont changé. Je vous offre l'occasion de rester dans cette maison.

Oui, comme un meuble ! pensa-t-elle, sidérée par son besoin insatiable de vengeance et son cynisme.

— Très franchement, vous êtes le dernier homme sur terre que je songerais à épouser, déclara-t-elle avec détermination.

— Donc, vous êtes prête à partir d'ici et à ne jamais

revenir ? Vous me faites pourtant l'impression d'être une femme qui rêve de fonder une famille et de continuer à vivre dans cette demeure.

Chiara s'empourpra violemment. Était-elle donc transparente à ce point ? Se sentant mise à nu, elle répondit d'une voix tendue :

— Vous ne savez absolument rien de moi, *Signor*. Maintenant, si vous avez terminé, je vous prie de partir.

Des cernes apparaissaient sous les beaux yeux de jade de Chiara Caruso et, une fois de plus, Nico sentit sa conscience le tenailler. Elle avait l'air fragile et très seule dans cette pièce immense avec ce vieux chien pour seule compagnie. Peut-être vivait-elle vraiment en recluse dans cette demeure ?

En tout cas, elle était parfaite pour le rôle qu'il souhaitait lui assigner. Et au fond, c'était tout ce qui comptait.

Il sortit une carte de visite de sa poche et la lui tendit. Elle la prit non sans réticence et Nico remarqua ses mains menues. Ses ongles n'étaient pas vernis. Bien malgré lui, il sentit son corps vibrer tandis que l'image de ces doigts fins sur sa peau s'infiltrait dans son cerveau avec une netteté confondante.

Il serra les dents pour recouvrer son sang-froid.

— Voici les numéros auxquels vous pouvez me joindre. Je séjourne dans une villa non loin d'ici. Vous avez jusqu'à demain midi pour réfléchir à mon offre. Si je ne reçois pas d'appel de votre part, je considérerai que vous n'êtes pas intéressée.

Elle gardait la tête penchée, comme si elle examinait la carte avec attention. Une longue mèche glissa de son épaule, prenant une teinte dorée dans la lumière. Le regard de Nico s'abaissa vers la taille de la jeune femme. Il avait toujours l'impression que sa robe dissimulait une silhouette classique mais suffisamment attirante pour capter son intérêt.

L'espace d'un moment, il hésita, se demandant s'il n'était

pas fou de vouloir s'engager avec elle. Chiara Caruso l'intriguait, certes, mais pourrait-elle susciter son désir aussi longtemps qu'un mariage pouvait le laisser imaginer ? La réaction de son corps lui suggérait que oui. Ces derniers mois, aucune femme n'avait vraiment éveillé son appétit sexuel, et certainement pas les grandes perches au corps anguleux qu'il convoitait avant.

Elle refusait obstinément de croiser son regard. D'habitude, les femmes le contemplaient ouvertement avec un mélange d'adoration et d'audace qui ne laissait aucun doute sur leurs intentions. Il connaissait bien ce dialogue silencieux et l'appréciait, parce qu'il n'y avait pas de jeu compliqué ou de faux-semblant.

Mais l'indifférence de Chiara Caruso à son égard le laissait perplexe. Son attitude avait beau être rafraîchissante, elle avait aussi le don de l'irriter.

— Chiara, dit-il d'une voix tendue.

Elle finit par lever les yeux et il nota qu'un feu ardent brûlait au fond de ses prunelles.

— Je ne vous ai pas autorisé à m'appeler par mon prénom, que je sache.

Nico ne put s'empêcher d'admirer sa force de caractère. Elles n'étaient pas nombreuses à oser le rabrouer de la sorte et il comprit qu'il l'avait sous-estimée.

Il inclina légèrement la tête.

— *Scusami, Signora* Caruso. Je vous offre la chance de rester dans cette maison, ce que personne de votre famille n'a jamais fait pour aucun des miens. Pensez-y.

Chiara se sentait prisonnière de son regard dangereusement hypnotique. En même temps, elle prit conscience que l'air de la pièce se chargeait d'un magnétisme insupportable. Elle dit alors la seule chose qui le déciderait à partir.

— Très bien. Je réfléchirai à votre offre.

Nicolo Santo Domenico inclina de nouveau la tête et sortit. Spiro trottina derrière lui, comme pour s'assurer qu'il ne ferait pas demi-tour.

Il n'était pas question du *castello*, mais on mentionnait qu'ils avaient autrefois possédé d'immenses terres qu'ils avaient perdues par la suite. On avançait qu'ils avaient peut-être eu maille à partir avec la mafia.

Chiara frissonna. Du calme ! Ce n'était pas comme si Nicolo Santo Domenico tenait là un argument valable pour réclamer la propriété face à un tribunal. Il tirait seulement parti du fait que le *castello* était à sa portée comme jamais il ne l'avait été.

Chiara quitta le bureau et se mit à déambuler à travers la vaste demeure, notant le nombre de chambres fermées depuis longtemps dont les meubles étaient couverts de housses. Partout, elle constatait la même décrépitude. Du plus loin qu'elle s'en souvienne, le château avait toujours été dans cet état de délabrement. Ses parents n'avaient jamais eu les moyens de l'entretenir, même quand les récoltes leur avaient procuré un revenu. La vieille bâtisse ancestrale méritait d'être restaurée et de reprendre vie. Chiara sentit son cœur se serrer en songeant qu'elle ne serait pas là pour le voir et qu'elle ne pourrait même pas fleurir la tombe de ses parents. C'était atrocement douloureux de se dire qu'elle n'aurait plus le droit d'y entrer alors que sa famille reposait là.

Comme les ancêtres de Nicolo Santo Domenico…

Mais il t'offre une chance de rester, lui murmura une petite voix. L'idée d'épouser cet homme l'étouffait et des émotions contradictoires l'assaillaient. Le prince charmant de ses rêves serait-il apparu sous les traits séduisants de Nicolo Santo Domenico ?

Quant à imaginer une intimité avec lui… Elle sentit une brusque chaleur l'envahir et examina son reflet dans une vitre. Toujours cette allure quelconque et terne, et aucune sophistication. Elle avait hérité de sa grand-mère paternelle ses seins un peu trop généreux et sa silhouette très classique. Un jour, Chiara avait entendu son père dire à sa femme :

« Notre fille ne fera pas tourner les têtes, mais elle sera une épouse féconde. »

Elle s'empourpra au souvenir de cette humiliation. Après avoir appris que sa femme ne lui donnerait pas le fils qu'il désirait tant avoir, son père était devenu amer. Était-ce lié à ce qu'il avait su de l'histoire du *castello* ? Avait-il voulu un garçon pour perpétuer le nom des Caruso et assurer son emprise sur le domaine ?

Elle songea de nouveau à Nicolo Santo Domenico et à sa « demande en mariage ». Cet homme ne reculait devant rien pour reprendre l'héritage de sa famille. Elle était aussi en colère, parce qu'il pensait l'avoir percée à jour. Oui, elle rêvait d'amour et d'une famille qu'elle élèverait dans cette maison, mais il y avait tant d'autres choses qu'il ne connaissait pas à son sujet. Raison de plus pour renoncer à cette union.

Elle revoyait le sourire insolent qu'il avait ébauché en partant : comme s'il était parvenu au but qu'il s'était fixé et qu'il savait d'avance qu'elle capitulerait.

Eh bien, elle allait le prendre à son propre jeu. Elle lui ferait ravaler son orgueil en le choquant à son tour et comptait bien se délecter de sa panique quand il mesurerait les conséquences de sa folle démarche.

3.

Comme il attendait le retour de son chauffeur parti chercher Chiara Caruso, Nico s'en voulait d'être aussi impatient.

Quand elle l'avait appelé dans la matinée, il lui avait proposé de la retrouver au domaine, mais elle avait préféré le rencontrer à sa villa.

Il arpenta la terrasse qui entourait en partie la maison et offrait un splendide panorama sur la mer. On voyait aussi les terres qui dépendaient du *castello*, mais la vieille bâtisse restait pudiquement cachée derrière les arbres.

Le choc qu'il avait éprouvé la veille en découvrant la demeure de ses ancêtres, puis le cimetière où ils reposaient, ne s'était pas estompé totalement. Son désir de réclamer ce qui lui revenait s'était même fortifié, et cela valait aussi pour Chiara Caruso. La nuit dernière, son image s'était infiltrée dans son esprit avec une netteté troublante.

Un bruit le fit se retourner. Son employée de maison escortait Chiara sur la terrasse. Tout en la regardant approcher, il lutta contre les instincts basiques qu'elle avait éveillés involontairement en lui. Une réaction d'autant plus incompréhensible qu'elle semblait sortir d'une autre époque dans son chemisier blanc doté d'un large col, sa veste grise et sa jupe bleu marine qui descendait à mi-mollets. Des chaussures plates complétaient sa tenue désuète. Elle avait laissé ses cheveux libres et ils ondulaient en vagues souples sur ses épaules.

Nico serra les dents en sentant l'excitation fuser dans

ses veines. Il y avait longtemps qu'il ne s'était pas trouvé en présence d'une femme qui n'usait pas d'artifices. S'il n'avait pas été si déstabilisé, il aurait trouvé ça rafraîchissant.

Elle marchait sous les rayons du soleil et il nota sa pâleur. Ses yeux verts n'en étaient que plus lumineux. Il l'invita à prendre place dans un fauteuil de jardin. Sur une table basse étaient disposés du café, du thé et des gâteaux.

— Je préfère rester debout, déclara-t-elle d'emblée.

— Comme vous voudrez. Avez-vous réfléchi à ma proposition ?

Chiara respirait avec difficulté. Nicolo Santo Domenico était, aussi incroyable que cela puisse paraître, encore plus séduisant que dans son souvenir. En pantalon noir et chemise blanche, dont le col était ouvert et les manches relevées, il semblait sortir tout droit d'un magazine de mode. Derrière lui s'étalait le fabuleux paysage méditerranéen.

Sa villa aussi était splendide. Bâtie presque au bord de la falaise, elle étonnait par son minimalisme futuriste. Quel contraste avec le vieux *castello* qui tombait en ruines !

Le cœur battant, elle se força à rencontrer le regard de son hôte. Pourquoi diable avait-elle décidé de venir chez lui ? Par bravade ? En tout cas, en cet instant, elle se sentait singulièrement dépourvue de courage. Et comme il attendait qu'elle prenne la parole, il lui était impossible de rebrousser chemin.

Elle prit une profonde inspiration.

— En effet, j'y ai réfléchi, *Signor* Santo Domenico. J'accepte votre offre.

Son pouls pulsait si fort qu'elle en était étourdie. Elle attendit, espérant voir l'expression de panique sur les traits séduisants de Nicolo Santo Domenico. Mais il continuait d'arborer la même assurance. Pas le moindre signe de réaction ne se lisait sur son visage. L'avait-il entendue ?

— J'ai dit que…

— Inutile de répéter. Êtes-vous sûre de votre décision ?

Chiara eut la pénible impression que la situation lui échappait. Néanmoins, elle hocha la tête.

— Certaine. Je veux vous épouser.

— *Va bene.*

Quittant la balustrade, il se dirigea vers l'intérieur de la villa. En proie à une angoisse croissante, Chiara le suivit. Il se tenait au milieu du salon, le portable collé à l'oreille.

— Vous pouvez procéder à la rédaction des contrats, l'entendit-elle dire. Chiara Caruso a accepté d'être ma femme.

Il termina la conversation et se tourna vers elle.

— Qu'y a-t-il ? On dirait que vous avez vu un fantôme.

— Je pensais… Je pensais que si j'accédais à votre demande, cela vous ouvrirait les yeux et vous reviendriez à la raison…

Il se rembrunit.

— Vous vouliez me surprendre ? Donc, vous ne m'avez pas pris au sérieux ?

Chiara se sentit rougir.

— Quand vous réaliseriez vraiment… que vous alliez me prendre pour femme…

Elle se tut, la gorge nouée.

Il secoua la tête et s'approcha d'elle.

— Non, *cara*. Apprenez que je ne fais jamais les choses à la légère.

Il y avait une détermination inébranlable dans sa voix et Chiara était bien obligée de se rendre à l'évidence : il voulait tellement le *castello* qu'il était capable de l'épouser pour ça. Oui, il était à ce point cruel.

— Mais je ne suis pas votre genre de femme ! dit-elle d'une voix désespérée.

— Vous vous rabaissez, *signorina*, répondit-il en l'enveloppant d'un regard insondable.

Elle se souvint alors des paroles de son père. Non, elle ne serait pas une poule pondeuse ! Elle voulait être aimée passionnément. Elle avait été stupide de croire qu'elle pouvait amener cet homme là où elle voulait.

Elle recula d'un pas.

— Désolée… J'ai changé d'avis. Je ne peux pas faire ça.

Elle gagnait la sortie quand il la rappela.

— Attendez.

Elle s'arrêta à contrecœur et il vint se placer devant elle. Une expression d'incrédulité marquait ses traits.

— Vous préférez vous retrouver sans rien alors que je peux vous offrir une vie luxueuse ? Car je suis vraiment très riche, *cara*.

— Je sais. Je me suis renseignée.

Il était à la tête d'un empire international qui comprenait de multiples sociétés dans des secteurs aussi divers que l'immobilier, les nouvelles technologies ou les médias.

— Alors, vous savez aussi que je ne fais pas de promesses à la légère. J'ai des appartements à New York, à Rome et à Londres et je suis propriétaire d'une île dans les Bahamas.

Chiara eut un pincement au cœur. Elle avait toujours eu envie de visiter ces endroits. Mais pas par le biais d'un mariage de convenance avec un homme d'affaires calculateur qui ne songeait qu'à se venger ! À quoi sa vie ressemblerait-elle avec lui ? Elle était incapable de l'imaginer.

En le voyant croiser les bras, elle comprit, à sa grande honte, qu'elle avait formulé au moins une partie de ces pensées à voix haute.

— Je travaille principalement dans mes bureaux de Rome, mais je me rends souvent aux États-Unis et à Londres, expliqua-t-il. Attendez-vous à m'accompagner à des réceptions mondaines. Mais vous resterez au *castello* quand je n'aurai pas besoin de vous.

Ma parole ! Il la considérait comme son employée. Son arrogance était décidément sans limites. Pourtant, l'idée de quitter le château pour de bon lui était insupportable.

Le mariage ne peut pas être ma seule option… Il y a forcément une autre issue.

— Si je refuse de vous épouser, me laisserez-vous accéder au domaine pour me recueillir sur la tombe de mes parents ?

Le visage de Nicolo Santo Domenico se durcit.

— Pourquoi le ferai-je ? Votre famille n'a jamais accordé ce droit aux miens.

Chiara pinça les lèvres à ce rappel. Il est vrai que son père n'avait toléré que le personnel et les employés sur la propriété. Il avait toujours mis un soin démesuré à protéger leur vie privée. Un réflexe, parce qu'il avait eu de bonnes raisons de redouter les intrus ?

— Dans très peu de temps, *signorina*, vous n'aurez plus aucun droit sur cette maison. Ce sera comme si vous n'aviez jamais existé dans ce lieu.

Ses paroles terriblement brutales lui causèrent une vive émotion et Chiara se détourna. Dans son désarroi, elle sortit sur la terrasse. Arrivée devant le parapet, elle cilla furieusement. Cette vue… Les parfums… Les bruits alentour… Comment pourrait-elle jamais s'en lasser ? Ils faisaient partie d'elle-même, puisqu'elle était née au *castello*. Sa mère n'avait pas eu le temps de rejoindre l'hôpital et c'est l'employée de maison qui l'avait accouchée.

Chiara vouait un attachement viscéral à ce lieu qui l'avait vue naître. L'idée d'en partir définitivement lui était tellement insupportable qu'elle se sentit prise de vertige, comme si elle se tenait au bord du gouffre.

Et si tu disais oui ? Simplement… oui ?

Elle n'aurait pas le cœur brisé et verrait sa vieille demeure retrouver sa splendeur passée… Nicolo Santo Domenico avait beau vouloir aller jusqu'à l'épouser, quand il verrait qu'elle manquait d'aisance en société et de sophistication, il comprendrait qu'il avait commis une énorme erreur. Il mettrait fin au mariage pour trouver une femme qui conviendrait mieux à son milieu.

Une lueur d'espoir naquit au fond d'elle-même. S'ils divorçaient, n'aurait-elle pas une chance de négocier des conditions pour venir au *castello* ? Comme un droit de visite ?

Pour la première fois, un mariage avec Nicolo Santo Domenico ne lui apparaissait pas si grotesque.

En entendant un bruit derrière elle, elle se raidit.

— *Signorina* Caruso ?

Prenant une profonde inspiration, Chiara se retourna, disposée cette fois à discuter. Après tout, elle avait le droit de protéger ses intérêts, n'est-ce pas ?

Résolument, elle redressa le menton.

— J'accepte de vous épouser… à une condition.

Il y eut un bref silence, puis il hocha la tête.

— Vous n'êtes pas vraiment en position de négocier. Mais soit, je vous écoute.

Chiara hésita juste une seconde avant d'annoncer :

— Au bout de six mois, nous ferons le point pour voir comment cette union fonctionne. Et il ne sera pas question de… fonder une famille avant ce délai.

Il resta silencieux un long moment. Le regard acéré qu'il fixait sur elle l'embarrassait terriblement, mais elle s'efforça de ne pas bouger.

— Ce sont en fait deux conditions. Mais je les accepte.

Chiara soupira. Elle venait d'arracher une petite victoire. Cependant, le plus dur restait à faire et cette perspective lui donnait le vertige.

Se persuadant qu'elle agissait pour le mieux, elle lui tendit la main.

— Dans ce cas, je vous permets de m'appeler Chiara.

Il serra sa main dans la sienne et elle faillit sursauter en recevant une sorte de décharge électrique.

— Appelez-moi Nico. Je suis impatient de vous connaître, Chiara.

Une lueur de triomphe brillait dans ses prunelles. Chiara frémit et se dégagea de son emprise d'un geste abrupt. Il lui était impossible de revenir sur sa décision. Il ne lui restait plus qu'à aller de l'avant en espérant ne pas avoir sous-estimé cet homme…

*
**

Une semaine plus tard, Chiara était toujours en proie au vertige. Peu après qu'elle lui eut donné sa réponse, il y eut une série d'entrevues à la villa en présence des conseillers juridiques de Nico. Chiara s'y était rendue avec son avocat. Celui-ci, inquiet, l'avait prise à part pour lui demander si elle était sûre d'avoir pris la bonne décision. Elle avait bien conscience d'avoir passé un pacte avec le diable — un diable aux traits séduisants et au corps de lutteur —, mais c'était sa seule chance de garder un lien avec sa maison.

À présent, elle regardait son reflet dans le miroir de sa chambre. Elle portait la robe de mariée qui avait appartenu à sa grand-mère paternelle, qu'elle avait aimée tendrement. Ayant hérité d'elle sa silhouette, la tenue lui allait parfaitement. La robe était toujours d'un blanc immaculé. Tout en dentelle sicilienne, elle avait des manches longues et un col droit. La coupe était sage, mais elle moulait sa poitrine pulpeuse et ses hanches de façon presque indécente. *Impossible de remédier à ça, tu n'as plus le temps maintenant.*

Dans un instant, elle se rendrait à la chapelle du *castello*.

Nico avait proposé de lui acheter une robe et d'engager une coiffeuse, mais elle avait refusé. Elle avait seulement accepté de faire venir deux jeunes filles du village pour l'aider à s'habiller. L'une d'elles s'avançait justement pour placer le voile sur ses cheveux ramenés en arrière.

La jeune fille attacha le voile sur l'arrière de la tête et le rabattit sur le visage de Chiara.

Voilà, elle était fin prête. Elle avait surpris les regards navrés que les jeunes filles avaient échangés en l'aidant à s'habiller, mais elle s'en moquait. Ce n'était pas un vrai mariage, et puisqu'elle espérait que Nico regrette vite de l'avoir épousée, elle était sur la bonne voie.

À cause des démarches et des préparatifs, ils s'étaient à peine parlé au cours de la semaine et Chiara en était soulagée, même si c'était futile de penser qu'elle pourrait éviter son mari une fois unie à lui. Heureusement, il semblait tout aussi réticent à l'idée de passer du temps avec elle. Ce qu'il lui avait fait savoir lors d'une brève conversation.

— Je retournerai à New York presque immédiatement pour superviser une fusion d'entreprises. Il n'y aura donc pas de temps pour une lune de miel.

— Je n'espère pas de lune de miel, avait-elle répondu. Ce n'est pas un véritable mariage.

Il n'avait pas insisté et Chiara en avait profité pour prendre la tangente. Durant son séjour à New York, il côtoierait le genre de femmes qu'il préférait, pensa-t-elle. Quand il reviendrait en Sicile, ce serait avec la décision de divorcer. Elle comptait sur ce revirement pour négocier ses conditions.

Elle avait déjà pris des renseignements auprès de son avocat et il lui avait affirmé qu'elle aurait des droits en tant qu'ex-épouse de Nico.

On frappa à la porte.

— *Signorina*, ils sont prêts.

Chiara se crispa et son assurance vacilla dangereusement. Fermant brièvement les yeux, elle fit une courte prière pour qu'une solution surgisse, puis sortit de la chambre, prête à affronter sa destinée.

Nico était surpris de se sentir si nerveux en attendant que Chiara apparaisse à l'entrée de la chapelle. À l'intérieur, une poignée d'invités seulement avait pris place, parmi lesquels ses conseillers juridiques et l'avocat de Chiara. On n'avait pas cherché à cacher qu'il s'agissait d'une union de convenance.

Chiara s'était montrée étonnamment coopérative, signant tous les contrats qu'on lui avait présentés après un bref échange avec son avocat. Elle avait été si bien disposée qu'il avait demandé à ses experts de réexaminer les clauses indiquant ce qu'elle recevrait de sa fortune en cas de divorce, pour vérifier qu'elles ne comportaient aucune faille.

De son côté, il avait accepté la période d'essai de six mois qu'elle avait exigée, prévoyant qu'une fois ce délai passé elle hésiterait à renoncer au style de vie luxueux auquel elle se serait habituée. Mais une petite voix intérieure était venue lui rappeler que Chiara avait décliné toutes ses offres de nouveaux vêtements, d'une robe de mariée, de coiffeuse…

Il y eut du mouvement vers le porche de la chapelle et il plissa les yeux, dans l'expectative. Malgré tout, quand elle apparut enfin, Nico reçut un choc qui lui fit l'effet d'un coup de poing. Elle aurait dû être ridicule dans cette robe de mariée à l'ancienne. Mais non…

La jeune femme remontait l'allée centrale. Seule, forcément. Il chassa immédiatement la tristesse que cette image lui inspirait. Il était trop distrait par la façon dont la robe de dentelle épousait ses courbes féminines. Elle était la Vénus de Milo incarnée… Captant le regard appréciateur que l'un de ses conseillers coulait vers elle, il sentit un élan brûlant et possessif le traverser. *Dio !* Sa réaction était complètement disproportionnée.

Elle tenait un petit bouquet entre ses mains. Quand elle arriva à sa hauteur, il capta le parfum des fleurs sauvages. C'était évocateur et étrangement sensuel.

Il se tourna vers l'autel et le prêtre commença la célébration. Les paroles l'enveloppaient, mais il ne pensait qu'à soulever le voile de Chiara pour voir son visage.

— Maintenant, je vous déclare mari et femme. Vous pouvez embrasser la mariée.

Enfin !

Nico se tourna vers la jeune femme. Elle gardait la tête penchée. Avec précaution, il releva son voile et le ramena par-dessus ses cheveux. Elle redressa enfin la tête et Nico retint son souffle. Elle ne portait pas de maquillage, offrant au regard son teint frais et clair et ses remarquables prunelles. Quant à sa bouche… Avait-elle toujours été si joliment ourlée ?

Doucement, il lui saisit le menton. L'église, le prêtre et les témoins, il les avait oubliés, tandis qu'il fixait les lèvres pulpeuses de Chiara. Elles tremblaient légèrement, laissant voir juste le bout de sa langue. Un violent désir s'empara de lui et, sans plus hésiter, il prit sa bouche. Loin d'être chaste, ce baiser était empreint de passion. Il enlaça Chiara, pressant contre lui ses courbes affolantes. Son corps féminin était doux, le sien dur et douloureux.

Cependant, sa jeune épouse ne répondait pas à sa fougue. Elle restait de marbre et ses lèvres étaient froides sous les siennes.

À regret, il mit fin à son baiser. Il vit ses grands yeux verts frappés d'étonnement. Une vive rougeur colorait ses joues et ses seins se soulevaient rapidement. Nico effleura du pouce le dessin délicat de sa mâchoire et le coin de sa bouche.

— *Baciami*, murmura-t-il. Embrasse-moi.

Chiara sentait son propre corps en feu. Nico l'enlaçait si étroitement qu'elle percevait le modelé de ses muscles ciselés à travers son costume.

Ça n'aurait pas dû se passer comme ça ! Elle s'était attendue à un baiser bref sur la joue, rien de plus. Puis ils auraient quitté la chapelle, auraient enduré le repas de noces parmi les invités qui lui étaient totalement inconnus, avant que Nico s'envole à bord de son jet privé pour reprendre sa vie et ses affaires, la laissant au *castello*. Là, elle se serait raccrochée à l'espoir de recevoir rapidement une demande de divorce.

Mais elle était incapable de penser à cela maintenant. Tout ce qui accaparait son esprit était contenu dans la pression ferme des lèvres de Nico sur les siennes. Son baiser était comme une brûlure et une prise de possession. Comme s'il ne la possédait pas déjà suffisamment, il tenait à l'embrasser follement pour mieux la marquer de son sceau. Pire, il la priait de répondre à son étreinte.

Le contact de sa bouche mit fin à ses réflexions. Nico lui donnait un nouveau baiser. Si elle avait comparé le premier à une brûlure, celui-ci déclencha le réveil brutal des sens. Les lèvres de Nico étaient avides, insistantes, expertes, de sorte que Chiara n'eut d'autre choix que d'entrouvrir les siennes.

Quand elle sentit l'intrusion de sa langue qui cherchait la sienne, elle eut l'impression que son ventre devenait une lave bouillante.

Aussi terrible qu'un cataclysme, ce baiser allumait au fond d'elle-même un brasier qui ne demandait qu'à la consumer tout entière.

Quand il releva enfin la tête, Chiara était étourdie, bouleversée, abasourdie, et il lui fallut quelques secondes pour comprendre que le prêtre toussotait avec insistance.

Elle se heurta au regard hypnotique de son mari. Elle ignorait quel homme il était vraiment, pourtant elle l'avait laissé passer outre ses défenses. Ce constat l'affola et elle s'écarta si vivement que, sans le bras de Nico pour la retenir, elle serait tombée. Elle lui retourna un regard furieux, sans trop comprendre ce sentiment de colère. Peut-être parce que ce qu'ils venaient d'échanger était tellement plus qu'un baiser ?

La cérémonie était terminée. Une main sur son bras, Nico l'escorta vers la sortie de la chapelle sous les yeux de l'assistance. Quand ils débouchèrent sur le petit parvis inondé de soleil, Chiara écarta le bras. Elle s'apprêtait à lui demander les raisons de ce baiser ravageur, lorsque les invités les rejoignirent. Elle se promit de lui poser la question plus tard.

Le petit cortège prit le chemin du *castello*, où un traiteur avait été chargé de concocter le repas de noces. À table, Chiara s'efforça de faire bonne figure en bavardant avec les invités. Au bout de deux heures enfin, tout le monde avait quitté les lieux, les serveurs y compris.

Avec un gémissement de satisfaction, elle ôta son voile et massa sa tête douloureuse. Puis elle descendit à la cuisine pour nourrir Spiro — le seul être qu'elle appréciait dans cette sinistre comédie !

En revenant vers le salon, elle se demandait si, par chance, Nico était déjà parti pour New York. Mais non… Il était là, un verre à la main, et contemplait d'un air désabusé une photo d'elle entourée de ses parents.

Chiara sentit son pouls s'accélérer en se remémorant leur baiser explosif. Au même instant, elle réalisa qu'une part secrète d'elle-même n'était pas prête à le voir partir. Il s'était débarrassé de sa veste et de son gilet, et sa chemise blanche ajustée soulignait sa belle carrure.

Il se détourna et tendit une main vers elle.

— Bienvenue, *mia moglie*, veux-tu un verre ?

« Ma femme… » Oui, elle l'avait épousé. Mais seulement parce que c'était la seule façon de ne pas être congédiée de chez elle avec pertes et fracas !

— Oui, volontiers, répondit-elle d'un ton qu'elle espérait détaché.

Sur quoi, elle s'avança, feignant la décontraction en dépit de sa robe de mariée vieillotte qui lui collait à la peau.

Elle avait surpris son regard sur elle à plusieurs reprises au cours de la journée et en avait été mortifiée. Sans doute était-il soulagé que leur mariage ait eu lieu dans l'intimité et qu'il n'ait pas eu à se montrer avec elle devant une plus large assemblée.

Il déboucha une bouteille de champagne tenue au frais dans un seau à glace et remplit une coupe qu'il lui tendit. Chiara la prit et la serra nerveusement entre ses doigts.

— Quel besoin avais-tu de m'embrasser comme ça dans la chapelle ? dit-elle avec raideur. La seule personne qui ignore la vraie nature de cette union, c'est le prêtre.

Il lui jeta un regard direct.

— Peut-être parce que je le voulais.

Chiara retint son souffle, consciente de la tension qui chargeait l'air entre eux.

Lui et moi ? Non, impossible…

— Ce n'était pas la peine de faire semblant d'être amoureux, reprit-elle vivement. Nous savons tous les deux quel genre de femmes tu préfères.

Il prit un air détendu et fourra une main dans la poche de son pantalon.

— Vraiment ? Et quel est donc mon genre de femmes d'après toi ?

Se sentant prise au piège, Chiara ne put s'empêcher de rougir. Elle avala une gorgée de champagne et faillit s'étrangler. Quand elle releva les yeux, Nico haussait un sourcil interrogateur, attendant sa réponse.

Elle gagna la fenêtre pour prendre ses distances. Dehors, le crépuscule obscurcissait le ciel. Comment cette journée avait-elle pu passer si vite ? Et pourquoi était-il encore là ?

Se détournant, elle répondit :

— J'ai vu des photos dans les magazines. Les créatures que tu apprécies sont grandes, ultra-minces et très belles.

— J'aurais probablement été d'accord sur ce point, jusqu'à ce que tu apparaisses aujourd'hui, comme la plus innocente des tentatrices.

Chiara tressaillit. Était-ce une moquerie ?

Nico posa son verre sur un guéridon et s'avança dans sa direction. On aurait dit que son vernis de courtoisie avait disparu, révélant l'homme brut qu'il était sous la surface. Malgré elle, Chiara le trouva fascinant.

L'atmosphère du salon devint étouffante, lui donnant l'impression qu'un feu brûlait dans la cheminée monumentale. Mais non, aucun feu n'avait été allumé depuis Noël.

Il s'arrêta devant elle et Chiara déglutit avec peine.

— Je ne suis pas… Pourquoi es-tu encore ici ? Tu devais prendre l'avion pour New York.

Il fronça les sourcils.

— C'est notre nuit de noces. Pourquoi devrais-je partir ?

Chiara sentit la tête lui tourner.

— Mais ce n'est pas un mariage… normal.

Il s'approcha encore d'un pas.

— Au contraire, il est parfait. Pas de fausses déclarations d'amour ni d'émotions exacerbées. Juste deux personnes qui se sont unies pour un bénéfice mutuel. Sauver le *castello*.

— Ce que tu aurais fait de toute façon, répliqua-t-elle.

Il secoua la tête.

— Je ne suis pas un homme patient, Chiara. Je n'étais pas disposé à attendre pour entrer en possession de mon héritage.

— Un héritage que tu as dû acheter, lui rappela-t-elle, acerbe.

Il lui paraissait important de le brusquer, pour l'éloigner, parce qu'elle redoutait qu'il remarque sa fragilité. Seigneur ! Il ne devait pas la regarder comme ça, avec cet air de… de vouloir la dévorer ! S'il la touchait de nouveau, elle risquait de se briser en mille morceaux.

Il haussa nonchalamment les épaules.

— L'argent, je m'en moque complètement. Ce château m'appartient maintenant et c'est ce qui compte. Dans l'affaire, j'ai aussi gagné une épouse.

Il dégageait une vibrante énergie sexuelle. En proie à la panique, Chiara chercha désespérément à le convaincre qu'elle n'était pas son genre de partenaire.

— Mais tu ne veux pas de moi… Pas comme un mari. Tu devrais y aller. Tes affaires…

— Au contraire, j'ai envie de ma femme. Très envie même, dit-il en rivant son regard au sien.

4.

Chiara pouvait à peine respirer tant son cœur battait la chamade. Nico lui saisit une mèche de cheveux qui avait glissé sur son épaule. Il l'entortilla autour de ses doigts et tira doucement, la forçant à se rapprocher de lui.

Sentant les pointes de ses seins se dresser sous la dentelle de sa robe, elle se mordit la lèvre, priant pour qu'il ne baisse pas les yeux.

— Ça fait longtemps que je n'ai pas vu une femme avec des cheveux aussi longs, dit-il presque rêveusement.

— Ce n'est pas à la mode. Je devrais les faire couper.

Son regard aigu la transperça.

— Ne fais pas ça !

Le ton autoritaire la saisit.

— Tu n'as pas le droit de me donner des ordres.

Nico serra les dents et se radoucit.

— *Je t'en prie*, ne les coupe pas. Je les aime comme ça.

Malgré tout, Chiara avait conscience de perdre la bataille. Toute l'attention de cet homme était centrée sur elle et il aurait fallu être de marbre pour pouvoir y résister. En réalité, elle fondait de désir. Tout son corps était hyper sensible et certaines zones pulsaient douloureusement. Sa robe semblait de plus en plus étriquée tout à coup et elle eut envie de sentir une brise fraîche sur sa peau brûlante. Puis elle imagina les mains expertes de Nico déchirer sa robe et la dénuder sous son regard sombre et affamé…

Cette image érotique agit sur elle comme une douche

froide. Que lui arrivait-il ? Elle s'écarta de Nico brusquement, oubliant qu'il la retenait par les cheveux. La douleur la fit grimacer. Posant sa coupe de champagne sur une étagère, elle lui lança un regard furieux.

— Écoute, ça ne rime à rien. Je te connais à peine !

— Pourtant, nous sommes mariés, répondit-il, impassible.

— Oh ! seulement parce que je n'ai pas eu le choix !

— Je te désire comme un fou, *cara*, dit-il d'une voix traînante. Et la preuve physique est là.

Malgré elle, Chiara baissa les yeux et vit le tissu tendu au niveau de l'entrejambe de son pantalon. Un long frisson la secoua tout entière.

— Tu me dégoûtes !

— Ça s'appelle de l'alchimie, et elle existe entre nous, que tu le veuilles ou non, répondit-il sans se démonter.

— C'est faux ! C'est juste que tu es sexuellement actif et que tu n'as pas dû coucher avec une femme depuis ton arrivée ici et…

Il leva une main pour l'interrompre.

— Arrête. J'ai suffisamment d'expérience pour savoir qu'une véritable alchimie entre partenaires est rare. Je n'ai pas désiré une femme à ce point depuis…

Il s'assombrit brusquement.

— Peu importe, dit-il très vite. Ce qui compte, c'est que je désire ma femme. Même si ça te paraît incroyable, j'ai l'intention de consommer ce mariage cette nuit.

Son instinct la poussait à refuser. Mais pour des raisons qu'elle n'était pas sûre de comprendre, Chiara était aussi intriguée. Parce qu'il avait eu une hésitation. Il y avait eu une autre femme qu'il avait désirée passionnément ?

— Je ne peux pas coucher avec un inconnu ! se défendit-elle avec force.

— Pourtant, nous nous connaissons mieux que la plupart des couples qui se laissent aveugler par leurs émotions.

Là-dessus, il couvrit la courte distance qui les séparait et posa les mains sur sa taille. Chiara était trop faible pour lui résister. Jamais elle n'avait ressenti une telle attirance et elle s'en voulait de l'éprouver envers un homme aussi cynique qui la considérait ni plus ni moins comme un pion.

Elle leva les mains avec l'intention de le repousser et rencontra son torse solide comme un rempart d'acier. Alors, elle sut au fond d'elle-même ce qui allait arriver. Parce qu'elle le voulait aussi, s'avoua-t-elle. Une sorte de rébellion émergeait en elle, la poussant à être follement audacieuse. Mais d'abord, il lui importait d'en apprendre davantage sur celui qui était devenu son mari.

— Pourquoi était-ce si important pour toi ? demanda-t-elle.

— De quoi parles-tu ?

— De ta volonté de récupérer le *castello*. Tu as dit que tu étais plus détaché que tes ancêtres à ce sujet, raison pour laquelle tu avais réussi dans la vie. Cela aurait-il eu une grande importance si tu n'avais pas pu en devenir propriétaire ?

Il se raidit, visiblement irrité.

— Pourquoi me demander ça maintenant ?

— C'est juste que… j'ai besoin de savoir.

Il soupira.

— Je l'ai fait pour mon père. Lui-même souhaitait le récupérer pour son propre père qui y avait vécu. C'était sa dernière volonté que je redonne ces terres à notre famille et je regretterai toujours de ne pas l'avoir fait de son vivant. J'ai grandi à Naples, mais ça n'a jamais été chez moi. Les gangs qui y faisaient la loi nous le rappelaient constamment : nous n'étions pas les bienvenus. Tu vas peut-être trouver ça ridicule mais, en franchissant les grilles de ce château, j'ai cru rentrer à la maison.

Chiara avait, elle aussi, eu cette impression étrange quand il était arrivé. Comme si sa place dans ce lieu était évidente tandis que la sienne n'avait été qu'un mensonge.

Le visage de Nico se ferma et elle devina qu'il regrettait d'avoir parlé. Sur une impulsion, elle leva une main vers son visage et lui caressa la joue.

— Je suis désolée que ton père n'ait pas eu le temps de revenir ici, dit-elle d'une voix douce.

Depuis qu'elle l'avait rencontré, jamais ils n'avaient été aussi proches. La tension qui la tenait jusque-là s'apaisait. Nico Santo Domenico n'était pas aussi froid et inaccessible qu'il lui était d'abord apparu.

Ses mains fermes lui enlaçaient toujours la taille.

— Je ne veux pas parler de ça, ni de quoi que ce soit d'autre, d'ailleurs. C'est toi que je veux, Chiara.

Sa voix rauque joua dangereusement sur ses sens et elle se mit à trembler comme une feuille. En dépit de tout, Chiara sut que pour rien au monde elle n'aurait voulu être ailleurs.

— Je te veux aussi, avoua-t-elle.

Un éclair enflamma le regard sombre de Nico. Il l'attira contre lui et glissa une main dans ses cheveux.

Quand leurs bouches se joignirent, Chiara sentit une onde voluptueuse l'embraser tout entière. Frémissante, elle agrippa la chemise de Nico et s'abandonna à leur baiser sauvage et brûlant.

Nico interrompit brusquement leur étreinte et la souleva dans ses bras. À grands pas, il se dirigea vers l'escalier. Une fois sur le palier, il s'arrêta.

— Quelle direction ?

Sa chambre était sur la droite, se dit Chiara. Mais il y avait une grande chambre, au bout du couloir sur la gauche, qu'elle avait préparée pour lui. Elle l'indiqua d'un geste et Nico s'engagea avec assurance dans cette direction.

Il entra et repoussa la porte du pied. Le clair de lune inondait la pièce d'une lueur argentée. Nico la déposa près du lit et Chiara se rendit compte qu'elle avait perdu ses escarpins, dans l'escalier sans doute.

Elle leva les yeux vers lui, le souffle court, en proie à un mélange de désir et d'émerveillement à l'idée de ce qui allait suivre. Sa première fois…

Ils se firent face dans un silence tendu, et une crainte froide s'insinua en elle. Allait-il changer d'avis ?

— Non ! Tu es belle. Tu incarnes la sensualité pure, Chiara.

Incrédule, elle garda les yeux baissés, gênée d'être presque nue alors qu'il était encore habillé.

Comme s'il lisait dans ses pensées, Nico déboutonna sa chemise, dévoilant peu à peu son torse puissant couvert d'une toison sombre qui s'amenuisait sur son ventre plat et musclé et disparaissait sous sa ceinture. Il agrippa celle-ci, défit la boucle et abaissa son pantalon, entraînant en même temps son caleçon.

Chiara déglutit péniblement en contemplant toute la puissance de son corps nu et excité. Elle avait une envie folle de le toucher et... *de le goûter !*

Cette réaction la choqua, mais elle lui paraissait finalement normale aussi.

— Chiara... Ne me regarde pas comme ça.

Elle releva la tête, rougissante. Il lui sourit. C'était la première fois et elle se sentait fondre intérieurement.

— Je ne tiendrai pas longtemps si tu m'admires de cette façon.

Il lui prit la main pour l'entraîner vers le lit. Enjambant la robe échouée à ses pieds, elle le suivit, consciente de l'importance de ce moment. Elle allait s'abandonner sans hésiter à un homme qui avait fait irruption dans sa vie et l'avait bouleversée en l'espace d'une semaine ; un homme qui s'était conduit de manière impitoyable, mais qui, elle le savait maintenant, enfouissait en lui des émotions intenses et douloureuses.

Il la renversa sur le lit et la contempla un long moment. Elle voulait désespérément caresser son corps viril, mais l'audace lui manquait tout à coup.

Finalement, Nico déclara :

— Je vais explorer chaque parcelle de toi, les goûter une à une...

Il l'encouragea à rester étendue et à ne rien faire, pendant qu'il s'adonnerait à ce programme. Puis il s'empara de sa bouche, la couvrant de baisers profonds, tandis que sa paume tiède caressait le galbe de ses seins et titillait leurs pointes dressées et sensibles. Enivrée, Chiara s'agitait, le corps liquéfié, le suppliant silencieusement d'aller plus loin.

Avec une lenteur insupportable, il sillonna sa gorge du bout des lèvres et de la langue. Enfin, sa bouche couvrit son mamelon, l'aspira. Chiara exulta. Cette chaleur humide sur sa chair sensible était incroyablement érotique.

D'un geste doux mais impérieux, il lui écarta les cuisses et ses doigts se mirent à fouiller son intimité brûlante et moite. Chiara se cambra. Embarrassée d'être si excitée, elle tourna la tête, mais Nico la força à le regarder.

— Déjà prête pour moi, *cara* ? C'est incroyablement sexy. C'est pareil pour moi. Touche…

Il guida sa main et la mit au contact de son sexe, exactement ce qu'elle avait souhaité faire elle-même. Son membre était bouillant, dur comme l'acier et gainé de velours. Un mélange merveilleux de vulnérabilité et de puissance…

— J'ai envie de toi *maintenant*, dit-il d'un ton saccadé.

Dans le clair de lune qui nimbait ses traits, son expression paraissait implacable et torturée. Subjuguée, elle acquiesça et il s'étendit sur elle, glissant un genou entre ses cuisses pour les écarter davantage.

Il se pressa contre elle et plaça une main sous ses fesses pour s'installer mieux en laissant échapper un gémissement sourd.

Chiara était totalement à sa merci, pourtant elle ne s'était jamais sentie aussi puissante qu'en cet instant. Jusqu'à ce que Nico plongeât en elle d'un élan vigoureux. Elle s'arc-bouta, à la fois choquée et émerveillée par cette intrusion. Presque immédiatement, une douleur aiguë la lacéra, si vive qu'elle sentit les larmes lui piquer les yeux.

Nico s'immobilisa. Son expression reflétait sa propre stupeur.

— Chiara ? Tu es… *vierge* !

Son assurance s'envola et elle acquiesça piteusement.

Elle s'attendait à ce qu'il s'écarte avec dégoût. Au lieu de quoi, elle vit une lueur étrange briller dans ses prunelles. Il plaça une main entre eux, là où leurs corps s'unissaient.

— Juste un peu de patience, *cara*. La douleur ne durera pas longtemps. Fais-moi confiance.

Chiara retint son souffle, tandis qu'il commençait à bouger lentement en elle. La pression de ses doigts habiles et son va-et-vient fluide faisaient naître d'autres sensations. La douleur laissait place au plaisir, doucement. Son corps s'adaptait au sien, la poussant à chercher une fusion parfaite. Succombant au rythme de la danse immémoriale, elle enroula ses jambes autour des hanches de Nico, l'encourageant à accélérer son allure, tandis qu'une tension inexorable montait en elle.

Mais il refusait d'accéder à ces suppliques muettes, prolongeant l'attente de plus en plus insupportable, au point que Chiara lui mordit l'épaule pour ne pas hurler de frustration.

Soudain, quelque chose changea en lui. Était-ce son contrôle qui lui échappait ? Ses mouvements se firent plus sauvages et plus débridés, la propulsant de plus en plus haut dans l'ivresse. Brusquement, elle s'arc-bouta, éblouie, et chavira dans un océan de plaisir incomparable.

Au-dessus d'elle, le corps puissant de Nico s'immobilisa et elle sentit ce même plaisir partagé pleinement. Il s'effondra, le corps traversé de secousses, tandis qu'elle vibrait autour de lui, puisant les dernières ondes de sa jouissance…

Quand Chiara s'éveilla, le jour inondait la chambre et une brise légère glissait sur sa peau. Elle se sentait incroyablement repue et apaisée, même si le moindre mouvement lui causait des tiraillements dans tout le corps. Juste le souvenir du délice indicible qui l'avait traversée…

Alors, tout lui revint en mémoire, comme les images d'un film. Roulant sur le côté, elle vit les draps froissés. Elle était seule dans le lit. Sa robe de mariée était soigneusement étalée dans un fauteuil. Une attention de Nico, car elle n'avait certainement pas pris cette précaution la nuit dernière.

Elle exhala un gémissement et remonta le drap sur sa tête. Qu'était-elle devenue dans ce laps de temps ? Une esclave du sexe, sans aucune inhibition ou presque.

Car après leur première expérience, Nico n'avait eu qu'à la toucher pour la rendre folle de désir, prête à goûter de nouveau à la jouissance suprême. Elle le revoyait avec une précision diabolique glissant le long de son corps et posant la bouche à la jonction de ses cuisses…

Chiara rabaissa le drap, tâchant de dompter la vague de chaleur qui s'emparait d'elle. Si Nico s'était trouvé dans la chambre en cet instant, s'il avait fait peser sur elle son beau regard sombre, elle se serait encore offerte à lui.

D'ailleurs, où était-il ?

Chiara se redressa et constata que ses seins portaient de légères griffures, preuves de son désir. Vivement, elle se leva et enfila un peignoir, nouant fermement la ceinture autour d'elle. Puis elle descendit l'escalier.

Spiro l'accueillit au bas des marches en frétillant et elle le caressa affectueusement. Nico n'était pas dans les salles principales, ni dans le bureau de son père où elle pensait qu'il s'était installé. Elle le découvrit dans la cuisine. Vêtu d'un pantalon sombre et d'une chemise légère, il buvait un café tout en lisant un document sur sa tablette.

Il leva les yeux et, d'un mouvement de tête, lui désigna la cafetière sur le plan de travail.

— J'ai fait du café, dit-il avant de reporter son attention sur sa tablette. La première chose dont nous devons nous occuper ici, c'est le wi-fi. La connexion est d'une lenteur désespérante. Il faudra aussi engager du personnel. Une employée de maison et un homme à tout faire pour commencer.

Chiara sentit comme une chape de plomb s'abattre sur elle. Elle ignorait à quoi elle s'était attendue après une nuit aussi torride, mais ce n'était certainement pas à cela. Nico lui parlait comme si elle était une assistante et non la femme à qui il avait fait l'amour toute la nuit avec une telle ardeur que…

Non ! Elle coupa court à cette pensée. Elle ne devait rien ressentir. Absolument rien !

Elle alla se servir une tasse de café, horriblement gênée d'être seulement couverte d'un peignoir quand Nico était habillé de façon impeccable. Mais elle avait tort de s'inquiéter, car il ne la regardait même pas. Il était froid et distant, à l'exact opposé de l'amant passionné de la nuit dernière.

Sa tasse à la main, Chiara prit place à table.

Il releva les yeux et quelque chose changea enfin dans son expression. Posant sa tablette, il demanda :

— Comment vas-tu ce matin ?

Le ton était si impersonnel qu'elle sentit son cœur sombrer.

— Très bien, merci, répondit-elle en s'efforçant de contrôler ses émotions éparses.

— *Bene*. J'ai changé mes plans, annonça-t-il en se levant. J'ai l'intention d'aller à Rome aujourd'hui pour une réunion. Je me rendrai à New York la semaine prochaine.

Un élan d'enthousiasme la saisit.

— Est-ce que je viens avec toi ?

Il fronça les sourcils.

— Pourquoi ? C'est un voyage d'affaires. Non, tu resteras ici, sauf si une réception se présente. Tu auras suffisamment à faire avec les travaux d'embellissement.

Cette rebuffade tempéra son enthousiasme, mais une petite lueur d'espoir demeurait au fond d'elle-même.

— Je pensais… Après la nuit que nous avons partagée, notre mariage sera peut-être… autre chose qu'un arrangement.

Nico resta de marbre.

— Tu étais vierge, *cara*. C'est normal pour toi de confondre désir et émotion. Je t'ai épousée pour le *castello* et parce que j'ai besoin d'une épouse qui me donnera des héritiers. Rien n'a changé à cet égard.

Oh ! mon Dieu… L'humiliation la submergea et un goût amer lui emplit la bouche. Elle avait été terriblement naïve. Si elle avait vécu une expérience inoubliable qui avait bouleversé profondément sa vie, cela n'était rien pour Nico, évidemment. Comment aurait-il pu en être autrement ? Elle avait été inexpérimentée, il l'avait assez souligné.

Une pensée jaillit soudain dans son esprit et la fit chanceler.

— Nous n'avons pas… utilisé de protection.

Un muscle tressaillit sur le visage de Nico.

— Je sais.

— Tu l'as fait exprès ? s'exclama Chiara en se levant. Tu as profité de mon inexpérience pour essayer de me mettre enceinte ?

Les traits de Nico s'assombrirent.

— Je vois que tu as une haute opinion de moi, dit-il, cynique.

— Est-ce ma faute ? Tout ce que j'ai vu jusque-là prouve combien tu es impitoyable. Mais franchement, je n'avais pas envisagé que tu puisses l'être à ce point !

Prenant conscience qu'elle devenait hystérique, elle tenta de se calmer.

Nico fit un pas vers elle.

— La nuit dernière… je n'avais pas les idées claires. Je n'avais pas l'intention de te mettre enceinte, bien sûr. Mais nous sommes mariés et avoir des enfants fait partie de notre arrangement. Ça ne serait pas une catastrophe, si cela arrivait.

Si, justement. Même si elle était sûre d'aimer son bébé plus que tout, elle ne voulait pas qu'il soit conçu de cette façon, entre passion charnelle et inconscience.

— La nuit dernière était une erreur. Ça n'aurait pas dû arriver.

— Je ne t'ai jamais menti sur le fait de vouloir une union de convenance, Chiara.

Elle se recula, en repensant aux émotions qui l'avaient assaillie au cours de cette nuit mémorable et au bien-être qu'elle avait ressenti en s'éveillant. Elle avait été prête à croire à un conte de fées.

— Je n'aurais jamais dû consentir à ce mariage. C'était de la folie. Je veux une annulation, dit-elle, le désespoir au cœur.

Il secoua la tête. Imperturbable.

— Trop tard. Le mariage est consommé.

Chiara se sentit écœurée.

— Tu m'as séduite pour arriver à tes fins !

Et cela avait été tellement facile pour lui. Il était si calculateur, si implacable ! Tout ce qu'il avait eu à faire, c'était la complimenter à quelques reprises pour lui donner l'impression qu'elle était la seule femme au monde. Sa virginité et sa naïveté avaient fait le reste. Elle s'était laissé prendre à son jeu de séduction, le regardant avec des yeux émerveillés.

— Je t'ai séduite parce que j'en avais envie.

Chiara laissa échapper un rire presque hystérique.

— C'était justement notre nuit de noces. Tu as l'esprit pratique.

Nico ramassa sa tablette.

— Je dois prendre l'avion pour Rome. Nous poursuivrons cette discussion plus tard.

Quand il essaierait de la séduire à nouveau ? Mais il n'aurait même pas besoin d'essayer, s'avoua-t-elle à sa grande honte. S'il la touchait, elle s'embraserait immédiatement.

Il se dirigea vers la porte. Sur le seuil, il se tourna vers elle.

— Chiara, il y aura beaucoup d'avantages à cet accord. Pas de sentiments illusoires, et nous partagerons le même attachement pour le *castello* que nous voulons voir restauré. L'alchimie entre nous est un atout. Ça fonctionnera d'autant mieux.

Là-dessus, il disparut.

Chiara entendit le rugissement du moteur de sa Porsche, puis le silence retomba. Sidérée, elle fixa l'espace qu'il venait de quitter.

Elle avait été terriblement naïve. Pourtant, la nuit dernière, elle avait cru que quelque chose était possible entre eux. Elle s'était complu à imaginer un vrai mariage. Quelle sotte ! Si leur nuit de noces avait été une révélation pour elle, pour Nico, cela avait dû être désespérément banal.

Elle tâcha de se projeter dans l'avenir qui s'étendait devant elle. Elle serait juste tolérée ici. Comme son père l'avait tolérée, déçu qu'elle n'ait pas été un garçon. Et maintenant, elle avait peur d'être enceinte et prisonnière pour toujours d'un homme qui la considérait seulement comme un pion. Cela lui était égal, mais jamais elle ne ferait supporter ça à un enfant.

Mais non, elle n'était pas enceinte. C'était impossible. La vie ne serait pas si cruelle…

Elle devait saisir sa chance maintenant, avant le retour de Nico. Avant qu'il la touche de nouveau et constate qu'il affectait ses émotions autant que son corps.

Elle n'aurait jamais dû croire qu'elle pourrait le manipuler en l'épousant. Elle l'avait sous-estimé à chaque étape. Elle se promit de ne pas commettre cette erreur une seconde fois.

5.

Cinq mois plus tard.

« Je pense avoir trouvé votre femme, *signor* Santo Domenico. Je vous envoie des photos pour que vous puissiez l'identifier. Elle est en Irlande et travaille dans un restaurant à Dublin. Il y a une chose que vous devez savoir… Elle est enceinte. Une fois que vous aurez confirmé qu'il s'agit bien d'elle, je vous donnerai les coordonnées. »

Nico se leva et alla se poster à la fenêtre de son bureau qui offrait un magnifique panorama sur Manhattan. Il n'avait plus l'esprit aux affaires depuis plusieurs mois. Cinq, pour être précis.

Les paroles du détective privé résonnaient dans sa tête. Un mot surtout : enceinte. Il laissa échapper un juron. Son épouse sicilienne, qu'il avait crue douce et timorée, avait eu l'audace de le quitter et de disparaître sans laisser de traces, le lendemain de leur mariage. Sa colère éclipsait son soulagement de savoir Chiara saine et sauve. Elle l'avait mis dans une position intenable en prenant la fuite. Tous ses collaborateurs savaient qu'il était marié, mais n'avaient encore jamais rencontré « l'heureuse élue ». Nico avait beau prétexter qu'elle s'occupait de rénover leur propriété en Sicile, ses explications ne convainquaient personne et certains en arrivaient à douter de l'existence de son épouse.

Oh oui, elle existait bel et bien…

Même s'il avait du mal à l'admettre, le souvenir torride

de leur nuit de noces restait présent dans son esprit. Pour un homme entièrement tourné vers l'avenir, c'était un comble ! Mais l'image de sa jeune épouse nue et vierge, telle une nymphe magnifique, était gravée en lui au fer rouge.

Quand, le lendemain, elle était entrée dans la cuisine, il avait vu tout de suite sa touchante timidité encore imprégnée de l'émerveillement de leurs ébats. Il s'était alors senti accablé. Il n'avait pas vraiment réfuté ses accusations, préférant lui laisser croire qu'il avait agi par calcul. Il ne voulait pas qu'elle développe des sentiments à son égard, parce qu'il se sentait incapable de les partager. Il avait donc balayé immédiatement ses illusions : il n'y avait rien eu de romantique dans leur nuit de noces.

S'il n'avait pas appris, très jeune, à se couper de ses émotions, il serait encore à Naples à vivre de combines ou à séduire de riches étrangères pour subsister. Il n'aurait jamais fait fortune, n'aurait pas accompli la dernière volonté de son père…

Mais pour l'heure, il avait une épouse enceinte à récupérer, se dit-il en interrompant ses réflexions. Il se remémora la lettre qu'elle lui avait laissée et dont il connaissait chaque mot par cœur.

Cher Nico,

Comme tu peux le constater, je suis partie. J'ai commis une grave erreur en t'épousant. Nos différences sont trop importantes. J'ai accepté ce mariage, parce que je pensais ainsi obtenir le droit de venir au castello *pour me recueillir sur la tombe de ma famille.*

Tu peux trouver une femme qui te correspondra beaucoup mieux que moi, je sais que tu en conviendras facilement. Je ne veux pas de ton argent. Je demande seulement le divorce et le droit de venir au castello *deux fois par an.*

Je te serais reconnaissante de prendre soin de Spiro. Il est vieux et ne vivra sans doute plus très longtemps, mais j'aimerais qu'il continue à profiter d'une vie confortable.

Je laisse des instructions pour ses soins ainsi que les coordonnées du vétérinaire.

Chiara Caruso.

Nico fulmina. *Caruso, et non Santo Domenico !* Comme s'ils n'étaient pas mariés ! Et elle se préoccupait plus du chien que de lui-même.

Peu après, l'avocat de Chiara l'avait contacté, demandant s'il était prêt à accorder le divorce à sa cliente. Nico avait refusé catégoriquement. Une réaction instinctive qui l'irritait, car s'il était forcé d'admettre qu'il ne voulait pas la laisser partir, en revanche les raisons lui échappaient. Il était propriétaire du *castello* à présent ; son objectif atteint, libre à lui de divorcer et d'épouser une femme « qui lui correspondait beaucoup mieux », ainsi qu'elle le suggérait.

Seulement, il n'avait jamais aimé suivre les conseils. Du reste, aucune des femmes qu'il avait rencontrées ces derniers mois ne l'avait intéressé le moins du monde. Il comparait systématiquement leur silhouette longiligne et ultra-mince aux courbes infiniment sensuelles de celle qu'il avait épousée.

Dio ! Cette fille le rendait fou.

Le signal annonçant l'arrivée d'un nouveau mail retentit et il revint vers son bureau. Il prit place dans le fauteuil et cliqua sur le lien. Des photos emplirent l'écran et il reconnut immédiatement Chiara. Elles avaient été prises alors qu'elle entrait et sortait d'un petit restaurant italien dans une rue ombragée du centre de Dublin. Le Bella Toscana. Rien de plus banal.

Chiara portait un haut et un pantalon noirs avec un tablier blanc. Nico se raidit en notant son ventre proéminent. *Enceinte.*

L'idée de fonder une famille lui avait toujours paru abstraite. Une promesse faite à son père, un devoir à remplir, presque une corvée.

Mais en regardant la photo de sa femme enceinte, il n'avait plus ce sentiment à la fois lourd et lointain du devoir familial. Au contraire, un élan possessif et une urgence surgissaient au fond de lui.

Ma chair.

Si tu es le père, murmura une voix insidieuse au fond de lui. Qui pouvait affirmer en effet que Chiara n'avait pas couché avec un autre juste après lui ? L'imaginer offrir à un autre l'expression subjuguée qu'elle avait eue provoqua en lui une pulsion féroce. Non, elle n'aurait pas fait ça. Mais qu'en savait-il ? Il la connaissait à peine. Il ne supportait pas l'emprise qu'elle exerçait sur son désir.

Tu as une famille… Il laissa cette pensée le pénétrer et des émotions conflictuelles l'assaillirent. Il songea à son père.

« Nicolo, tu dois fonder une famille, sinon notre nom s'éteindra à jamais. Les Santo Domenico ne peuvent pas disparaître avec cette infamie qui entache leur nom. Fais que cela n'arrive pas, Nicolo. Promets-moi… »

Il avait promis. Comme il avait juré de s'approprier le *castello* et de restaurer leur fortune et leur honneur.

Il concentra son attention sur le visage de Chiara. Elle n'avait pas changé. Ses longs cheveux étaient remontés en queue-de-cheval. Elle ne portait toujours aucun maquillage. Elle était pâle, fatiguée.

Il se rappelait trop bien la teinte inhabituelle de ses yeux et la façon dont ils avaient étincelé comme des émeraudes pendant l'amour. Il abaissa le regard vers ses seins volumineux sous son T-shirt noir.

Immédiatement, il sentit son corps se tendre. Il ferma le fichier et prit son téléphone.

— Oui, c'est elle, dit-il à l'enquêteur. Aucun doute.

Il se leva et retourna devant la fenêtre, en proie à une colère froide.

— Non, ce ne sera pas nécessaire. J'irai la chercher moi-même.

*
* *

— Ils veulent les pâtes courtes, Tony. Pas des linguines.

Chiara retint un sourire, tandis que son patron bougonnait. À l'entendre, les clients ne savaient pas ce qu'ils voulaient et ne connaissaient rien à la cuisine italienne !

Elle posa une main sur son ventre rebondi et le caressa distraitement. Elle n'avait pas senti le bébé bouger depuis un moment, mais elle n'était pas inquiète. Il semblait dormir quand elle était active, et il s'agitait quand elle essayait de se reposer. Difficile de garder son énergie dans ces conditions.

Elle n'aspirait qu'à dormir, tandis que ses démons revenaient la persécuter dans le sommeil. Elle ne parvenait pas à chasser les souvenirs de Nico. Les deux premiers mois, elle avait regretté de ne pas avoir insisté pour trouver un arrangement en dehors du mariage. Il aurait sûrement fini par accepter un marché avec elle, non ? Maintenant, elle ne le saurait jamais.

Au début, elle n'avait pas voulu faire attention aux signes de la grossesse, les mettant au compte du stress. C'était la première fois qu'elle quittait son pays, qu'elle habitait à l'étranger et elle ne connaissait qu'un minimum d'anglais. Mais elle s'était débrouillée et elle était fière de s'en être si bien sortie. Enfin, autant que possible en étant une simple serveuse. Elle imaginait le regard méprisant que son mari lui jetterait s'il venait à l'apprendre. Car Nico restait son mari. Il avait rejeté toutes les tentatives de son avocat pour le faire consentir au divorce. Pourquoi ? Elle continuait de buter sur la question.

Un autre refrain taraudait aussi sa conscience. *Tu vas devoir lui annoncer que tu attends un enfant*. Oui, à un moment ou à un autre, mais elle n'était pas prête pour l'instant à revoir Nico. Cette perspective la faisait frissonner.

— Chiara… Ici, la Terre !

Chiara cilla et prit conscience qu'une de ses collègues se tenait devant elle, les bras chargés d'une pile d'assiettes. Celle-ci fit un mouvement de tête vers la porte.

— Quelqu'un vient d'arriver. Tu t'occupes de le placer ?

Chiara se ressaisit immédiatement.

— Bien sûr. Désolée, Sarah.

Prenant quelques menus, elle se détourna pour accueillir le client, un sourire professionnel aux lèvres. Mais son expression s'effaça très vite quand elle reconnut l'arrivant.

Nicolo Santo Domenico se tenait là, en chair et en os !

Les menus lui échappèrent des mains. Sans trop savoir comment, elle réussit à articuler :

— Puis-je… vous aider ?

— J'ai trouvé ce que je cherchais, dit-il en la toisant de son regard sombre. Pour le moment, je prendrai un café. Serré, de préférence.

Mon Dieu, son mari était venu jusqu'ici pour la trouver ? Le choc ralentissait le fonctionnement de son cerveau, mais elle perçut sa colère contenue. Son regard aigu s'attardait à présent sur son ventre. Elle en ressentit la brûlure, aussi cuisante qu'une mèche de fouet.

Elle réagit enfin, craignant que son chef ne vienne lui demander ce qui se passait, et se baissa pour ramasser les menus.

— Bien sûr, dit-elle aimablement. Veuillez prendre place, j'apporte votre café tout de suite, monsieur.

Comme Nico s'installait sur une banquette en ployant sa haute silhouette, Chiara se détourna, le cœur battant à coups redoublés. Son corps était moite tout à coup et elle se sentait nauséeuse. Elle actionna la machine à café avec des gestes gauches et se fustigea d'être incapable de penser clairement. Du coin de l'œil, elle apercevait la porte donnant sur l'arrière. Celle-ci était ouverte et, l'espace d'une seconde, elle fut tentée de prendre la fuite. Mais à cet instant, elle croisa le regard de Nico. Il secoua lentement la tête, l'air de dire : « N'y pense même pas. »

Chiara remplit la tasse et se dirigea vers la table qu'il occupait en priant pour ne rien renverser. Elle la posa devant Nico un peu trop brutalement et ne put s'empêcher de remarquer sa mise impeccable. Il portait un costume sombre avec cravate, et ses joues étaient rasées de près.

Elle allait s'écarter, quand sa main ferme lui enserra le poignet. Ce contact la tétanisa et un flot de souvenirs d'un érotisme brûlant revint à sa mémoire, lui donnant le vertige.

— Viens t'asseoir près de moi, *mia cara moglie*. Il y a longtemps que je ne t'ai pas vue, dit-il d'une voix traînante.

Mia cara moglie. Non, elle n'était pas son épouse adorée ! Juste un moyen pour lui d'arriver à ses fins. Dire qu'elle s'était fourrée dans cette situation en croyant s'en sortir indemne ! Elle était enceinte de cinq mois et ressentait un amour immense pour l'enfant qu'elle portait et qui méritait mieux que de naître au milieu d'un tel gâchis.

Dans un geste de colère, elle se dégagea de l'emprise de Nico.

— Qu'est-ce que tu veux ? Je travaille.

Il balaya l'intérieur du restaurant d'un regard méprisant.

— Ma femme n'a pas besoin de travailler.

— J'aime ça et il faut bien vivre, rétorqua-t-elle, piquée.

— C'est ta faute si tu en es là. Tu as pris la fuite.

— Parce que ce mariage était une erreur !

Le regard de Nico se durçit.

— Ah, oui ! Ce sont les mots que tu as écrits dans ta gentille lettre. Mais je ne t'ai jamais menti, Chiara. Je ne t'ai jamais laissé croire que j'avais des sentiments. C'est toi qui n'as pas compris que notre arrangement était purement pratique.

— Oui, j'ai bien compris, répliqua-t-elle. Mais j'ai changé d'avis.

— Tu m'as épousé afin d'être dans une meilleure position pour négocier des conditions, c'est ça ?

— Tu ne me laissais pas le choix, dit-elle en s'asseyant en face de lui, découragée.

Nico la dévisagea et ressentit un élan de désir incongru. Il se fustigea, mais il ne pouvait rester insensible à la folle sensualité qu'elle dégageait. D'autres hommes devaient la regarder, la désirer.

Oui, il s'en rendait compte maintenant. Chiara était tellement belle au naturel qu'elle n'avait pas besoin d'artifices. Sa silhouette harmonieuse, sa bouche pulpeuse qu'il avait couverte de baisers et ses yeux vert jade qui changeaient de teinte à chaque seconde comme des pierres de la plus belle eau…

Il déclara d'une voix sourde :

— Beaucoup de femmes ne verraient pas comme une contrainte le fait d'être mariée avec moi.

Chiara croisa les bras.

— Alors, pour l'amour du ciel, divorçons et épouse l'une d'elles ! Ce n'est pas moi qui t'en empêcherais.

Il jeta un regard expressif vers son ventre.

— Je pense qu'il est un peu tard pour ça.

— Comment sais-tu que c'est le tien ? jeta-t-elle, sur la défensive.

Nico releva les yeux. L'attitude insolente qu'elle affichait n'était qu'une façade. Le bébé était le sien, il en était sûr. Un mélange de fierté et de satisfaction l'envahit.

— Tu étais vierge. Je ne t'imagine pas te précipiter dans le lit d'un autre homme.

Chiara se mordit la lèvre.

— Peut-être. Mais ne va pas me sous-estimer.

— Tu ne me tromperas jamais, Chiara.

— Ça marche dans les deux sens ou dois-je m'attendre à être humiliée par tes infidélités ? Tu entretiens peut-être une maîtresse dans chaque ville du monde. Facile de les cacher dans tes luxueuses garçonnières !

Chiara dut cependant reconnaître qu'elle n'avait pas vu de photos compromettantes sur Internet à son sujet. Même si cela lui coûtait de l'admettre, elle en avait été profondément soulagée.

— Nous sommes mariés. Je ne vois aucune raison de ne pas rester fidèle… si mes désirs sont satisfaits.

Un courant brûlant imprégna l'air entre eux et Chiara crut, l'espace d'une seconde, que Nico la trouvait désirable. Mais non, c'était absurde ! *Pas dans ton état.*

Son patron se matérialisa soudain.

— Ta pause n'est que dans une heure, Chiara.

Nico se leva et elle ne put s'empêcher de remarquer que Silvano, massif mais courtaud, paraissait ridiculement petit auprès de lui.

— Même si cela ne vous regarde pas, sachez que cette jeune femme est mon épouse et qu'elle ne travaille plus ici à partir de maintenant. Je la ramène à la maison.

— C'est vrai ? demanda Silvano en s'adressant à elle.

Chiara se leva à son tour, sachant qu'elle n'avait aucune échappatoire cette fois.

— Oui, c'est la vérité. Je suis désolée.

Silvano haussa les épaules. C'était un homme bon qui s'était montré protecteur envers elle, surtout depuis qu'il la savait enceinte.

— On est lundi. Ce n'est pas une journée chargée. Si tu veux partir, je ne t'en empêcherai pas. À moins que tu n'aies besoin de mon aide ? dit-il en coulant un regard de biais à Nico.

— Non, merci, Silvano. Ça ira.

— Alors, va chercher tes affaires. Je t'enverrai ce que je te dois si tu me laisses une adresse.

Chiara secoua la tête.

— Non, partage ça entre les autres employés. Je n'en aurai pas besoin, dit-elle, terriblement déçue que son expérience de l'indépendance prenne fin si vite.

— *Va bene*. Comme tu voudras.

Silvano s'écarta et Chiara s'apprêtait à rejoindre le vestiaire du personnel quand Nico la retint par le bras.

— L'un de mes hommes surveille la sortie de derrière.

Chiara se dégagea d'un mouvement brusque.

— Tu ne me crois pas capable de faire un sprint dans mon état, si ?

*
* *

— Combien de femmes dorment ici ? demanda Nico, la mine réprobatrice.

Chiara l'avait emmené chez elle, une chambre qu'elle louait dans une grande maison divisée en appartements. L'ensemble était vieillot et insalubre.

— Nous sommes huit, répondit-elle.

— Dans des lits à étage ?

— Les loyers sont chers à Dublin. Mes colocataires sont sympathiques. Des Brésiliennes pour la plupart, venues en Irlande pour apprendre l'anglais.

Chiara avait tout de suite aimé cette vie en communauté. Quel changement comparé à sa solitude au *castello* !

— Nous nous entraidons. Elles m'aident à améliorer mon anglais.

Nico exhala un soupir irrité.

— Si j'avais su que tu vivais dans des conditions pareilles ! Tu aurais pu mettre le bébé en danger.

— Oh ! ne fais pas semblant de te préoccuper du bien-être du bébé, répliqua-t-elle, vexée. Tout ce qui t'intéresse, c'est d'avoir un héritier, ce que tu avais prémédité depuis le début.

Il ne répondit pas et ils n'échangèrent plus une parole jusqu'à l'aéroport où ils prirent place à bord de son jet.

Nico se tourna vers elle et Chiara vit ses traits rudes et beaux se contracter.

— La vérité, c'est que je n'ai pas décidé délibérément de ne pas utiliser de préservatif cette nuit-là. Quand nous sommes arrivés dans la chambre, je n'y ai plus pensé, tout simplement. C'était même la dernière chose que j'avais en tête. Cette nuit-là… je n'étais plus moi-même.

Il avait parlé avec réticence et Chiara se surprit à le croire. Un frémissement surgit du plus intime de son être et elle détesta cette réponse traîtresse de son corps. Bon sang ! Ce n'était pas comme si Nico avouait qu'il la désirait. Comment le pourrait-il quand elle ressemblait à une baleine ?

— Tu m'en aurais parlé ? s'enquit-il soudain.

Instinctivement, Chiara posa une main sur son ventre. Le regard de Nico suivit son geste et une foule d'émotions se succédèrent sur ses traits, l'espace de quelques secondes, avant qu'il ne lui oppose de nouveau un masque impassible. Peut-être n'était-il pas aussi impitoyable qu'elle l'avait pensé, du moins en ce qui concernait sa paternité ?

Elle prit une profonde inspiration.

— Je n'aurais pas été capable de te le cacher. Maintenant, je ne sais pas si je te l'aurais dit *avant* ou *après* la naissance. Mais j'ai toujours pensé que tu méritais de le savoir.

— Que veux-tu dire ? demanda-t-il, sourcils froncés.

— Simplement que j'avais l'intention d'élever seule notre bébé. Parce que je reste persuadée qu'un mariage sans amour n'est pas un environnement favorable pour un enfant.

— Cette photo que j'ai vue au *castello* montrait une famille apparemment heureuse. Pourtant, tu l'as admis toi-même, tout n'était pas si rose.

Pourquoi était-il si sardonique ? se demanda Chiara en soupirant. Ça ne lui suffisait pas d'avoir fait de nouveau irruption dans sa vie et de l'avoir kidnappée ? Même si elle l'avait suivi de son plein gré, reconnut-elle. Mais avait-elle eu le choix ?

— J'étais proche de ma mère, dit-elle. Quant à mon père… Il était déçu de ne pas avoir de fils, ma mère n'ayant pu avoir d'autres enfants. Il pensait qu'une fille n'était pas faite pour diriger une exploitation et il ne m'a jamais impliquée dans ses affaires. Par la suite, l'activité s'est effondrée de toute façon.

— Pourquoi étaient-ils si protecteurs envers toi ?

Chiara se sentit gênée tout à coup. Il n'avait pas été si curieux à son sujet quand il l'avait contrainte à l'épouser. Alors, pourquoi maintenant ?

— J'étais une enfant fragile et malade, finit-elle par dire.

Même si mes problèmes de santé ont disparu à l'adolescence, ils ont continué à me couver en me gardant à la maison.

Un steward s'approcha.

— Veuillez m'excuser, *signor*, nous allons bientôt amorcer la descente sur Rome.

— Rome ? s'étonna Chiara quand le steward se fut éloigné.

— Oui. J'ai été invité à un dîner formel qui aura lieu à la résidence de l'ambassadeur de France ce soir. L'occasion parfaite de montrer à tout le monde que ma femme n'est pas un produit de mon imagination.

L'intonation mordante de sa voix la hérissa.

— Je ne suis rien d'autre qu'un pion pour toi. Tu m'as achetée avec le *castello* !

— Tu t'es laissé acheter, Chiara. Tu n'aurais pas tenu deux minutes hors de cette maison.

— Oh ! mais j'ai tenu. Et même cinq mois !

— Maintenant, ta place est auprès de moi. En tant que mon épouse et future mère de mon enfant.

Sur cette déclaration péremptoire, il prit sa tablette et se mit à consulter ses dossiers.

Chiara retint de justesse un soupir de frustration. Tournée vers le hublot, elle songea avec ironie que ses rêves de voyages se réalisaient, alors qu'elle n'avait jamais été aussi captive.

— Je ne pensais pas que ce serait si joli.

Chiara examinait son reflet dans le miroir avec surprise. Ses boucles rebelles avaient été disciplinées en longues vagues crantées et brillantes. Ses pommettes étaient rehaussées d'un trait de blush et ses lèvres étaient d'un rouge incarnat. Ses paupières discrètement maquillées faisaient ressortir l'éclat de ses iris vert tendre.

Elle avait vraiment l'impression d'être quelqu'un d'autre. Pour la première fois de sa vie, elle ressemblait aux femmes des magazines.

— Vous avez une belle chevelure qui ondule naturellement, *signora* Santo Domenico. Il faut juste utiliser les bons produits pour la mettre en valeur.

En entendant son nom d'épouse, Chiara cessa de se contempler rêveusement. Depuis qu'ils avaient atterri à Rome, elle était dans un tourbillon effréné. Nico l'avait conduite dans son luxueux appartement en terrasse situé dans un quartier huppé, à deux pas du Colisée. La vue sur la ville était époustouflante.

Dès leur arrivée, il avait remis Chiara aux mains de spécialistes chargées de la préparer pour la réception de l'ambassadeur. Elle avait à peine eu le temps de souffler.

— Vous êtes enceinte de combien de mois, *signora* ?

Chiara se tourna vers la jeune femme qui venait de remplacer la coiffeuse derrière elle.

— Cinq mois.

— Venez avec moi. J'ai sélectionné quelques robes qui devraient vous aller.

Chiara suivit la styliste dans le salon encombré de portants chargés de vêtements somptueux et essaya de ne pas paraître trop intimidée. Mais quand l'habilleuse se mit à la jauger d'un œil averti, elle ne put s'empêcher de dire sur un ton d'excuse :

— En fait, je ne suis pas très grande.

— Ne vous inquiétez pas, répondit la jeune femme en souriant. La plupart des femmes ont votre taille et les designers travaillent pour elles de nos jours. Je pense que cette pièce sera parfaite sur vous, ajouta-t-elle en montrant une sublime robe noire. Essayez-la, je vous aiderai avec la fermeture Éclair.

Chiara passa dans la salle de bains pour se déshabiller. Comme elle se lamentait sur ses sous-vêtements en coton blanc dont les démarcations risquaient d'être visibles sous la robe, la styliste toqua à la porte et lui remit une boîte. À l'intérieur, sous des couches de papier de soie, Chiara découvrit une magnifique parure de lingerie en dentelle noire. Elle était exactement à sa taille et étonnamment confortable. Comment avait-on su ses mensurations ? Par Nico ? Elle n'aurait pas pensé qu'il s'en souviendrait.

Une fois prête, elle sortit de la salle de bains. La modéliste tourna autour d'elle en s'exclamant :

— *Bellissima !*

Non sans réticence, Chiara s'approcha du miroir en pied et retint son souffle. La robe longue avait un large décolleté et s'évasait en une superposition de volants de mousseline. Elle ne dissimulait pas son ventre, mais la coupe flatteuse l'amincissait.

À cet instant, on frappa à la porte de la suite.

— *Signor* Santo Domenico est prêt à partir, dit une voix.

La styliste s'activa, donnant à Chiara étole et pochette de soirée et l'aidant à enfiler une paire d'escarpins. Au dernier moment, Chiara se souvint de son alliance et glissa l'anneau d'or à son annulaire. Il était un peu étroit, car ses doigts avaient légèrement gonflé avec la grossesse.

Voilà, elle était prête. Prenant une profonde inspiration, elle se prépara à affronter son mari.

6.

Nico avait le plus grand mal à rester concentré. Il mettait sa distraction sur le fait que sa femme était auprès de lui pour la première fois depuis leur mariage et qu'il n'avait pas l'habitude de venir accompagné à une réception. Mais ce n'était rien comparé à la vraie raison. Quand Chiara avait fait irruption dans le salon peu de temps avant, il l'avait trouvée… sublime. On aurait pu croire à une version contemporaine et appliquée de la jeune femme qui avait remonté l'allée de la chapelle en robe de mariée, et bien loin de celle qui était venue lui rendre visite à la villa, habillée d'une jupe affreuse lui arrivant à mi-mollet. Il la désirait tout autant, sinon plus.

Ils se trouvaient parmi une foule de personnalités qui composaient l'élite de la haute société romaine et il nota que des regards masculins s'attardaient sur Chiara.

Le décolleté de sa robe attirait l'œil sur sa gorge laiteuse et le galbe de ses seins. Nico s'était retenu de lui demander de mettre une tenue moins révélatrice, sachant qu'elle serait sans doute la femme la plus sagement habillée de la soirée. Pourtant, en la regardant, il n'avait à l'esprit que des images torrides et un désir douloureux lui nouait le ventre. Cela faisait cinq mois qu'il se privait de plaisir charnel.

Chiara avait passé le bras sous le sien et elle l'agrippait si fort que cela entravait la circulation de son sang.

— Ça va ? demanda-t-il en lisant une expression de terreur sur ses traits.

Elle leva vers lui ses yeux verts immenses. *Dio*, comment avait-il pu la trouver terne ?

— Je n'ai jamais assisté à ce genre de réceptions, murmura-t-elle, affolée. Je ne sais pas quoi dire, ni comment me comporter.

Un élan de culpabilité traversa Nico. Il discernait de légers cernes sous les yeux de Chiara. À midi, elle était encore à Dublin et, ce soir, elle se retrouvait à Rome, invitée à l'un des événements mondains les plus attendus de l'année. Il n'aurait pas dû la bousculer autant.

Il se souvenait parfaitement de la première réception à laquelle il avait assisté. Lui aussi s'était senti affreusement gauche et inculte, et les gens l'avaient regardé d'un drôle d'air, comme s'il avait été là pour voler l'argenterie.

— Quand as-tu mangé pour la dernière fois ? lui demanda-t-il.

Car il avait remarqué qu'elle n'avait rien avalé dans l'avion. En dépit de son ventre rebondi, elle semblait avoir perdu du poids. Elle avait l'air fragile.

— Au petit déjeuner, je crois…

Nico prit un air irrité.

— Tu dois prendre soin de toi et du bébé.

Chiara se tourna vers lui, indignée.

— Et qui est arrivé comme un ouragan, me laissant à peine le temps de faire ma valise et encore moins celui de manger ?

La culpabilité de Nico s'accentua. La prenant par le bras, il l'escorta jusqu'à la salle à manger, suivant le reste des invités.

— Il y a un grand menu ce soir, alors mange. Demain, nous prendrons rendez-vous avec un obstétricien pour nous assurer que le bébé va bien.

— Tout va bien pour le bébé, si tu veux savoir. Je voyais un très bon médecin à Dublin.

— Nous irons consulter quand même un spécialiste et je vais m'assurer que nous avons les meilleurs médecins disponibles à tout moment, en Sicile.

— La naissance n'aura lieu que dans quatre mois !

Chiara soupira. Elle était irritable et complètement perdue

dans ce décor opulent. Des lustres magnifiques diffusaient une lumière dorée dans l'immense salle de bal du palais italien, faisant scintiller les innombrables diamants qui ruisselaient au cou, aux oreilles et aux poignets des invitées. Les femmes étaient plus belles les unes que les autres et les hommes élégants et solennels ressemblaient à des chefs d'État. Des serveurs en livrée circulaient parmi la foule, proposant champagne et canapés d'un raffinement exquis.

C'était très intimidant et Chiara se sentait terriblement mal à l'aise dans sa robe de soirée. Un peu plus tôt, Nico était resté interdit en la voyant. Quand elle lui avait demandé comment il la trouvait, il avait seulement répondu en bougonnant :

— Très bien. Allons-y.

Sa nervosité avait augmenté d'un cran car, de son côté, elle avait été troublée par son charme. Elle le voyait en smoking pour la première fois. Comment pouvait-il être si diaboliquement séduisant ?

Pour tout arranger, elle était la seule femme enceinte. Toutes les autres invitées étaient grandes et minces.

Ils gagnèrent leur table et Nico lui avança sa chaise. Comme elle s'installait, Chiara le vit s'éloigner et un accès de panique la saisit. N'était-il pas censé prendre place auprès d'elle ? Il se plaça juste en face, mais la table était si large qu'elle avait l'impression que des kilomètres les séparaient. Il se trouvait entre deux femmes très belles, l'une blonde, l'autre rousse, qui semblaient rivaliser d'audace pour attirer son attention. Chiara sentit la morsure d'une émotion pénible. Pour la première fois, elle faisait l'expérience de… la jalousie.

Nico dut capter son expression, car il haussa un sourcil interrogateur. Elle força un sourire, déterminée à ne pas lui laisser voir à quel point la situation l'affectait.

À cet instant, une femme sophistiquée, au port de tête royal, prit place auprès d'elle, tandis qu'un homme âgé s'asseyait de l'autre côté. Comme Chiara priait silencieusement pour qu'ils n'engagent pas la conversation avec elle, l'invitée lui adressa la parole.

— Qui êtes-vous ? Et que faites-vous dans la vie ?

Oh là là... Que devait-elle répondre ?

— Je ne suis pas du tout quelqu'un d'important, dit-elle avec sincérité. Je suis ici avec mon mari, Nicolo Santo Domenico.

Surprise, son interlocutrice se mit à la toiser.

— Très intéressant, dit-elle en remarquant son ventre protubérant. Tout d'abord, ma chère, ne dites jamais à quiconque que vous êtes une personne sans importance, parce que ce n'est pas vrai tout simplement. Maintenant, parlez-moi de vous, parce que si vous êtes la femme de Santo Domenico je suis sûre que votre histoire est singulière. Savez-vous que tout le monde l'appelait encore récemment « l'homme qui ne se laisse pas apprivoiser » ?

Elle regarda en direction de Nico, puis adressa un clin d'œil à Chiara.

— Ma chère, vous laissez entrer le loup dans la bergerie.

— Qu'est-ce que la princesse Milena t'a raconté ?

Chiara se tourna vers Nico, assis près d'elle à l'arrière de la voiture, et le regarda d'un air hébété.

— Pardon ? C'était une princesse ?

— Oui. La princesse Milena de Gênes, la descendante d'une des plus anciennes dynasties d'Italie.

Chiara prit le temps de digérer l'information.

— En tout cas, elle est charmante. Nous avons bavardé agréablement.

Nico parut sceptique.

— Elle a la réputation d'être taciturne et intolérante. Pourtant, chaque fois que je vous regardais, elle riait.

Chiara haussa les épaules.

— Nous parlions de tout et de rien.

— T'a-t-elle questionné sur moi ?

Il paraissait moins arrogant tout à coup. Intriguée, elle ne put s'empêcher de le taquiner.

— Tu deviens paranoïaque, non ?

Il serra les dents.

— C'est parce que j'ai contacté cette femme quand j'étais à la recherche d'investisseurs. Figure-toi qu'elle a refusé de me recevoir.

— En fait, elle était surtout curieuse de savoir comment nous nous étions rencontrés. Je lui ai dit la vérité... Que c'était par le biais du *castello*. Bien entendu, je n'ai pas parlé de notre « arrangement », mais à mon avis elle ne croit pas à une histoire romantique entre nous.

— Dans ce monde-là, aucun mariage n'est une affaire romantique, Chiara. C'est tellement rare dans ce milieu qu'il est plus probable de croiser une licorne.

— Pourquoi es-tu aussi cynique ?

— Parce que, d'après mon expérience, l'amour est un mythe colporté par les poètes et les artistes pour nous distraire des réalités de la vie.

— Qu'est-il arrivé à ta mère ?

Nico se tourna vers elle, surpris.

— Qu'est-ce que ma mère vient faire là-dedans ?

Elle perçut l'avertissement dans sa voix, mais décida de passer outre. Elle portait son enfant et elle avait le droit de savoir qui il était vraiment.

— Elle a forcément une part importante.

— Non, elle m'a mis au monde, mais ça s'arrête là, dit-il d'une voix sourde. Elle est partie quand j'avais quelques jours. Elle nous a abandonnés, mon père et moi.

Là-dessus, il tourna la tête, lui présentant son profil. Dehors, les rues de Rome défilaient sous les lumières intermittentes des réverbères.

Chiara eut le cœur serré. La blessure de Nico était vive et palpable, mais peut-être n'en avait-il pas conscience.

— Tu ne l'as jamais revue ?

Il resta si longtemps silencieux qu'elle crut qu'il ne répondrait pas.

— Elle est venue à mon bureau ici à Rome, il y a quelques années, dit-il enfin. Elle voulait me voir. J'ai refusé.

— Je peux comprendre ta réaction, dit Chiara doucement. Mais peut-être avait-elle quelque chose de crucial à te dire, qui t'aurait permis de comprendre pourquoi elle avait agi ainsi.

Il reporta son attention sur elle et Chiara fut effrayée par l'expression de son visage à demi caché dans l'ombre.

— Ses explications ne m'intéressent pas. Elle est comme morte pour moi. Le sujet est clos.

Nico avait les nerfs à vif. Les paroles de Chiara le lacéraient comme des lames effilées. Pourquoi s'était-il senti obligé de lui répondre ? Fatalement, il repensa au jour où son assistante lui avait annoncé d'un air grave : « Une *signora* Santo Domenico est ici pour vous voir… Elle dit qu'elle est votre mère. » Au début, il avait été trop sidéré pour répondre quoi que ce soit. Puis un mélange de colère et de haine l'avait submergé, si violent qu'il en avait été ébranlé. Il s'était levé.

— Dites-lui que je ne suis pas disponible. Et qu'elle ne revienne jamais.

Ils entrèrent dans le hall de l'immeuble. Sa tension était telle que seules deux choses pouvaient l'apaiser : l'exercice physique ou le sexe. Une fois dans l'ascenseur, il se rendit compte que Chiara évitait de regarder son reflet dans les parois en miroir.

— Pourquoi ne veux-tu pas te regarder ?

Il la vit rougir et sa tension monta d'un cran. L'espace confiné, le parfum si évocateur de Chiara et son corps enivrant à quelques centimètres du sien n'arrangeaient rien.

— Je n'ai pas l'impression d'être moi-même, dit-elle en désignant sa robe et sa coiffure. Ce n'est pas moi.

— Tu es ma femme et il va falloir que tu te fasses à cette apparence, répondit-il sèchement.

Les portes de la cabine s'ouvrirent. Il était sur le point de perdre ce qui lui restait de sang-froid. Il ne pensait qu'à soulever Chiara dans ses bras, à la débarrasser de sa robe provocante et à plonger dans son corps brûlant pour y trouver l'oubli.

Mais elle était enceinte. Inaccessible. Ne sachant s'ils pouvaient faire l'amour sans risquer de mettre le bébé en danger, il lui avait réservé une chambre séparée.

Dans le hall de marbre, elle se tourna vers lui.

— Eh bien… Bonne nuit.

Nico la retint.

— Attends, Chiara. La princesse Milena te mangeait dans la main. Or, c'est l'une des personnes les plus coriaces qui soit. Tu as été formidable ce soir.

Un peu de rose lui monta aux joues et Nico en fut étrangement heureux.

— Merci, murmura-t-elle avant de disparaître vers la chambre.

Il entra dans la sienne, enfila une tenue de sport et se rendit dans la salle de gym. Là, il s'entraîna jusqu'à en perdre le souffle. Épuisé, il alla prendre une douche froide. Après quoi, il sentit enfin ses nerfs se relâcher.

Chiara demeura éveillée. Comme chaque soir, le bébé en elle commençait sa petite samba nocturne. Mais c'était surtout les événements de la journée qui l'empêchaient de trouver le sommeil. En se réveillant dans sa chambre surpeuplée à Dublin, elle avait été loin d'imaginer que, le soir même, elle serait confortablement installée dans l'appartement luxueux de Nico à Rome après avoir assisté à sa première soirée mondaine en plus !

En un sens, elle était soulagée, parce que Nico savait maintenant pour le bébé. Restait à concilier leurs vies respectives. Avaient-ils quelque avenir ensemble ? Nico lui ferait-il encore l'amour ? Elle se souvint de son trouble dans l'ascenseur et un frisson la parcourut. Cela diminuerait-il un jour ?

Mais elle avait beau désirer ses caresses, cela l'effrayait aussi. Après leur nuit de noces, elle avait été si dévastée qu'elle avait dû mettre quelques milliers de kilomètres entre eux. S'il la touchait de nouveau, comment réussirait-elle à lui cacher ses sentiments ? Pas facile quand la grossesse exacerbait ses émotions.

Posant une main sur son ventre, elle ne put s'empêcher de sourire en sentant le bébé bouger. Elle n'avait pourtant pas le cœur en joie. Elle savait que Nico ne l'aimerait jamais en retour. Tout à l'heure, dans la voiture, son attitude vis-à-vis de sa mère l'avait glacée, même si elle comprenait sa douleur et son ressentiment.

Le bébé s'agita de nouveau et Chiara se fustigea d'être si égoïste. Si Nico aimait leur enfant, c'était tout ce qui comptait, au fond. Elle ne voulait surtout pas que leur petit connaisse ce qu'elle avait enduré : qu'il se sente juste toléré. Quoi qu'il arrive entre Nico et elle, mettre au monde cet enfant dans les meilleures conditions et l'entourer d'amour étaient désormais ses priorités.

— Voulez-vous savoir le sexe de l'enfant ?

Le regard du médecin navigua entre elle et Nico. Allongée sur la table de soins, le ventre nappé de gel, Chiara retint son souffle. Ils venaient d'apprendre que le bébé se développait parfaitement et voilà qu'on leur posait la question qu'elle redoutait le plus.

— Ça m'est égal du moment qu'il est en bonne santé, répondit-elle.

Debout auprès d'elle, Nico continuait de fixer l'image à l'écran. Très pâle, il semblait abasourdi.

— J'aimerais savoir. Si ça te convient, bien sûr, dit-il en reportant son attention sur elle.

Chiara comprenait aisément qu'un homme qui dirigeait un empire et employait des milliers de personnes ne veuille rien laisser au hasard.

— Oui, ça m'est égal, répéta-t-elle en haussant les épaules.

Le médecin pressa de nouveau la sonde sur son ventre.

— Je veux juste être sûr… Oui, c'est bien ça. Je suis heureux de vous annoncer que vous attendez une petite fille.

Submergée par l'émotion, Chiara laissa échapper un sanglot étranglé et regarda le minuscule battement du cœur sur l'écran. Sa fille…

Il lui fallut quelques secondes pour comprendre que Nico restait étrangement silencieux. Son visage était insondable. Un sentiment de crainte envahit Chiara et son pouls s'accéléra.

Comprenant leur besoin de se retrouver seuls face à la nouvelle, le médecin essuya le gel sur son ventre et rajusta le peignoir sur elle.

— Je serai dans le couloir, quand vous serez prêts. Toutes mes félicitations.

Une fois le praticien sorti, le silence emplit la petite pièce. Chiara se redressa. Nico n'avait pas bougé et il semblait toujours stupéfié. La déception l'accabla.

— Tu ne veux pas d'une fille.

Il parut émerger de sa léthargie et fronça les sourcils.

— Non… Je veux dire, si… Bien sûr ! Seulement, garçon ou fille, je ne m'étais pas encore posé la question. Et maintenant…

Il se laissa tomber sur une chaise, décontenancé. Pour la première fois, Chiara entrevoyait une faille dans sa façade invincible.

— Tu es déçu ? Aurais-tu préféré un garçon ?

Il secoua lentement la tête.

— Non, je veux d'abord qu'elle naisse en bonne santé, comme tu l'as dit. Je pense qu'inconsciemment j'avais décidé que ce serait un garçon. Il faut juste me laisser le temps de me retourner…

Chiara soupira. Sa franchise l'apaisait quelque peu. Après tout, il avait eu moins de temps qu'elle pour se préparer à ce qui leur arrivait.

— Mon père rêvait d'avoir un garçon, dit-elle. Je veux

dire, il aurait été parfaitement satisfait avec une fille, du moment qu'il avait aussi un garçon. Mais ma mère ne pouvant avoir d'autre enfant, il a dû se contenter de moi. Toute ma vie, j'ai senti sa déception. Je… Je ne veux pas que notre fille passe par-là.

Nico la regarda droit dans les yeux.

— J'admets que certaines femmes autour de moi m'ont laissé un souvenir amer. Mais je n'ai pas l'intention de punir ma fille pour ce que ces personnes ont commis.

Il y avait une sombre détermination dans sa voix et Chiara ne put s'empêcher de le questionner.

— Que veux-tu dire par « certaines femmes » et « ces personnes » ?

Nico se leva et se mit à arpenter la pièce. Il portait un costume gris anthracite et le col de sa chemise blanche était ouvert. Il dégageait une formidable virilité. Chiara avait noté que le personnel féminin lui accordait beaucoup d'attention.

Il lui fit face et elle devina aussitôt son hésitation.

— Nico, nous allons être parents, insista-t-elle. C'est normal que je sache qui tu es.

Il se passa une main dans les cheveux. *Bon sang !* Même ébouriffé, il était séduisant en diable.

— Une femme a compté pour moi… quand j'étais plus jeune, lâcha-t-il enfin. J'ai cru être amoureux d'elle.

Chiara sentit son cœur se serrer. Il avait donc cru à l'amour ?

— Que s'est-il passé ? s'enquit-elle doucement.

— Je l'ai trouvée au lit avec mon meilleur ami et associé, dit-il d'une voix dure. Elle l'avait poussé à me trahir en faisant affaire avec un client dans mon dos afin de m'évincer. Mais elle avait surestimé ses compétences et surtout sous-estimé les miennes. Je suis parti pour les États-Unis et, après ça, tout est allé pour le mieux.

Chiara comprit que son mari était loin d'être un homme froid et indifférent. Il était juste profondément blessé.

— Toutes les femmes ne sont pas avides et fourbes, dit-elle.

— Si je ne t'avais pas rencontrée, j'aurais sans doute gardé une mauvaise opinion des autres. Mais tu as peut-être raison.

On frappa à la porte et une infirmière passa la tête dans l'entrebâillement. Elle contempla ouvertement Nico avant d'annoncer :

— Le médecin aimerait s'entretenir avec vous avant votre départ de la clinique.

Chiara fut tentée de lui répondre vertement pour détourner son attention de son mari. Mais celui-ci remercia l'infirmière sans même la regarder. Il n'avait pas conscience de l'effet qu'il produisait sur les femmes ou alors il y était tellement habitué qu'il n'y faisait plus attention.

— Qu'y a-t-il ? Tu es soucieuse, dit-il, surpris.

Chiara s'empressa de recouvrer son calme.

— Non, ce n'est rien.

Il consulta sa montre.

— Mon avion nous attend pour nous ramener en Sicile. Allons voir le médecin maintenant.

Il quitta la pièce pour lui laisser un peu d'intimité, le temps qu'elle s'habille. Chiara s'empressa d'enfiler ses vêtements, enthousiaste à l'idée de revoir la maison. Jamais elle n'avait pensé y retourner dans ces conditions.

La première chose qu'elle remarqua, ce fut le nouveau portail, des grilles en acier dont Nico commanda l'ouverture depuis sa voiture. Puis, comme ils remontaient l'allée, Chiara vit des jardiniers travaillant dans le parc. Aéré et bien entretenu, le terrain s'ornait de nouvelles plantations. Elle eut envie de descendre de voiture pour voir ce qu'ils avaient réalisé. Sa mère avait tant aimé jardiner avant sa maladie. Il y avait même eu un potager et un carré d'herbes aromatiques à l'extérieur de la cuisine.

Mais la voiture empruntait déjà le dernier virage et la vue qu'elle aimait le plus au monde apparut : le *castello* perché sur son promontoire avec, en arrière-plan, la mer d'un bleu scintillant.

— Oh ! Qu'est-ce que c'est que ça ? s'exclama-t-elle soudain.

— Des échafaudages. Les ouvriers ont presque terminé les travaux extérieurs.

Chiara vit alors les belles tuiles neuves qui couvraient le toit. La vieille toiture avait été si endommagée que lors de grosses averses, la pluie inondait le dernier étage.

Nico arrêta la voiture dans la cour principale et descendit pour lui ouvrir la portière. Il voulut l'aider à s'extraire de sa voiture de course, mais Chiara hésita au moment de poser sa main dans la sienne.

Il se rembrunit.

— Je ne mords pas, Chiara.

Elle s'empourpra et accepta son aide. Une vague de chaleur l'envahit quand Nico enserra ses doigts. Elle avait lu que le bouleversement hormonal dû à la grossesse vous rendait plus sensible et exacerbait le désir. Et ce que le médecin leur avait dit à la clinique n'arrangeait rien.

« Vous avez une grossesse idéale et il n'y a donc aucune raison pour que vous ne profitiez pas de tous les aspects de la vie conjugale. Certains couples craignent que l'activité sexuelle ne malmène le bébé, mais c'est juste un mythe. À ce stade, vous pouvez encore vous permettre des ébats. Dans quelques semaines, ce sera un peu plus inconfortable. »

Rouge de confusion, Chiara avait évité de croiser le regard de Nico pendant tout le vol jusqu'à Syracuse.

Elle reporta son attention sur le moment présent en voyant une boule de poils fauve au coin de la maison. Spiro bondit joyeusement vers elle et lui donna des coups de langue frénétiques. Chiara tomba à genoux, émue de retrouver son fidèle compagnon qui paraissait en pleine forme.

— Merci d'avoir pris soin de lui, dit-elle, la gorge nouée.

Nico s'abstint de mentionner qu'il avait dû engager toute une équipe de dog-sitters pour s'occuper du chien et qu'il avait lui aussi fini par s'y attacher, Spiro ayant pris l'habitude de venir se coucher sous le bureau quand il travaillait.

Elle se releva et, une main sur la tête du chien, se dirigea vers le château. Elle était plus heureuse de revoir son cher toutou que de le voir lui ! grommela-t-il intérieurement.

Depuis qu'ils avaient quitté la clinique, elle semblait l'éviter. Était-ce parce que le médecin leur avait annoncé qu'ils pouvaient reprendre une vie sexuelle ? Il est vrai que, depuis cet entretien, il ne pensait qu'aux courbes voluptueuses de Chiara et à son désir croissant pour elle. Mais à voir sa réaction, il était évident que le sexe était la dernière chose dont elle eût envie.

Elle portait les vêtements de maternité que la styliste de Rome lui avait fournis : un legging, un T-shirt moulant qui soulignait les contours de son ventre et un long cardigan en cachemire. Ses cheveux souples étaient répandus sur ses épaules. Elle dégageait une belle vitalité, ainsi qu'une sensualité innée dont elle n'avait probablement pas conscience. Il n'en revenait toujours pas. Jamais il n'avait rencontré une femme qui ne savait pas tirer parti de ses atouts.

Chiara disparut à l'intérieur du *castello*, mais il s'accorda un moment avant de la suivre, se remémorant l'instant où le médecin leur avait annoncé qu'ils attendaient une petite fille. Sur le coup, il avait été terrifié. Mais un immense élan protecteur l'envahissait à présent, si fort que tout son corps en vibrait. Le seul autre moment où il avait fait l'expérience d'une telle émotion, c'était en découvrant les photos de Chiara enceinte.

L'envie de protéger était une réaction normale. C'était ce que tout homme devait ressentir pour celle qui était son épouse et la mère de son enfant. Rien de plus.

— J'attendais ton retour avant d'engager des décorateurs d'intérieur. Je pensais que tu saurais mieux ce qu'il convient de faire ici.

Chiara ne s'attendait pas à cette délicate attention.

— Oh ! Merci.

Petite, elle avait souvent imaginé la façon dont elle décorerait le château si elle en avait la liberté et les moyens. Son père avait eu une préférence pour le mobilier massif et les teintes sombres. Sa mère n'avait pas osé le contrarier. Alors, en secret, Chiara avait découpé des photos dans les magazines pour nourrir son rêve d'un intérieur moderne, spacieux et plein de lumière. Un jour, sa mère avait trouvé son cahier.

« *Piccolina*, il ne faut pas que ton père voie ça. Mais tu as raison, le *castello* mérite d'être embelli. J'espère que tu pourras réaliser ça plus tard. »

À présent, la perspective d'accomplir son rêve de petite fille l'emplissait d'enthousiasme, d'autant que Nico lui laissait apparemment carte blanche.

Une pointe de culpabilité l'assaillit. Elle l'avait quitté… abandonné. Elle n'y avait pas songé jusque-là, mais son départ avait dû réveiller en lui des échos douloureux, renforçant encore son cynisme.

— Tu dois quand même avoir certaines idées sur la question, dit-elle en souriant.

Il haussa les épaules.

— J'aimerais conserver les éléments d'origine autant que possible, en donnant à l'ensemble une allure moderne et en rendant à l'espace tout son volume. Mais j'ai confiance en ton jugement.

Chiara ressentit une joie puérile en constatant que leurs visions rejoignaient.

— Mais si j'ai des goûts affreux ?

Il montra les lourdes tentures foncées qui encadraient les fenêtres et les meubles imposants.

— Tu garderais ça ?

Elle grimaça.

— Oh non, pas question.

— Alors, c'est tout ce que j'ai besoin de savoir.

— Tu as élu domicile ici ? demanda-t-elle par simple curiosité.

— Oui, pendant quelques semaines. J'étais souvent à New York ces derniers mois. Je me suis installé dans le bureau de ton père. J'espère que ça ne te dérange pas. Et je dormais dans la grande chambre. La nôtre…

Chiara s'empourpra et se mit à parler très vite pour dissimuler sa gêne.

— Aucun problème pour le bureau, bien sûr. Quant à la chambre… ça me va parfaitement aussi. Je… J'ai l'intention de réintégrer mon ancienne chambre.

Un silence tendu plana entre eux.

— Non, *cara*. Nous dormirons ensemble. Il y a eu suffisamment de spéculations sur ce mariage sans qu'il soit besoin d'en rajouter. À moins que ça te pose un problème ?

Chiara sentit son cœur battre la chamade.

— Je peux dormir dans la pièce à côté, elle avait été aménagée en dressing à une époque. Comme ça, personne ne le remarquera.

Nico se rapprocha et son sentiment de panique monta en flèche.

— De quoi as-tu peur ? Nous avons déjà partagé le même lit, dit-il en portant un regard explicite vers son ventre.

Chiara craignait trop de se trahir en protestant, de lui laisser voir à quel point il l'affectait. Alors que Nico tenait à ce qu'ils couchent dans le même lit uniquement pour sauver les apparences.

— Je n'ai pas peur… C'est juste que je ne dors pas bien en ce moment. Le bébé est très actif la nuit. Ça risquerait de te réveiller.

— Ne t'inquiète pas pour moi, *cara*, répondit-il d'un ton suave. Je peux survivre avec très peu de sommeil.

7.

Deux heures plus tard, Chiara se sentait encore furieuse de s'être laissé piéger. Le fait de retrouver un environnement familier qui lui était cher ne l'aidait guère à accepter qu'elle allait devoir partager le même lit que Nico.

Debout devant la cuisinière, elle surveillait que ce qu'elle préparait ne brûle pas quand elle entendit un bruit. Elle se tourna vers l'entrée de la cuisine.

Nico se tenait sur le seuil, les mains aux hanches et la mine sombre.

— Qu'est-ce que tu fais ?

Chiara leva sa cuillère en bois. Elle lui en voulait tellement de la forcer à réintégrer « leur » chambre qu'elle avait presque envie de le frapper ! Il portait un jean délavé et un polo et elle dut faire appel à tout son sang-froid pour ne pas laisser son regard errer sur son corps splendide et musclé.

— Je prépare le dîner, répondit-elle.

— Où est l'employée de maison ?

Il avait engagé une femme du village, Maria, pour s'occuper des tâches ménagères. Chiara l'avait rencontrée un peu plus tôt en visitant le château.

— Je lui ai dit qu'elle pouvait rentrer chez elle pour ce soir. J'avais l'habitude de faire la cuisine pour mes parents.

Nico s'avança dans la pièce.

— Ma femme ne fera pas la cuisine. J'ai engagé une employée de maison et on embauchera plus de personnel dès cette semaine.

Chiara se réjouissait secrètement de l'agacer à son tour.

— J'aime cuisiner. Ce n'est pas un problème.

Il s'approcha et prit une grande inspiration.

Chiara eut le temps de voir une lueur approbatrice dans son regard, mais très vite son expression sévère reprit le dessus.

— Ça sent bon. Qu'est-ce que c'est ?

— Un *pollo alla cacciatora* — « un poulet chasseur ». Pas très original, mais c'est l'une de mes spécialités…

Elle s'interrompit et laissa échapper un petit rire nerveux.

— Je ne sais même pas si tu es végétarien. Nous n'avons pas vraiment mangé ensemble… À part ce dîner hier soir à Rome.

Et le repas de noces évidemment…

— Je ne suis pas végétarien.

Chiara montra la table qu'elle avait dressée et regretta soudain d'avoir prévu de dîner dans la cuisine. Cela lui parut beaucoup trop intime tout à coup.

— Je peux mettre la table dans la salle à manger à l'étage si tu préfères.

— Non, ici, ce sera très bien, répondit Nico d'un ton neutre.

Chiara remplit deux assiettes et les posa sur la table avec un pain doré. Un bon plat rustique et nourrissant. Mais qu'allait-il penser de ce dîner si peu sophistiqué ?

— C'est très bon, Chiara. Comment as-tu appris à cuisiner ?

Elle lui servit un verre de chianti et choisit de l'eau gazeuse pour elle.

— Avec ma *nonna*. La mère de mon père.

Nico avala quelques bouchées avant de demander :

— Depuis combien de temps n'y a-t-il plus de personnel ici ?

— Environ cinq ans.

— Ça a dû être difficile d'entretenir une maison de cette taille.

— On y arrivait, dit-elle en haussant les épaules.

Il prit son verre de vin et se renversa contre le dossier de sa chaise.

— Et tu ne savais vraiment rien de l'histoire de cette bâtisse ?

Chiara secoua la tête.

— Non, je n'en avais aucune idée. Mais mon père, lui, devait savoir s'il a effectivement chassé ton père d'ici. Son obsession était de sécuriser le domaine à tout prix pour préserver notre intimité. Je pense que c'était aussi l'une des raisons pour lesquelles il tenait à ce que je sois scolarisée à domicile, même une fois guérie. Il ne voulait peut-être pas que je côtoie d'autres enfants, de peur que j'entende parler de quelque chose.

— Alors, tu n'avais pas d'amis ?

— Pas vraiment, non, répondit-elle, gênée par ses questions. Je jouais avec les enfants des ouvriers agricoles. Mais comme c'était des saisonniers, ils repartaient au bout de quelques mois.

— Enfant, je n'avais pas beaucoup d'amis non plus, dit-il.

Cet aveu la stupéfia. Un homme aussi charismatique que lui ?

— Mon père était persuadé que nous étions supérieurs aux autres et que nous ne méritions pas de vivre dans de telles conditions à Naples. Les autres me rejetaient et se moquaient de moi. Ils en savaient long sur les Santo Domenico. Raison pour laquelle mon père était si déterminé à ce que je réussisse.

Chiara eut le cœur serré en imaginant l'enfant qu'il avait été : pauvre, abandonné et portant en lui tant de blessures.

— Je n'avais qu'un seul ami et j'avais une confiance totale en lui…

— Celui qui couchait avec celle que tu aimais ?

Il but une gorgée de vin et acquiesça.

— Pendant des années, c'est elle que je blâmais. Elle était très belle et savait parfaitement utiliser son charme. Mais en fait, c'était lui le fautif. Dès que je les ai présentés l'un à l'autre, j'ai su qu'il la désirait. Elle a juste profité du faible qu'il avait pour elle.

— Est-ce que… tu l'as revue ? demanda Chiara en essayant de prendre un ton détaché.

— Il m'est arrivé de la rencontrer par hasard. Je crois qu'elle en est à son deuxième mariage.

Il se leva et posa sa serviette.

— Merci. C'était délicieux. Bien meilleur que dans la plupart des restaurants que j'ai fréquentés. J'ai des coups de téléphone à passer. Laisse la vaisselle pour Maria. Tu n'as plus besoin de t'occuper des tâches ménagères, Chiara. Plus maintenant. Et à l'avenir, nous mangerons dans la salle à manger.

— Alors, tu me défends de cuisiner ? lança-t-elle avec une insouciance qu'elle était loin de ressentir.

— Si j'avais voulu que tu fasses la cuisine, je t'aurais choisie comme employée de maison. Pas pour être ma femme.

En s'éveillant le lendemain, Chiara resta au lit à s'imprégner doucement des bruits familiers. La brise tiède qui entrait par la fenêtre entrouverte apportait des odeurs de terre humide. Il avait dû pleuvoir pendant la nuit. La nuit que Nico et elle avaient passée dans le même lit !

Elle ouvrit les yeux et se redressa. La place auprès d'elle était vide, mais l'oreiller froissé gardait la trace du parfum musqué de Nico.

Elle était montée se coucher juste après le dîner, espérant être endormie avant qu'il entre dans la chambre. Après un brin de toilette, elle s'était glissée entre les draps comme une souris terrifiée et, apparemment, elle s'était endormie aussitôt, épuisée par deux journées riches en émotions.

Pour autant, Chiara avait du mal à croire qu'elle ait dormi si profondément auprès de celui qui l'avait rendue folle de plaisir dans ce même lit lors de la nuit de noces. Elle décida de mettre ça au compte de sa fatigue de future maman.

On frappa légèrement à la porte et Chiara agrippa nerveusement le drap.

— Oui ?

La porte s'ouvrit et Maria apparut, chargée d'un plateau.

— Bonjour, *signora*, dit la brave femme en souriant.

Elle déposa le plateau sur la table de nuit. Il y avait du jus d'orange, des pâtisseries, une salade de fruits…

Surprise, Chiara balbutia un remerciement. Il y avait bien longtemps qu'on n'avait plus été servi au lit au *castello*.

Déjà, Maria ouvrait les valises que Nico avait dû monter pendant qu'elle dormait.

— Non, Maria. Laissez, je m'en occuperai.

Mais l'employée continua de s'affairer, rangeant soigneusement tous les vêtements que la styliste lui avait choisis.

Le petit déjeuner avalé, Chiara prit une douche, enfila une jolie robe à fleurs et descendit chercher Nico. Elle le trouva dans le bureau, où un matériel informatique dernier cri remplaçait l'ordinateur antédiluvien de son père. Sur l'un des murs, Nico avait installé un écran plat qui diffusait des informations financières en continu.

Il releva la tête. Chiara se tenait sur le seuil, vêtue d'une robe sage qui sur elle n'en était pas moins affriolante. Deux fines bretelles révélaient ses bras clairs et sa gorge délicate. Le bustier moulait le galbe de ses seins voluptueux. Elle était pieds nus et les ongles de ses pieds étaient peints d'un vernis corail qui lui parut extrêmement sexy. Il avait envie de saisir sa chevelure luxuriante, de l'enrouler autour du poignet et d'attirer Chiara sur ses genoux.

La veille, en montant se coucher, il l'avait trouvée endormie, recroquevillée sur le côté, le drap remonté jusqu'au menton. Jamais il n'avait dormi auprès d'une femme sans lui avoir fait l'amour et il avait vaguement espéré que Chiara l'attendrait nue.

Cette situation nouvelle l'avait troublé, puis il avait sombré dans un sommeil agité, peuplé de rêves érotiques. À l'aube, il s'était réveillé en proie à une violente érection.

Chiara était couchée sur le dos, un bras au-dessus de la tête, le drap descendu sur sa taille. Sa poitrine se soulevait et s'abaissait au rythme régulier de sa respiration et ses mamelons larges pressaient la fine étoffe de sa chemise de nuit. Nico avait dû faire appel à toute sa volonté pour ne pas se pencher et y appliquer les lèvres, la réveiller et voir ses splendides yeux verts s'agrandir sous l'effet de la volupté…

Au lieu de ça, il avait pris une douche froide avant de consulter les places boursières à travers le monde. Il se sentait maussade et ne pouvait s'en prendre qu'à lui-même.

— Tu as bien dormi ?

Chiara acquiesça, le visage légèrement empourpré.

— Oui, comme un loir. Je devais être plus fatiguée que je le pensais. La chambre que je partageais avec les étudiantes ressemblait à un hall de gare. Impossible d'avoir une bonne nuit de sommeil.

— Pourquoi t'es-tu imposée ces conditions ? Pourquoi partir si brusquement ? Est-ce que je ne méritais pas d'explication ?

Elle pâlit et il eut le pressentiment qu'elle allait prendre la fuite. Il se précipita et, la prenant par le bras, il la ramena dans la pièce et referma la porte. Il la relâcha pour aller s'appuyer sur le bord du bureau.

Craintive, elle refusait de croiser son regard, mais il remarqua la petite veine qui battait vite à la base de son cou. Un éclair de triomphe le traversa. Chiara le désirait ! Elle avait beau avoir dormi profondément auprès de lui, elle n'était pas totalement insensible.

— Je t'écoute, Chiara.

Elle se sentait aussi nerveuse qu'un animal sauvage pris au piège. Pourquoi était-elle venue chercher Nico ? se fustigea-t-elle. Elle aurait pu descendre à la cuisine et préparer un gâteau, aller voir le potager ou emmener Spiro faire une promenade. N'importe quoi, mais pas ça !

— Je te l'ai dit. Je pensais que notre mariage était une erreur.

— Pourquoi ? Grâce à ça, tu as eu ce que tu voulais : continuer à vivre ici. Qu'est-ce qui a changé entre la cérémonie et le lendemain matin ?

Tout !

— Je… J'ai changé d'avis.

Une réponse pathétique, elle en convenait.

— Après la nuit que nous avons passée ? s'exclama Nico, stupéfait. Je me souviens de ta fougue, *cara*. Ce que nous avons partagé est rare. Cela t'a peut-être effrayée ?

Il était si près de la vérité que Chiara n'osait pas le regarder. Il était terriblement perspicace et l'idée qu'il puisse découvrir ce qu'elle essayait désespérément de lui cacher la terrifiait.

— Ne sois pas ridicule, dit-elle pour donner le change. Encore une fois, c'était le seul moyen qui me permettait ensuite de négocier des conditions pour accéder au *castello*. Je ne t'ai pas épousé pour… pour ce qui s'est passé cette nuit-là, termina-t-elle, le souffle court.

Quittant le bureau, Nico s'approcha d'elle, si près qu'il allait la toucher. Chiara releva la tête. Nico la contemplait avec intensité et des souvenirs se mirent à assaillir son cerveau, à la fois torrides et délicieux.

— Ce qui s'est passé était extraordinaire, dit-il, le souffle rauque. Depuis cinq mois, je n'arrive pas à m'ôter ça de la tête. Quand j'étais incapable de dormir, je revivais notre passion et je t'en voulais.

Des mots qui faisaient étrangement écho à ses propres pensées. Ma parole ! Il devait être sorcier.

— Mais tu ne me désires pas… Comment peux-tu… ?

D'un geste gauche, elle désigna son ventre.

— Ça va peut-être te surprendre, mais je te trouve encore plus attirante, déclara Nico. La vue de ton corps qui s'épanouit en partie grâce à moi… C'est incroyablement érotique.

Chiara se demanda comment elle tenait encore debout, car ses jambes devenaient molles. Elle ressentait une tension brûlante et exquise au cœur de son intimité.

— Tu me désires, Chiara, dit-il soudain.

Elle voulut comprendre cette phrase comme une question. Une lueur d'incertitude passa dans les yeux de Nico. Avait-il peur de sa réponse ? Chiara savait d'instinct qu'il n'insisterait pas si elle répondait par la négative. Il lui suffisait de s'écarter pour briser la tension, partir…

Mais une folle excitation fusait dans ses veines, la rendant impatiente et magnifiquement vivante. Non, elle ne voulait pas mentir. Elle n'espérait qu'une chose : s'unir à lui et retrouver cette passion sublime qu'elle n'avait pu oublier.

— Oui, j'ai envie de toi, répondit-elle enfin.

Un frisson parcourut Nico et il enfouit les mains dans ses cheveux pour la forcer à le regarder.

— Je pensais sincèrement ce que je t'ai dit… à propos de notre nuit de noces. Je n'ai jamais autant désiré une femme, Chiara. J'étais incapable de raisonner. Et je te désire encore comme ça… avec cette même ardeur dans le sang.

Il s'empara de sa bouche en un baiser qui illustra parfaitement ce qu'il venait de dire. C'était enivrant de savoir qu'elle avait hanté ses pensées, qu'elle l'avait mené au bord de la folie.

Son baiser était si dévastateur qu'elle se sentait happée dans un tourbillon. Vaguement, elle se demanda comment elle avait pu en être privée et survivre tous ces mois. Elle rencontra sous ses mains le rempart de son torse et, désespérément, sans même prendre conscience de ce qu'elle faisait, elle chercha à tâtons les boutons de sa chemise. Elle les défit avec des gestes rageurs dans sa hâte de toucher sa peau.

Quand Nico mit fin à leur baiser, elle cilla pour recouvrer ses esprits. La chemise de Nico était largement ouverte et elle avait les paumes plaquées sur ses pectoraux. Une bretelle de sa robe avait glissé et ses seins tendaient douloureusement le bustier. Elle comprit enfin ce que le médecin avait voulu dire. Tout son corps n'était plus qu'une zone érogène.

Nico alla verrouiller la porte et, revenant vers elle, il l'emmena vers le bord du bureau. Il glissa les mains de chaque côté de ses seins, les caressa.

— J'ai envie de toi maintenant, dit-il d'une voix urgente.

Chiara se mordit la lèvre.

— D'accord.

Il l'embrassa de nouveau, tout en s'insinuant entre ses jambes. La hauteur du bureau mettait son corps exactement au niveau du sien et elle sentait la vigueur de son désir contre son ventre. Sur une impulsion, elle avança une main vers son pantalon, l'ouvrit avec fébrilité et dégagea son sexe splendide. Elle prit dans sa main son membre palpitant dont le contact affola ses sens.

Nico agrippa le haut de sa robe à deux mains et, d'un geste brusque, la déchira, révélant ses seins dans leur carcan de dentelle. Il trouva l'agrafe de son soutien-gorge et l'en débarrassa. À présent, elle était à moitié nue, offerte à son regard brûlant.

Nico cueillit ses seins dans ses paumes et, des pouces, il effleura leurs pointes dressées.

— J'en ai rêvé… J'ai rêvé de toi si souvent.

Chiara aspirait l'air par saccades. Pour la première fois, elle se prit à regretter de s'être enfuie. Puis toute pensée cohérente s'envola au moment où Nico appliqua sa bouche humide sur un téton et entreprit de le titiller de la langue.

Chiara serra convulsivement les doigts sur son sexe.

— Maintenant, Nico !

Glissant les mains sous sa robe déchirée, il trouva la barrière de sa culotte et l'abaissa le long de ses jambes. Puis il lui écarta les cuisses. Chiara eut alors un moment de panique et de honte. Mon Dieu ! Elle était juchée à moitié nue sur l'ancien bureau de son père, et sur le point de…

Mais Nico la pénétra d'un élan vigoureux et plus rien ne compta que la fusion de leurs chairs, la course inexorable qu'il entama en elle et la tension folle qui allait crescendo…

Refusant de rester inactive, elle se mit à explorer son torse avant de joindre les mains sur sa nuque pour se presser contre lui.

Une main placée sous ses fesses, Nico la souleva pour

la posséder plus profondément. Enivrée, Chiara lui mordit l'épaule pour s'empêcher de crier.

Bientôt, elle frémit violemment, emportée dans un tourbillon affolant, et elle atteignit l'extase dans une explosion d'étincelles. Au moment où il basculait à son tour dans la jouissance, Chiara vibra, tendant son corps tout entier pour mieux savourer les ondes qui le traversaient.

Le corps moite et tremblant, ils restèrent hébétés, le souffle court. Quand Nico se retira d'elle, il était sonné, mais étrangement galvanisé aussi. Il contempla son visage empourpré, ses yeux verts immenses et dilatés. Ses seins haletants étaient zébrés de rouge et leurs pointes étaient encore humides de ses baisers. Un sentiment d'intense bonheur l'emplit, au point qu'il ne parvenait même pas à regretter de l'avoir faite sienne si sauvagement. Jamais il n'avait mis une telle urgence à posséder une femme. *Même pas avec…* Il chassa cette pensée fugace, refusant d'analyser ce que cela signifiait.

Du doigt, il releva le menton de Chiara et se sentit vulnérable tout à coup.

— Désormais, tu ne prendras plus la fuite, *mia cara moglie*. Et inutile de cuisiner et de créer autour de moi un bonheur domestique. Ça ne m'intéresse pas. Tout ce que je veux, c'est ce que nous venons de vivre, t'avoir auprès de moi quand j'ai envie de toi et que tu sois la mère de mes enfants. C'est pour toutes ces raisons que je t'ai épousée.

En s'éveillant, Chiara constata que les volets étaient clos et que la chambre était plongée dans la pénombre. Elle se sentit totalement désorientée. Le bébé bougea en elle, elle caressa son ventre et, brusquement, tout lui revint à la mémoire. Nico déployant sa main large sur son ventre, les paroles qu'il avait prononcées…

Il l'avait épousée pour faire d'elle son trophée et qu'elle soit la mère de ses enfants. Il ne voulait pas d'un foyer douillet. Pourtant, c'était exactement ce qu'elle avait rêvé de faire au *castello*. Parce que jusque-là cette immense bâtisse avait plus ressemblé à un mausolée qu'à une vraie maison.

Mais les choses seraient différentes désormais, il l'avait souligné brutalement.

Se levant, elle enfila un peignoir et ouvrit les volets. Le soleil se couchait. Seigneur ! Elle avait dormi toute la journée… Le plaisir qu'il lui avait donné l'avait lourdement détendue.

Chiara prit une douche et revêtit un legging et un chemisier ample, pour être la moins provocante possible. Puis elle remonta ses cheveux et les maintint en place à l'aide d'une barrette.

Lorsqu'elle descendit, Maria sortait de la salle à manger. Celle-ci sourit en la voyant.

— J'étais sur le point de venir vous réveiller. *Signor* Santo Domenico m'a dit que vous ne deviez pas être dérangée avant l'heure du dîner. Il est à table.

Chiara esquissa un sourire forcé. Elle avait eu tellement l'habitude de cuisiner elle-même et de servir les repas… Elle ne se sentait plus à sa place tout à coup. Puis elle se moqua d'elle-même : elle était probablement la seule femme au monde à se sentir lésée parce qu'elle avait moins de travail à faire !

Elle prit une profonde inspiration et entra dans la salle à manger. Nico était assis à une extrémité de la longue table imposante. Un autre couvert était mis à sa gauche et Chiara rejoignit cette place. Il posa le journal qu'il lisait et observa sa progression d'un œil aigu.

— Tu t'es bien reposée, *cara* ?

Décidément, il ne changerait jamais ! Il lui avait fait l'amour avec un zèle qui l'avait laissée pantelante et bouleversée, pour se comporter ensuite comme si rien ne s'était passé. Il était si calme, si blasé qu'elle eut les nerfs à fleur de peau.

— Très bien, merci. Tu aurais dû me réveiller plus tôt. Je n'ai pas besoin de dormir toute la journée.

— Si, de toute évidence. Tu t'es surmenée.

Percevant l'inflexion de sévérité dans sa voix, elle voulut répliquer, mais à cet instant une jeune fille fit irruption dans la salle, apportant le premier plat.

Quand elle fut sortie, Chiara avait oublié ce qu'elle avait eu l'intention de dire.

— Qui est-ce ? demanda-t-elle, tandis que Nico lui remplissait un verre d'eau.

— La fille de Maria. Elle vient donner un coup de main en attendant que nous engagions du personnel permanent. À ce propos, j'ai demandé au bureau de placement de nous envoyer quelqu'un demain. Tu pourras lui expliquer le genre de personnes que tu recherches. Nous aurons aussi besoin d'une nourrice bientôt.

À ces mots, Chiara faillit s'étouffer et posa sa fourchette.

— Je ne confierai pas mon bébé à une nourrice !

À son tour, il posa ses couverts.

— Nous aurons une vie sociale chargée et je tiens à ce que tu sois à mes côtés. Tu m'accompagneras à l'étranger quand je te le demanderai.

Chiara se hérissa.

— Je ne suis pas ton employée, Nico. Je serai la mère de ta fille et c'est *elle* qui sera ma priorité. Ni toi ni ta carrière !

Choquée qu'il lui rappelât que pour lui ce mariage n'était qu'une transaction, Chiara se leva et quitta la salle le plus dignement qu'elle pût, sentant dans son dos la brûlure de son regard.

Elle croisa Maria qui la regarda avec étonnement.

— Le repas... Quelque chose ne vous a pas plu, *signora* ?

Chiara lui toucha le bras et déclara avec sincérité :

— C'était délicieux, Maria. Mais je n'ai pas beaucoup d'appétit ce soir.

La cuisinière lui tapota l'épaule avant de lui adresser quelques paroles réconfortantes sur ce que les futures mères pouvaient parfois endurer.

Après quoi, Chiara décida de se réfugier dans l'une des

pièces qu'elle préférait. La vieille bibliothèque, une salle immense aux murs couverts d'ouvrages. Elle prit son livre favori et se pelotonna dans un fauteuil confortable, espérant ainsi retrouver bon sens et sérénité.

Nico jeta sa serviette sur la table et se leva. Il avait dit à Maria de ne pas apporter la suite et elle lui avait adressé un regard blessé. Il soupira. Mais depuis quand se souciait-il des sentiments des autres ?

Il prit son verre et alla se poster à la fenêtre. De là, il embrassa du regard le parc vallonné qui descendait jusqu'à la mer. C'était splendide. Et tout cela lui était enfin revenu.

Il aurait dû être pleinement satisfait. Mais justement il ne ressentait que de la frustration. Il était déstabilisé, comme si le monde auquel il était habitué jusque-là, où le succès engendrait le succès, ne fonctionnait plus. En fait, il n'y avait qu'un seul point sur lequel il semblait buter : Chiara.

Il repensa au dîner qu'elle avait préparé la veille. Il n'avait jamais goûté une aussi bonne cuisine. Pourtant, il avait résisté de toutes ses forces au joli cocon douillet dans lequel elle voulait l'enserrer. Parce qu'il n'avait jamais connu ça, il en était arrivé à croire que ce n'était qu'une illusion. Mais il avait paru bien réel la veille, quand Chiara et lui avaient dîné tout en bavardant.

D'autres femmes avaient essayé de le séduire en lui offrant ce genre de vie domestique, croyant chaque fois être celle qui guérirait son âme blessée. Il les avait quittées, gagnant ainsi sa réputation d'homme froid, impossible à satisfaire, indomptable. Un fauve…

Il avait été fidèle à cette image quand il avait fait l'amour à Chiara. Elle le rendait fou, jusqu'à lui faire oublier qui il était, et il se surprenait à désirer des choses qui ne lui avaient jamais manqué jusque-là. Il considérait cela comme une faiblesse. Voilà pourquoi il était important de la tenir à distance, pour qu'elle connaisse les limites à ne pas franchir.

Et qu'elle ne s'immisce pas dans ton cœur ? fit une voix intérieure.

Nico chassa cette pensée et finit son verre. Chiara calquerait sa vie sur la sienne, se dit-il. Elle allait vite s'habituer à l'aisance et au luxe qu'il lui procurait.

Elle avait déclaré avec une détermination farouche que leur enfant serait sa priorité et il avait senti comme une flèche venimeuse au fond de lui, quelque chose qui ressemblait aux affres de la jalousie. Mais non, il était ridicule. C'était une très bonne chose qu'elle ait déjà un lien si fort avec le bébé.

Il quitta la salle à manger et se mit en quête de Chiara. Il était sur le point d'abandonner quand il vit la porte de la bibliothèque entrouverte. Il trouva la jeune femme endormie, pelotonnée dans un fauteuil, un livre ouvert sur les genoux.

Il s'approcha et le prit. Il s'agissait des *Poèmes choisis* de William Wordsworth. Nico posa le volume sur une table et, comme Chiara ne bougeait pas, il se pencha vers elle et la souleva dans ses bras.

Bien que pleinement consciente, Chiara continua de faire semblant de dormir. Même si elle avait somnolé, elle avait entendu les pas de Nico avant même qu'il entre dans la bibliothèque. Un frisson l'avait parcourue et, pour se protéger, elle s'était retranchée derrière cette comédie.

Il la portait dans l'escalier avec l'aisance et la belle énergie qui le caractérisaient. Elle dut faire un immense effort de volonté pour s'empêcher d'incliner le visage vers son cou, de respirer son parfum viril et de poser les lèvres sur sa peau. Mais elle se sentait toujours à cran et angoissée. Si Nico la séduisait de nouveau, elle n'aurait pas la force de se refuser à lui et il aurait entamé davantage les défenses qu'elle s'efforçait de dresser autour d'elle.

Dans cette perspective, quand il la déposa sur le lit et remonta une couverture sur elle, elle continua à faire semblant de dormir à poings fermés. Elle n'ouvrit les yeux que lorsqu'il eut quitté la chambre… et se traita de lâche.

*
* *

En se réveillant le lendemain, Chiara s'aperçut qu'elle était seule. Elle découvrit un téléphone portable et un chargeur sur la table de chevet. Il y avait aussi un post-it.

Appelle-moi quand tu te réveilles. Nico.

Chiara composa le numéro indiqué sur le post-it et obtint immédiatement la communication, comme s'il attendait son appel.

— Bonjour, *cara*.

Elle n'appréciait guère ce mot tendre qui ressemblait trop à un mensonge. Se redressant, elle répondit brièvement :

— Bonjour. Où es-tu ?

— À l'aéroport. Je vais prendre un avion pour Rome où j'ai une série de réunions, mais je serai de retour en fin de journée. Il y a un gala de charité à Syracuse où nous sommes conviés. Nous partirons à 19 heures. Un de mes assistants viendra s'entretenir avec toi dans la matinée au sujet du personnel que tu veux recruter. Tu auras aussi la visite de l'architecte d'intérieur.

« Oui, chef », faillit-elle répondre, agacée.

— Très bien. Je te verrai plus tard.

Sur quoi, elle coupa la communication et se rallongea. Voilà à quoi ressemblerait sa nouvelle vie, pensa-t-elle en soupirant. Il fallait juste qu'elle s'y habitue.

8.

— Merci beaucoup, Carmela.

La jeune fille sourit aimablement.

— Aucun problème. Je suis très contente d'avoir quelqu'un pour me servir de modèle.

La fille de Maria suivait une formation d'esthéticienne et Chiara lui avait demandé de l'aider à se préparer pour la réception à Syracuse.

— Vous êtes vraiment belle, *signora* Santo Domenico.

Chiara ébaucha une grimace.

— Je t'en prie, appelle-moi Chiara.

La jeune fille rassembla ses affaires et prit congé. Restée seule, Chiara prit une profonde inspiration. Elle n'était toujours pas habituée à se voir habillée si élégamment. De style Empire, la robe de soirée vert émeraude avait un haut et des manches en dentelle. Sa coupe classique soulignait son ventre qui semblait plus ample de jour en jour. Carmela avait rassemblé ses cheveux en chignon sur la nuque.

Chiara allait enfiler des escarpins quand on toqua à la porte du dressing. Nico entra en ajustant ses boutons de manchette. Il portait une veste de smoking blanche, un nœud papillon, un pantalon noir. Il était beau à tomber.

En la voyant, il pila net, stupéfait. Quand il releva les yeux, Chiara nota la chaleur intense de ses prunelles.

— Tu es… éblouissante, Chiara.

— Merci, répondit-elle en s'empourprant.

Nico s'approcha et sortit un écrin en velours bleu de la poche de sa veste. Elle le regarda sans comprendre.

— Je sais que ça n'est pas un mariage traditionnel, mais je ne t'ai pas offert de bague de fiançailles, dit-il en ébauchant une expression contrite. J'aimerais rectifier ça.

Il ouvrit le couvercle et Chiara eut le souffle coupé en découvrant une splendide émeraude entourée de petits diamants.

— Si tu l'essayais ?

Elle tendit la main et Nico fit glisser la bague sur son annulaire, juste au-dessus de l'alliance. Le cœur serré, elle constata qu'elle lui allait parfaitement.

— Tu n'aurais pas dû, dit-elle faiblement. Elle a dû coûter une fortune.

Il secoua la tête avec incrédulité.

— Sérieusement ? La plupart des femmes demanderaient une pierre plus grosse.

— Mais je ne suis pas la plupart des femmes.

— C'est vrai.

Chiara retira sa main, évitant de croiser ce regard pénétrant qui semblait lire en elle.

— Elle va très bien avec ma robe.

— Elle est assortie à tes yeux.

Une sorte de courant électrique vibra entre eux et le cœur de Chiara manqua un battement. Nico s'avança vers elle et, incapable de résister, elle se porta vers lui, attirée comme par un aimant. Au dernier moment cependant, elle posa les mains sur son torse pour l'arrêter, se rappelant qu'elle devait le tenir à distance.

— Attends… Mon maquillage ! dit-elle en adoptant le ton de la plaisanterie. Je ne serai pas capable de le refaire moi-même.

Nico serra les dents.

— Tu n'as pas besoin de ça. Mais tu as raison, nous devons partir.

D'un pas mal assuré, Chiara le suivit hors de la maison.

Qu'avait-il voulu dire exactement ? Que, maquillée ou non, ça ne faisait pas de différence ? Mais elle décida de prendre les choses du bon côté pour cette fois.

Le chauffeur les attendait pour les conduire à Syracuse, non loin d'ici. En s'installant sur la luxueuse banquette, Chiara comprit qu'elle ne pouvait pas continuer à repousser Nico indéfiniment. Ce serait à elle de masquer du mieux possible ce qu'elle ressentait pour lui si elle voulait sauver ce mariage.

— Ne me touche pas ! Tu me dégoûtes.

Médusée, Chiara essaya néanmoins de n'en rien laisser paraître, tandis que la femme élégante et sophistiquée, à qui elle et Nico venaient de parler, repoussait son mari qui avait osé faire une remarque sur son attitude dépensière. Celui-ci, un gentleman grisonnant, ne paraissait nullement surpris de cette scène. Son épouse l'ayant planté là pour se fondre dans la foule, il leur dit d'un ton léger :

— Excusez mon épouse. Elle aime rendre publics nos conflits. Cela donne une autre dimension à la catastrophe qu'est notre mariage.

Sur quoi, il s'en alla. Chiara constata que Nico n'était pas troublé par la scène dont ils venaient d'être témoins.

— C'était… horrible ! s'exclama-t-elle.

— Tu trouves ? Peut-être sont-ils seulement moins hypocrites que la plupart des couples ici.

Son cynisme la déstabilisa et elle prit soudain conscience de la chaleur lourde qui régnait dans la salle. Invoquant un besoin d'air, elle posa le verre d'eau qu'elle tenait et, se frayant un chemin parmi la foule, se dirigea vers les portes-fenêtres.

La terrasse était heureusement vide et une brise rafraîchissante venait de la mer. Le soir tombait sur Syracuse et des lumières apparaissaient, illuminant la magnifique cathédrale toute proche. C'était magique et infiniment romantique.

Comme elle posait les mains sur la balustrade de pierre,

Chiara capta l'éclat de sa bague. Elle était aussi étincelante que les bijoux qu'elle avait vus sur les invitées. Était-ce pour cette raison que Nico la lui avait offerte ? Pour ne pas être en reste vis-à-vis des autres hommes présents ? Avait-il pensé qu'elle manquait de glamour ?

Elle soupira. Elle était mariée, enceinte et portait une magnifique bague de fiançailles. Elle avait toujours imaginé que dans ce scénario elle aimerait son mari et en serait aimée. Il n'y avait pas eu d'amour entre ses parents et elle avait espéré pour elle-même une autre vie conjugale. Ces rêves d'amour l'avaient encouragée à se nourrir en cachette de toutes ces romances pendant son adolescence, ces livres qu'elle dissimulait derrière les rangées de la bibliothèque pour éviter que son père les trouve. Était-ce vraiment trop demander d'aimer et d'être aimée en retour ? Elle détestait le monde dans lequel Nico évoluait et qui était peuplé de gens aigris.

Elle sentit sa présence derrière elle et se raidit instantanément.

— Chiara, est-ce que tout va bien ?

Elle nota l'inquiétude dans sa voix et se tourna vers lui en ébauchant un geste vague.

— Oui, très bien. Il fait trop chaud à l'intérieur, c'est tout.

— Nous allons prendre contact avec un médecin pour qu'il suive ta grossesse. J'appellerai dès demain.

Chiara posa une main sur son ventre. À cet instant, le bébé bougea si vigoureusement qu'elle bloqua brusquement son souffle.

Immédiatement, Nico lui saisit les bras.

— Qu'y a-t-il ?

Chiara secoua la tête, touchée par sa prévenance, même s'il se préoccupait seulement du bébé.

— Elle bouge.

Sur une impulsion, elle prit la main de Nico et la plaça sur son ventre.

— Elle va recommencer… Il faut juste un peu de patience.

Elle attendit, le cœur battant, mais rien ne se passa. Déçue, elle allait s'excuser quand le bébé remua, plus énergiquement cette fois, comme s'il avait reçu la demande.

Chiara retint son souffle tandis qu'un enchantement se peignait sur les traits de Nico. Il la fixa, les yeux écarquillés.

Il l'avait *sentie* ! Une joie intense envahit Chiara. Le bébé remua de nouveau et elle ne put retenir un rire léger qui célébrait à la fois cet instant de bonheur, la vie en elle et l'espoir que peut-être…

— Tiens, tiens, quelle jolie scène familiale ! dit une voix féminine.

Nico se raidit immédiatement et retira sa main. Tournant la tête, Chiara vit une brune sublime s'approcher d'eux. Ses traits étaient parfaits, un teint hâlé, des lèvres mutines et de longs cheveux lisses. Sa silhouette sculpturale était moulée dans une robe scintillante bleu nuit, profondément échancrée sur le galbe parfait de ses seins. Ses yeux noirs soulignés de khôl regardaient fixement Chiara, ou plus exactement son ventre.

— Ingénieux, roucoula-t-elle. Piéger Nico en se faisant mettre enceinte, j'aurais peut-être dû y penser moi-même.

Alors soudain, Chiara sut qui elle était. Celle qui avait brisé le cœur de son mari.

— Ça suffit, Alexandra. Chiara ne mérite pas ta méchanceté.

La voix de Nico était vibrante de colère, mais ça ne soulageait en rien le malaise que Chiara ressentait. L'autre femme persistait à la détailler de la tête aux pieds.

— Tu veux me faire croire que tu as vraiment choisi cette fille ? Comment as-tu pu te résoudre à… ?

— *Ça suffit !*

La voix de Nico claqua comme une détonation. Avant qu'il ajoute quoi que ce soit, Chiara leva une main. Son moment si précieux avait été gâché et cela la mettait dans une rage folle. Le cynisme qu'elle détestait tant infectait tout, décidément.

Elle s'avança vers la dénommée Alexandra, s'approchant

au point que son ventre la touchait presque. Elle dut lever la tête, tant l'autre femme était grande, mais une part d'elle-même se réjouit en la voyant déglutir nerveusement.

— Mon mariage avec Nico ne vous regarde pas, dit-elle d'un ton farouche. Vous avez perdu le droit de vous inquiéter au sujet de mon mari quand vous avez couché avec son meilleur ami. Vous n'êtes pas une belle personne. Pour autant, je vous souhaite bonne chance, parce que tout le monde mérite d'en avoir !

Puis, avant de perdre complètement son sang-froid, Chiara se détourna et regagna la salle de réception. Sans s'arrêter, elle descendit dans le hall qui était désert. Là, elle fit les cent pas, aspirant de longues bouffées d'air pour tâcher de retrouver son calme.

Nico apparut en haut de l'escalier et elle le regarda descendre vers elle. Son regard demeurait impassible, mais lorsqu'il la rejoignit, un sourire se dessina sur ses lèvres.

— Tu as été magistrale face à Alexandra, mais ce n'était pas la peine de prendre ma défense.

— Je ne voulais pas que tu prennes la mienne. Et je ne regrette rien de ce que j'ai dit.

Le sourire de Nico s'effaça.

— C'est elle qui te doit des excuses. Elle a été incroyablement grossière.

Chiara reporta son attention sur le grand escalier de marbre.

— Devons-nous y retourner ?

Nico réprima un frisson.

— Oh ! non… Je n'en peux plus.

Puis, lui prenant la main, il ajouta :

— Fatiguée, *cara* ?

Elle secoua la tête. La poussée d'adrénaline l'avait galvanisée.

— Dans ce cas, j'aimerais te montrer un endroit. Ce n'est pas loin d'ici.

*
**

Chiara exhala un soupir de contentement.

— C'est divin !

— Je sais, dit Nico. As-tu déjà goûté une meilleure glace ?

— Non, mais je n'ai pas beaucoup voyagé, répondit-elle timidement.

— Tu auras plein d'occasions de le faire avec moi.

— Nous verrons comment ça se passe avec le bébé, Nico. Je ne me séparerai pas d'elle.

Il but une gorgée de son espresso.

— Je sais, et j'en suis admiratif. Je n'ai pas eu la chance de recevoir d'amour maternel et je m'en remets à ton jugement.

— Je suis désolée que tu n'aies pas grandi avec ta mère.

Nico haussa les épaules.

— On ne peut regretter ce qu'on n'a pas connu.

Chiara n'était pas d'accord sur ce point, mais, ne voulant pas briser la paix qu'ils étaient parvenus à établir, elle prit une autre portion de crème glacée au délicieux parfum de pistache.

La boutique du glacier se trouvait sur le front de mer, et les clients étaient nombreux. C'était principalement des groupes d'adolescents. Nico lui avait mis sa veste sur les épaules pour la protéger de la brise qui soufflait. Elle était heureuse qu'il l'eût amenée ici, loin de la réception étouffante. Et loin *d'elle*.

— Comment as-tu connu cet endroit ?

— Mon père m'en avait parlé. Enfant, il venait ici en bateau avec son père depuis la Calabre.

Ils restèrent silencieux un moment, tandis que les jeunes sortaient de l'établissement pour déambuler sur le front de mer. Chiara ne put s'empêcher d'envier leur aisance et leur camaraderie.

Nico posa sa tasse et se pencha au-dessus de la table. Il avait défait son nœud papillon et le premier bouton de sa chemise. Il avait un air canaille qui le rendait fascinant.

— Je sais que tu veux plus, Chiara, déclara-t-il soudain.

Chiara s'alarma. Avait-il lu dans ses pensées ?

— J'ai trouvé ta collection de romans cachés au fond de la bibliothèque. À moins qu'ils n'aient appartenu à ta mère ?

Bien sûr, elle pouvait toujours nier de façon désinvolte, se dit Chiara. Mais le voulait-elle ?

— Ce sont les miens. Qu'entends-tu par « je sais que tu veux plus » ?

— Je crois que tu espérais amour et romantisme, non un mariage de convenance.

Elle haussa les épaules et joua négligemment avec sa cuillère.

— Je n'ai pas non plus une imagination fantaisiste, Nico. Je sais que la vie ne se déroule pas toujours comme on le voudrait.

Il soupira.

— Écoute, même si je ne peux pas te donner tout ce que tu veux, je te promets de faire en sorte de te rendre aussi heureuse que possible.

Chiara le regarda et la petite flamme d'espoir qui avait surgi en elle lorsqu'il avait senti le bébé bouger s'amenuisa.

— Je comprends.

— Je t'apprécie, Chiara. Et je te respecte… Tu m'as permis de réaliser l'ambition et le rêve que j'avais depuis longtemps : rendre le *castello* aux Santo Domenico. Tu vas me donner un enfant. Il y a une alchimie folle entre nous et nous nous désirons mutuellement. La plupart des couples que nous avons vus ce soir ne peuvent pas en dire autant. Je crois que nous avons beaucoup d'atouts et que nous pouvons être heureux.

Chiara prit une profonde inspiration. Elle ne s'attendait pas à une telle franchise de sa part. C'était réconfortant, certes, mais tellement décevant aussi. Il lui demandait de ne pas placer ses espoirs trop haut. Que pouvait-elle répondre ?

— Alors, faisons de notre mieux pour que ça marche.

Par-dessus la table, Nico prit sa main et entrelaça leurs doigts. Chiara avait le cœur lourd, pourtant elle ressentit la brûlure familière du désir. Elle le décelait aussi dans le regard de Nico. Elle sut alors qu'en dépit de tout, cette petite lueur d'espoir ne s'éteindrait pas complètement. Du moins, pas pour l'instant.

À son annulaire, l'émeraude étincelait, comme pour la narguer. Chiara retourna sa main pour ne plus la voir.

Chiara avait ôté ses escarpins pendant le trajet du retour. Aussi Nico insista-t-il pour la porter à leur arrivée au château malgré ses protestations ensommeillées. Quand il entra dans la chambre, elle était complètement réveillée, les sens en alerte.

Il la posa à terre et alluma deux lampes. Puis il vint se poster derrière elle. Face au miroir en pied, Chiara essaya désespérément d'atteindre la fermeture Éclair de sa robe.

— Laisse-moi faire.

Il abaissa le curseur jusqu'au bas de ses reins et Chiara ne put réprimer un frisson.

— Tu as froid ? demanda-t-il d'un air innocent.

Le mufle ! songea Chiara. *Il sait parfaitement que non. On est en plein cœur de l'été !*

Mais elle croisa son regard dans le miroir et son cœur manqua un battement. Il était si beau, si grand… et l'ombre de sa barbe le rendait encore plus ténébreux.

Pour toute réponse, elle secoua la tête.

— Je ne le pensais pas non plus, dit-il, narquois.

Il fit glisser la robe de ses épaules, l'abaissa le long de ses hanches. Elle échoua sur le plancher dans un bruissement de soie et de mousseline. Chiara ne portait plus qu'un soutien-gorge sans bretelles et une culotte.

Nico la débarrassa du soutien-gorge, libérant ses seins opulents. Gênée, Chiara voulut tourner la tête, mais elle était incapable de détacher son regard de Nico.

Il inclina la tête pour déposer un baiser à la base de son cou. Elle frémit, tandis qu'une vague de désir l'envahissait.

— Regarde-toi, *cara*, murmura-t-il, les mains sur ses épaules. Tu es belle.

À contrecœur, Chiara fixa son reflet dans le miroir, tandis que Nico derrière elle détachait ses cheveux qui se répandirent sur son épaule et effleurèrent son sein. Son souffle se bloqua dans sa gorge quand, ramenant les mains vers elle, Nico cueillit ses seins dans ses paumes. Leurs pointes dressées étaient aussi dures que des cailloux.

La caresse de Nico se prolongea sur sa peau empourprée et l'arrondi de son ventre, puis s'aventura sous la dentelle de son sous-vêtement. Chiara suffoqua.

— Continue de te regarder, ordonna-t-il d'une voix rauque.

Chiara obéit. D'une main, Nico continuait de la toucher, taquinant son téton. L'autre était plaquée sur son entrejambe où ses doigts se glissaient avec une précision diabolique.

Elle ouvrit davantage les cuisses pour s'offrir à ses caresses et laissa échapper un gémissement. Elle se mordit la lèvre, fixant avec fascination chacun des gestes de Nico par le biais du miroir. La tension montait en elle et il s'évertuait à la mener jusqu'à la folie. Brusquement, elle atteignit l'extase, le corps secoué d'un plaisir si intense que ses jambes refusèrent de la soutenir.

Comme s'il n'avait attendu que cet instant, Nico la fit pivoter vers lui et l'embrassa avec fougue. Au bout d'un long moment, quand les spasmes s'espacèrent enfin, il s'écarta, dégageant doucement son front des longues mèches qui l'encombraient.

— Tu vois ? C'est tout ce dont nous avons besoin.

Chiara était trop sonnée pour émettre une objection. Quand il l'étendit sur le lit et rabattit le drap sur elle, elle sombra sans résistance dans le sommeil. Elle eut juste le temps de s'avouer qu'elle était amoureuse de Nico et que la souffrance ferait désormais partie de sa vie.

*
* *

Nico la regarda dormir, ignorant le désir frustré qu'il ressentait. Peu lui importait. Il venait de voir Chiara jouir devant le miroir et il avait trouvé ça fascinant et incroyablement érotique.

L'image d'Alexandra s'insinua dans son esprit. La revoir lui avait causé un choc, bien sûr, comme à chaque fois. Sauf que, ce soir, son intrusion au milieu de ce moment si tendre l'avait révolté. Et lorsqu'elle s'était mise à attaquer Chiara, il avait été fou de colère. Il ne se rappelait pas qu'elle ait déjà provoqué en lui une telle rage. Pas même lorsqu'il l'avait surprise au lit avec son meilleur ami. En quittant la terrasse, il n'avait pas jeté un seul regard à sa mine stupéfaite, et s'était éloigné pour rejoindre son épouse.

Son épouse… Sa partenaire, la mère de son enfant.

Un instinct de protection le submergea comme une vague. Il ne pouvait pas offrir à Chiara tout ce qu'elle voulait. Il n'était pas prêt à aimer de nouveau, à se rendre vulnérable. La rencontre avec Alexandra était un signe qu'il ne pouvait ignorer. Mais Chiara et lui avaient tout pour faire fonctionner leur mariage. Ils n'avaient que faire des sentiments.

9.

Chiara barbotait paresseusement sur le dos, en prenant garde de ne pas couler au fond de la piscine. C'était la fin de l'été et elle adorait ces soirées, quand la forte chaleur commençait à diminuer et qu'elle pouvait descendre se rafraîchir dans les remous.

Elle regarda le ciel d'un bleu intense. Elle entendait le son des vagues sur le rivage tout proche et les gazouillis des oiseaux. Elle était seule, les ouvriers et les décorateurs avaient fini leur journée.

Elle soupira. En dépit de l'environnement apaisant, elle se sentait agitée. Satisfaite… mais pas heureuse. Elle se fustigea. Sa situation était enviable par rapport à d'autres. De quoi osait-elle se plaindre ? Son mari faisait preuve d'une infinie sollicitude envers elle. Il était attentionné et ne restait jamais absent plus de trois jours. Et quand il était là…

Chiara s'empourpra en songeant à leur entente charnelle. Oui, malgré sa grossesse avancée…

Comme elle était à présent enceinte de huit mois, Nico avait décidé de ne pas retourner à New York avant la naissance du bébé, et il avait promis que lorsque Sofia serait en âge de voyager, ils partiraient en famille.

Sofia. Ils avaient déjà choisi son prénom, en souvenir de sa *nonna* adorée…

Maria vivait maintenant au *castello*, ainsi que deux autres employés permanents. Chiara avait donc peu de soucis. Mais Nico avait beau être prévenant et plein de sollicitude, elle avait l'impression qu'une paroi de verre les séparait. Parce qu'il maintenait une distance qu'elle ne parvenait pas à combler. Le seul moment où elle réussissait à se rapprocher de lui, c'était dans l'intimité. Dès qu'elle posait les yeux sur Nico, toute la fatigue due à son état s'envolait d'un coup pour laisser place à son désir.

— Ah, te voilà…

Chiara s'immobilisa dans l'eau, ce qui la fit couler comme une pierre. Elle émergea en toussant et cilla furieusement. Non, la voix profonde qu'elle avait entendue n'était pas un mirage. Nico se tenait au bord de la piscine, vêtu d'un maillot noir, une serviette passée autour des épaules. Il était beau à couper le souffle ! Athlétique et musclé, le torse couvert d'une toison sombre qui s'amenuisait sur son ventre plat et finissait par disparaître…

Vivement, elle releva les yeux et rougit en captant son expression amusée.

— Tu rentres tôt, dit-elle pour se donner une contenance.

Posant la serviette, il exécuta un plongeon impeccable et refit surface à quelques centimètres d'elle. Il lui prit les bras et l'attira doucement vers lui.

Chiara avait une conscience aiguë de sa proximité au point que des fourmillements exquis parcouraient sa peau. Elle agrippa ses bras solides pour se maintenir en équilibre et perçut sous ses doigts le splendide modelé de ses biceps.

Nico ébaucha un sourire ravageur qui le fit paraître plus jeune, presque insouciant.

— Tu as le droit de dire que tu es contente de me voir, *cara*.

Quand il se montrait si charmant, Chiara se sentait fondre intérieurement et c'était difficile de rester sur la défensive et de se protéger.

— C'est bon de te savoir à la maison, concéda-t-elle d'un ton neutre.

Il commença à marcher à reculons, l'entraînant vers elle.

— Nico…

Ignorant sa protestation, il la traîna paresseusement vers l'extrémité la moins profonde du bassin et Chiara se prêta finalement au jeu. Quand elle eut pied, il s'arrêta et la dévisagea longuement, avec quelque chose de si désespéré dans le regard qu'elle en eut le cœur serré. Puis leurs lèvres se joignirent.

Les mains de Nico sculptèrent son corps et la chaleur l'emporta. Il avait le torse ruisselant et ses cheveux mouillés étaient rabattus sur son front. Elle brûlait de lui appartenir.

Il la plaqua contre la paroi du bassin et elle sentit son désir puissant pulser contre son ventre.

— Tourne-toi, dit-il, les traits tendus.

Chiara fit ce qu'il demandait. Son cœur tambourinait dans sa poitrine, tandis qu'il abaissait le haut de son maillot pour caresser ses seins.

Enivrée, elle se renversa contre lui. Avec des gestes impatients, il fit glisser le reste du Lycra le long de ses hanches. Puis elle le sentit nu contre elle. Il lui écarta les cuisses et s'enfouit en elle d'un mouvement souple qui la chavira. Tout son corps se raidit, tandis que Nico commençait à aller et venir en elle, lentement d'abord, puis avec une puissance croissante. Jusqu'à ce qu'il la propulse dans une extase si éblouissante qu'elle crut qu'elle allait perdre conscience.

À son tour, il connut une jouissance qui le laissa pantelant, anéanti.

Au bout de plusieurs minutes, il se dégagea et la fit pivoter vers lui.

— *Dio !* Qu'est-ce que tu fais de moi ? dit-il d'une voix rauque. Je n'avais pas l'intention de te prendre dans la piscine. Mais je m'approche de toi et…

— Je pourrais dire la même chose, avoua-t-elle, tremblante.

C'était dans ces moments d'après l'amour que cette paroi de verre qui les séparait semblait disparaître, et qu'ils s'ouvraient un peu l'un à l'autre. Mais très vite, Chiara voyait les traits de Nico se fermer et il redevenait maître de lui.

Elle se sentit terriblement nue tout à coup. Son maillot était quelque part au fond de la piscine.

Nico dut percevoir sa gêne, car il proposa :

— Je vais te chercher quelque chose.

Dans toute la splendeur de sa nudité, il gravit les marches du bassin et gagna la cabine. Quand il reparut, une serviette lui ceignait les reins et il tenait un peignoir pour elle.

Il lui tendit le vêtement en haut des marches et Chiara, gênée, croisa ses bras sur sa poitrine.

— Je ne peux pas sortir de l'eau comme ça. Si quelqu'un nous voyait ?

— Les employés dînent dans la cuisine qui donne sur la façade. Je les ai vus en arrivant.

Chiara lui jeta un regard furieux. Il la mettait au défi. Quelque chose se rebella soudain en elle, l'envie de le déstabiliser, de le prendre à son propre jeu et de lui faire quitter cette attitude distante derrière laquelle il se réfugiait.

À son tour, elle émergea de l'eau et gravit lentement les marches, la tête haute. Le regard de Nico s'assombrit et sa bouche forma un pli mince. Chiara lui fit face, se délectant pour une fois de sa nudité.

Nico regretta de l'avoir mise au défi. Il aurait dû savoir qu'il ne fallait pas la sous-estimer. Elle se tenait fièrement devant lui, symbole d'une sensualité triomphante, et soudain ce fut lui qui eut peur qu'on la voie ainsi depuis les fenêtres. Personne d'autre que lui ne devait poser les yeux sur ce corps.

Il drapa le peignoir sur ses épaules et attendit qu'elle l'enfilât et nouât la ceinture fermement. Il pensait jusque-là qu'elle était inconsciente du pouvoir qu'elle exerçait sur lui, mais après l'avoir vue, telle une guerrière émergeant des flots, le doute s'insinuait.

D'instinct, il se réfugia derrière cette expression fermée qui dissimulait ses émotions. Il recula d'un pas et vit les beaux yeux lumineux de Chiara se voiler. Quelque chose se serra dans sa poitrine, mais il ignora la sensation.

— Maria m'a dit que le dîner serait prêt quand nous rentrerions.

Chiara étouffa sa frustration.

— Très bien. Je vais prendre une douche.

Elle le regarda traverser le parc d'une démarche fière. Comme un Grec ou un Maure de ses ancêtres. Qu'il était beau !

Jamais elle n'aurait rencontré un homme comme Nico, sans ces circonstances exceptionnelles. Elle était si quelconque… Et maintenant elle ressemblait de plus en plus à une baleine échouée ! Pourtant, l'alchimie entre eux fonctionnait toujours. Mais que se passerait-il quand le désir de Nico s'émousserait ? Et quand le bébé serait là et qu'ils auraient à faire face à une tout autre réalité ? L'arrivée d'un bébé mettait les couples les plus unis à l'épreuve, c'était bien connu. Le fossé qui existait déjà ne risquait-il pas de se creuser davantage et de les éloigner complètement l'un de l'autre ? Elle ne l'imaginait pas rester avec une femme qu'il ne désirait plus et s'il prenait des maîtresses, elle ne pourrait le supporter.

Elle allait devoir lui parler. Mais les effets de la passion qu'ils venaient de partager vibraient toujours dans son sang et elle pensa : *Pas maintenant.*

Appuyé contre le chambranle de la porte de la cuisine, laquelle donnait sur le jardin potager, Nico contemplait Chiara qui, à genoux, jardinait. Un grand chapeau de paille protégeait son visage du soleil. Sa longue crinière mordorée flottait sur son dos. Comme il devait s'y attendre, il eut envie de la rejoindre, d'empoigner sa chevelure et d'embrasser sa bouche pulpeuse.

Cette réaction l'irrita. Loin de s'émousser, son désir ne cessait de croître. *Dio !* Il n'était pas prévu que dans ce mariage de convenance son épouse le rende assoiffé de sexe !

Elle dut sentir sa présence, car elle s'arrêta et leva les yeux. Elle lui sourit et Nico eut soudain du mal à respirer.

— Comment es-tu habillée ? grommela-t-il, sur la défensive.

Le sourire de Chiara s'évanouit. Il jura en lui-même. Il n'était qu'un salaud !

— C'est une vieille salopette qui appartenait à mon père. C'est pratique pour faire du jardinage.

Nico ne pouvait détourner les yeux. Même vêtue d'un T-shirt sans manches et d'une salopette effrangée, elle était incroyablement sexy.

Chiara se mit sur pied et il nota qu'elle portait des nu-pieds roses. Une couche de vernis violet couvrait ses ongles. Nico sentit soudain un violent désir fuser en lui.

— En fait, je suis contente que tu sois là. J'ai quelque chose à te montrer.

Notant sa figure empourprée, il demanda :

— Tu n'as pas bu d'eau depuis combien de temps ?

— Hum… Depuis le déjeuner.

Il laissa échapper un soupir réprobateur et appela Maria par la porte de la cuisine. Celle-ci arriva avec une bouteille.

— Tss, tss…, fit-elle, marquant à son tour sa réprobation.

Chiara leva les yeux au ciel et but quelques gorgées d'eau. Des gouttes glissèrent sur son menton et sa gorge, et Nico crut qu'il allait perdre la tête. *Dio !* Il était pathétique !

— Tu voulais me montrer quelque chose ?

Elle acquiesça et lui fit signe de la suivre. Ils quittèrent le potager et prirent la direction de la chapelle. Nico pila net en découvrant que le vieux cimetière était débarrassé de toute végétation sauvage et que des hommes nettoyaient les stèles.

— Quand ont-ils commencé ça ? s'enquit-il d'un ton âpre.

— Quand tu étais à Rome, avoua-t-elle avec nervosité. J'ai demandé aux jardiniers du parc de s'occuper du cimetière et l'un d'eux connaît justement quelqu'un qui rénove les pierres tombales. Ça t'ennuie ?

— Pourquoi ? La vérité, c'est qu'on n'aurait jamais dû laisser cet endroit à l'abandon, pour commencer.

— Non, et j'ai pensé que ce serait une façon de rectifier en partie cette injustice, répondit Chiara d'un ton humble.

Nico se sentait blessé. Une réaction irrationnelle, il en convenait, mais qu'il était incapable de contrôler. Au fond de lui, les émotions prenaient le dessus, menaçant de l'étouffer. Pour comble, des larmes lui piquaient les yeux. Allons bon !

Pour contrer cette sotte réaction, il s'en prit à Chiara.

— Nettoyer un cimetière, ce n'est pas ça qui rectifiera la faute de ta famille ! La naissance de notre fille, puis celle d'un fils redonneront vie au nom des Santo Domenico. C'est tout ce qui compte !

Là-dessus, il fit demi-tour. Mais l'expression blessée de Chiara s'imprima comme une brûlure dans son esprit. Il tâcha de se persuader que c'était pour le mieux, que plus vite elle se souviendrait de la raison de leur mariage, mieux ça vaudrait.

— Tu n'as pas oublié que nous sommes invités à un bal caritatif à Naples ce soir ? Nous dormirons là-bas, emporte quelques affaires.

Chiara ferma le livre qu'elle lisait. La réaction de Nico au sujet du cimetière, la veille, l'avait horriblement peinée.

— J'ai préparé mon sac, répondit-elle d'un ton neutre. Je suis prête à partir quand tu l'auras décidé.

Il consulta sa montre.

— Nous décollerons dans une heure.

Sur ce, il quitta la bibliothèque. Chiara caressa son ventre d'un air absent. Le bébé était très agité depuis quelques jours. Comme la date de l'accouchement approchait, elle supposa que c'était normal.

Entre elle et Nico, la distance s'était creusée de manière visible. Néanmoins, au fond d'elle-même, la petite lueur d'espoir ne voulait pas s'éteindre. Elle surprenait parfois une expression fugitive sur les traits de Nico ou dans son regard, qui lui faisait penser que peut-être il y avait une chance pour qu'il ressente quelque chose pour elle. Même si, la veille, il lui avait rappelé brutalement où était sa place.

Chiara se leva avec l'intention de rassembler ses affaires. Elle devait se concentrer sur le bébé maintenant, c'était sa priorité. Et évacuer de son esprit ce qui ne se produirait jamais…

Dès qu'ils entrèrent dans l'hôtel où se déroulait le bal, Nico fut accaparé par des partenaires en affaires qui voulaient impérativement lui parler.

— Ça ne fait rien, lui souffla Chiara. Je vais aller chercher un rafraîchissement et m'asseoir…

Elle était à peine installée qu'une grande femme élégante aux cheveux argentés désigna un fauteuil près d'elle.

— Puis-je me joindre à vous ?

— Je vous en prie. Je crains de ne pas être très sociable. Les talons hauts et les chevilles qui gonflent ne font pas vraiment bon ménage.

La femme prit place. Il y avait quelque chose de familier en elle qui poussa Chiara à demander :

— Nous sommes-nous déjà rencontrées ?

La femme secoua la tête.

— Non, ma chère. Je me souviendrais de vous, car vous avez une beauté naturelle que je n'ai pas rencontrée depuis longtemps dans ce milieu.

Chiara s'empourpra, embarrassée par ce compliment de la part d'une inconnue.

— Merci… C'est adorable.

La femme regarda son ventre.

— C'est pour bientôt ?

— Dans deux semaines. Mais on m'a prévenue que ce serait peut-être plus tard, comme souvent pour les premiers.

— Oh ! je suis terriblement confuse. Je ne me suis pas présentée. Patrizia Sorellani. Ravie de vous rencontrer.

Chiara serra la main qu'elle lui tendait.

— Chiara Santo Domenico. Enchantée.

— Êtes-vous mariée à Nicolo Santo Domenico ?

Chiara acquiesça.

— C'est exact. Vous le connaissez ?

La femme hocha la tête, l'air affreusement triste tout à coup.

— Oui… d'une certaine manière. Je suis sa mère.

« Sa mère » !

Chiara se figea, interdite. Puis le premier choc passé, elle demanda :

— Vous saviez qui j'étais avant de m'adresser la parole ?

— Oui, je suis désolée. J'espère que vous ne m'en voulez pas. J'essaie de voir Nicolo depuis quelque temps déjà, mais il refuse de me recevoir. Je me demandais si…

— Que fais-tu ici ? Tu n'es pas la bienvenue.

Toutes deux sursautèrent. Nico se tenait devant elles et il fixait sa mère d'un œil glacial. Chiara sut alors ce qu'elle devait faire. Et tant pis s'il se mettait en colère !

Elle se leva et le regarda bien en face.

— Ta mère est ici, parce qu'elle désire te parler. Ne peux-tu pas lui accorder cinq minutes ?

Un silence interminable s'ensuivit.

— Très bien, répondit-il enfin. Cinq minutes. Suis-moi.

Il s'éloigna. Avant de rattraper son fils, Patrizia se tourna vers elle.

— Merci beaucoup, murmura-t-elle avec émotion.

Chiara se rassit, abasourdie, et attendit. Ce n'est qu'au bout d'un quart d'heure que Nico reparut, la mine sombre.

— Qu'y a-t-il ? Est-ce que tout va bien ? demanda-t-elle, anxieuse.

Il la prit par le bras.

— Nous partons.

Sans trop de ménagement, il l'entraîna vers la sortie.

La voiture était garée le long du trottoir. Dès qu'ils furent installés à l'arrière, Chiara prit la parole.

— Comment s'est passé ce moment avec ta mère ? Elle m'a donné l'impression d'être… quelqu'un d'agréable.

Nico regardait par la vitre et sa tension était palpable.

— J'ai écouté ce qu'elle avait à me dire.

— Nico…

— Écoute, il est arrivé quelque chose pendant que nous parlions, l'interrompit-il d'une voix urgente. Je vais te déposer à l'hôtel. Ensuite, je filerai à Rome. Le jet te ramènera en Sicile demain matin. Je rentrerai dans la soirée.

Autrement dit, il n'avait pas l'intention de discuter avec elle, que ce soit de sa mère ou de ce qui était survenu.

Quelques minutes plus tard, le chauffeur gara la voiture devant l'hôtel. Nico l'aida à descendre et l'escorta à l'intérieur. Il la quitta devant les ascenseurs. Une fois dans la suite, Chiara était en proie à une intense frustration.

Nico devait-il faire face à un problème grave qui réclamait sa présence ? Peut-être… ou peut-être pas. En tout cas, une chose était claire : il attendait qu'elle se cantonne au rôle qu'il lui avait défini. Et par-dessus tout il souhaitait qu'elle ne se mêle pas de ses affaires.

Chiara se déshabilla, fit un brin de toilette et coiffa ses cheveux. Puis elle enfila un peignoir moelleux et s'avança sur le balcon. Appuyée à la balustrade, elle embrassa le panorama nocturne de Naples. La ville était si animée, si palpitante…

Elle prit une profonde inspiration et se força à regarder les choses en face. Nico ne tomberait pas amoureux d'elle, à moins d'un miracle. Il continuerait à fonctionner comme un loup solitaire, en la maintenant de côté chaque fois qu'elle s'aventurerait dans sa sphère personnelle.

L'avenir lui apparut morne et solitaire. Il était temps de réfléchir à ce qu'elle voulait vraiment pour elle et son enfant.

*
* *

Nico rentra tard le lendemain soir. Chiara l'attendait, nerveuse mais posée. Elle avait donné congé au personnel de maison, car il y avait une fête au village voisin, de sorte qu'ils ne risquaient pas d'être interrompus.

— Tu n'aurais pas dû veiller si tard, déclara-t-il en la trouvant assise dans le salon.

Chiara remarqua qu'il avait les traits tirés et qu'il n'était pas rasé. Son cœur se serra.

— Tout va bien ?

Il s'approcha du minibar, tout en dénouant sa cravate. Il se servit une dose de whisky qu'il avala d'un trait, puis se tourna vers elle.

— Il y a eu un incendie dans l'une de mes sociétés d'informatique à l'extérieur de Rome.

Chiara ravala son souffle, horrifiée d'avoir pensé qu'il avait simplement voulu l'éviter.

— Des blessés ?

Il secoua la tête.

— Dieu merci, aucun employé ne se trouvait sur place. Seulement les vigiles qui ont donné l'alerte. Les dégâts seront couverts par l'assurance.

— Tu aurais dû m'en parler, Nico. Je veux savoir ce genre de choses.

— Mais ça n'a rien à voir avec toi.

— Bien sûr que si ! Je suis ta femme.

Il resta silencieux un long moment.

— Très bien, dit-il enfin. Je te dois des excuses. J'ai très mal réagi au sujet du cimetière. Désolé. J'ai eu un vrai choc en le voyant comme ça, en pleine lumière et entretenu après toutes ces années. Je n'aurais pas dû m'en prendre à toi. Ce que tu as fait était une bonne chose. Merci.

— Cela partait d'une bonne intention. Mais j'aurais peut-être dû te parler avant de prendre cette initiative. Après tout, ce n'est plus ma maison.

Il prit un air sombre.

— Bien sûr que si, Chiara. Tu attends mon enfant.

Son calme olympien fit monter en elle une vague de désespoir. Il se repliait en lui-même une fois de plus, pour ne lui montrer qu'une façade polie sans émotion.

— Mais ce n'est pas vraiment chez moi, n'est-ce pas ? insista Chiara. Tu me tolères ici, parce que tu ne voulais pas attendre que la banque mette la main sur le château et que je refusais de m'en séparer. Puis je suis tombée enceinte. Je ne serais pas ici s'il n'y avait pas eu ce concours de circonstances. Je sais que tu ne me jetteras pas dehors, mais je ne serai jamais plus qu'une invitée, acheva-t-elle douloureusement.

— De quoi parles-tu ? s'enquit-il avec étonnement.

— Ce que j'essaie de te dire, Nico, c'est que tu es déterminé à me bannir de ta vie. Chaque fois que je m'immisce un peu trop, tu me rejettes. Oh ! je sais ce que tu m'as dit. Que tu étais incapable de me donner davantage. Je pensais pouvoir m'en accommoder, mais en réalité… je n'y arrive pas.

Il semblait médusé et Chiara décida d'aller jusqu'au bout, avant de perdre son sang-froid.

— La vérité, c'est que je suis tombée amoureuse de toi, Nico. Il y a longtemps… Je pense que ça remonte à notre nuit de noces. Et quand le lendemain matin, tu t'es montré si froid, si détaché, j'ai compris que je m'étais complètement leurrée. Pour toi, c'était juste une aventure charnelle de plus, mais pour moi… ça a changé ma vie, et bouleversé ce que je suis au plus profond. J'avais tellement peur que tu devines ce que je ressentais que je me suis enfuie. Puis j'ai réalisé que j'étais enceinte et tu m'as ramenée ici. Mais j'essayais encore de me persuader que ce n'était pas de l'amour, que je m'étais entichée de toi, parce que tu avais été mon premier amant. Mais non, je t'aime vraiment, Nico, et je veux plus que ce que tu es prêt à me donner. Je ne pourrai pas vivre avec toi sans cela… Alors, je pense que le mieux, c'est que je m'en aille après la naissance du bébé. Nous pourrons parler du mode de garde plus tard.

Chiara se tut, le cœur battant à tout rompre. En face d'elle, Nico avait l'air sonné.

— Pourquoi dis-tu que tu m'aimes ? Tu espères rétablir ton droit de propriété sur le *castello* ?

Bien qu'elle eût su à quoi s'attendre de sa part, ses paroles lui causèrent un choc.

— Non ! Je n'essaie pas d'obtenir quoi que ce soit. C'est une affaire de survie pour moi.

— Tu portes mon enfant, dit-il, le regard étincelant. Tu n'as pas le droit de partir !

Chiara redressa le menton. Ses mots la lacéraient. En même temps, une douleur diffuse se répandait dans le bas de son dos.

— Nico, après la naissance, j'ai l'intention de demander le divorce, annonça-t-elle d'une voix qu'elle tâcha de rendre ferme.

Il posa son verre sur un plateau avec un bruit sec.

— Chiara, c'est absurde. Tu sais ce qu'il y a entre nous…

Il s'avança vers elle. Saisie de panique, elle leva une main.

— Je t'en prie… Je ne veux pas de toi, Nico. Pas comme ça… Pas maintenant.

Elle capta la lueur qui brillait dans ses prunelles. Il pensait qu'il n'avait qu'à la toucher pour qu'elle capitule. Il avait raison, hélas.

— Je dormirai seule ce soir, dit-elle en contenant sa panique. J'ai besoin d'espace.

L'expression intense qui imprégnait les traits de Nico s'effaça. Il adopta de nouveau le masque d'insensibilité qu'elle connaissait bien.

— Nous parlerons demain, décréta-t-il d'un ton menaçant.

Elle avait dit ce qu'elle avait sur le cœur. Maintenant, elle ne désirait qu'une chose : se retirer pour panser ses blessures. Quittant le salon, elle monta dans son ancienne chambre.

La douleur dans son dos s'intensifia. Elle mit ça au compte du stress émotionnel et se prépara pour la nuit.

C'est au moment de se mettre au lit qu'un élancement

aigu la traversa, si puissant qu'elle se courba sans pouvoir respirer. Le spasme douloureux s'atténua enfin. Elle inspira profondément avant de constater qu'elle était mouillée.

— Je perds les eaux…

Affolée, elle se rua hors de la chambre. Elle descendit dans le salon, mais Nico ne s'y trouvait plus. Il n'était pas non plus dans le bureau. Une sueur froide couvrit sa peau et une nouvelle contraction la fit se plier en deux au pied de l'escalier en gémissant. La douleur était plus intense cette fois et plus prolongée. Elle sentait aussi une envie de pousser qui la terrifia.

Elle se força à respirer lentement en explorant les chambres l'une après l'autre. Bon sang ! Où était-il ? Elle était sur le point de perdre espoir quand elle vit le rai de lumière sous la porte de la salle de sport que Nico avait aménagée. Elle ouvrit le battant à la volée.

Il était là, vêtu d'un jogging, et frappait un sac de boxe avec énergie. Elle tomba à genoux, tandis qu'une autre contraction survenait, la tordant de douleur.

Nico jeta ses gants et se précipita vers elle.

— J'ai perdu les eaux…, haleta-t-elle en l'agrippant. Le bébé arrive.

L'espace d'une seconde, il resta hébété. Puis, d'un mouvement souple, il la souleva dans ses bras.

— Il est arrivé la même chose à ma mère, Nico, gémit Chiara, affolée. Elle m'a mise au monde ici. Il y a eu des complications et elle n'a pas pu avoir d'autre enfant. J'ai peur…

— Ça n'arrivera pas. Je t'installe dans la voiture et nous partons à l'hôpital immédiatement.

— Non… Je n'ai pas le temps. Elle arrive… Je le sens. Appelle l'ambulance !

Après l'avoir déposée sur le lit, il réussit à joindre un infirmier au téléphone.

Terrorisée, aux prises avec des contractions féroces, Chiara avait à peine conscience de ce qui se passait autour d'elle. Elle se raccrochait à la voix de Nico qui lui disait quoi faire.

Au comble de la douleur, elle sentit une expulsion énergique entre ses cuisses. Elle entrevit confusément le visage émerveillé de Nico, tandis qu'il tenait leur fille minuscule dans ses mains. Les lumières d'un gyrophare… Puis plus rien.

10.

— Je suis heureux de vous annoncer, *signora* Santo Domenico, que tout s'est bien passé. Dès demain, vous pourrez rentrer chez vous.

Chiara tenait son bébé en parfaite santé dans les bras. Pourtant, elle ne parvenait pas à chasser le nœud d'anxiété qui l'oppressait.

— Il n'y a pas eu de complications ?

Le médecin regarda Nico qui se tenait au bout du lit.

— Votre mari m'a effectivement parlé de ce qui était arrivé à votre mère, mais l'obstétrique a fait des progrès depuis. Vous avez eu un accouchement exemplaire grâce à votre mari, et votre perte de connaissance est seulement due à la douleur et au choc. Je reviendrai vous voir, dit-il en lui tapotant la main. Mais surtout, n'ayez aucune crainte, tout va très bien.

Une vague de soulagement envahit Chiara et elle esquissa un faible sourire. Elle savait néanmoins que tout n'allait pas pour le mieux. Elle avait déclaré à Nico qu'elle l'aimait, tandis que lui n'avait rien dit en retour, mis à part qu'il lui interdisait de partir.

— Chiara…

Elle leva les yeux vers lui avec réticence. Il était toujours en tenue de sport, les cheveux en désordre, plus sexy que jamais.

— Tu devrais rentrer, Nico. Merci pour ce que tu as fait. Tu as été formidable. Qu'aurais-je fait sans toi ?

— Je suis ton mari, bon sang ! Tu n'as pas à me remercier. C'était l'expérience la plus intense de toute ma vie.

Chiara sentit son cœur se serrer et l'expression de stupeur émerveillée qu'elle avait vue sur ses traits avant de perdre connaissance lui revint en mémoire.

— Chiara, nous devons parler.

Elle secoua la tête.

— Je suis fatiguée. Rentre maintenant. Nous parlerons une autre fois.

À son air déterminé, elle crut qu'il allait insister. Finalement, il soupira.

— Très bien, je reviendrai plus tard.

Quand il quitta la chambre, Chiara détourna la tête et essuya une larme. Les dernières heures avaient été intenses, et elle avait besoin de retrouver des forces si elle voulait lui tenir tête. Car Nico n'hésiterait pas à se servir de son charme pour la manipuler comme à son habitude.

Elle regarda leur fille au creux de son bras et l'élan d'amour qui la saisit détourna son esprit de tout le reste.

Le lendemain, Chiara fut autorisée à quitter l'hôpital avec Sofia. Nico les ramena à la maison dans une voiture familiale flambant neuve. Elle s'installa à l'arrière avec le bébé dans la nacelle.

Quand ils arrivèrent au château, Chiara fut terriblement émue de voir le personnel en rang sur le perron pour les accueillir. Un sourire radieux aux lèvres, Maria s'extasia sur la petite fille. Même les jardiniers eurent du mal à cacher leur émotion. Le fidèle Spiro s'approcha et vint se frotter contre sa jambe.

Elle emmena le bébé dans la nurserie qu'elle avait aménagée face à la grande chambre, de l'autre côté du palier. C'était une jolie pièce ensoleillée ornée de fresques colorées, au centre de laquelle trônait le berceau. Chiara s'arrêta sur le seuil en découvrant des peluches un peu partout et un confortable rocking-chair muni de larges accoudoirs, parfait pour l'allaitement.

Sentant Nico derrière elle, elle demanda doucement :

— Tu as pensé à tout ça ?

— J'ai juste ajouté deux ou trois choses.

— Merci, c'est adorable, dit-elle, touchée par sa prévenance. Je vais donner le sein à Sofia maintenant. Peux-tu me laisser un peu d'intimité ?

Un silence tendu suivit sa déclaration.

— Bien sûr, répondit-il enfin.

Et il referma la porte derrière lui.

Chiara se sentit odieuse. Mais il fallait qu'elle tienne Nico à distance dans ces moments où elle était le plus vulnérable, sinon elle risquait de craquer.

— Chiara… Réveille-toi.

Elle ouvrit les yeux et se redressa, faisant balancer le fauteuil. Nico lui saisit les bras pour stopper le mouvement.

— Tu t'es endormie. Maria servira le dîner dans une demi-heure. En attendant, je t'ai fait couler un bain.

Elle jeta un regard vers le berceau où leur fille dormait paisiblement.

— Mais Sofia…

— Elle va très bien. Je lui ai fait faire son rot et je l'ai changée.

— Oh ! Tu as fait ça ?

— Maria m'a montré, dit-il avant de brandir un babyphone. Nous l'entendrons si elle se réveille.

Chiara se leva et, après s'être assurée que leur fille dormait toujours, elle suivit Nico dans la chambre. Elle entra dans la salle de bains où un bain parfumé l'attendait. Il avait disposé des vêtements pour elle, constata-t-elle, surprise. Un legging, un pull ample en cachemire et des sous-vêtements confortables. Quelle délicate attention !

Elle se glissa dans le bain avec un soupir de satisfaction,

sentant l'eau chaude soulager son corps sensible. Elle ferma les yeux pour mieux savourer ce bien-être et sans doute se serait-elle endormie si Nico n'avait pas frappé à la porte. Sortant de la baignoire, elle se sécha et enfila les vêtements qu'il lui avait préparés.

Avant de descendre pour le dîner, Chiara voulut jeter un nouveau coup d'œil dans la nurserie. Sofia dormait toujours, ses lèvres formant une moue minuscule. Elle avait de longs cils bruns et ressemblait beaucoup à son père.

Maria servit un plantureux ragoût sicilien. Une fois rassasiée, Chiara se détendit et c'est à ce moment qu'elle remarqua la lueur qui brillait dans le regard de Nico. Elle comprit alors qu'il l'avait manipulée.

— Chiara… Nous devons parler.

Elle se raidit instantanément.

— Il n'y a rien à discuter.

— Au contraire, répondit-il en la fixant d'un regard direct.

Chiara se leva et posa sa serviette.

— Pas maintenant.

Nico tendit une main en un geste d'apaisement.

— D'accord. Mais laisse-moi juste te parler de ma mère, si tu veux bien. L'autre soir au bal, je ne pouvais pas te parler, parce que j'avais du mal à assimiler ce que je venais d'apprendre.

Surprise et curieuse à la fois, Chiara se rassit.

— Très bien, je t'écoute.

Nico soupira.

— Le soir du bal, elle m'a expliqué pourquoi elle était partie après ma naissance. Elle souffrait d'un léger trouble bipolaire depuis l'adolescence. Quand elle était enceinte, ça s'est aggravé, mais elle ne pouvait plus suivre son traitement. Mon père n'avait aucune compassion pour elle, car il ne comprenait pas les maladies mentales. Quand elle a accouché, elle a eu peur d'être une mauvaise mère, alors elle est partie en me laissant. Elle est revenue deux ans plus tard, quand son état s'était stabilisé, mais mon père a refusé de l'écouter, disant qu'elle l'avait humilié. Il lui a demandé de partir et de ne jamais revenir.

— Oh ! Nico… Je suis sincèrement désolée, dit Chiara, bouleversée.

Il hocha la tête, la mine sombre.

— Dire que je l'ai toujours blâmée, alors que c'était mon père le fautif, parce qu'il avait refusé de lui donner une chance. Faute d'argent, elle ne pouvait envisager un procès pour obtenir ma garde et, de toute manière, elle aurait été déboutée au vu de ses problèmes de santé. Elle est donc partie et a repris sa vie. Elle m'a dit qu'elle ne m'avait jamais oublié et qu'elle m'avait envoyé des lettres, mais je ne les ai jamais reçues. Mon père a dû les détruire.

Chiara serra les poings pour s'empêcher de faire un geste vers lui.

— Je suis contente que tu saches enfin la vérité. As-tu l'intention de la revoir ?

— Oui, quand je serai prêt. C'est grâce à toi, Chiara. Tu m'as poussé à l'écouter. Autrement, j'aurais refusé de la voir, comme la première fois.

— Je suis sûre que tu aurais fini par l'écouter, dit-elle, indulgente.

Elle se sentait plus vulnérable maintenant qu'il s'était confié à elle, l'empathie la gagnait. Elle allait s'excuser et quitter la table, quand Nico l'arrêta.

— Attends. J'ai quelque chose d'autre à te dire.

Elle se figea, le cœur battant. Bien qu'elle voulût désespérément s'éloigner de lui, de l'attraction inexorable qu'il exerçait sur elle, elle se força à demander :

— Qu'y a-t-il ?

— Je t'aime.

Chiara demeura suffoquée.

— Que… Qu'est-ce que tu dis ?

— J'ai dit : Je t'aime, répéta-t-il, les dents serrées.

Un fol espoir surgit en elle, si fort qu'elle se mit à trembler. Elle ne pouvait pas le croire… Il lui avait parlé de sa mère seulement pour jouer sur ses émotions. Il comprenait qu'il avait trop à perdre si elle demandait le divorce, parce qu'il aimait leur fille, et il était prêt à tout pour la faire changer d'avis.

— Ne te sens pas obligé de me dire ces mots-là parce que je t'ai confié mes sentiments.

— Pas du tout. Je parle sérieusement.

Chiara secoua la tête, refusant toujours de le croire.

— Écoute, ce que nous avons vécu cette nuit-là quand Sofia est née… Tu l'as recueillie dans tes mains et c'est normal que tu associes une expérience comme celle-là à une émotion intense, mais…

— Arrête ta condescendance, Chiara. Je sais ce que je ressens.

— Alors, ça tombe bien que tu aies eu cette révélation après que je t'ai fait part de mon intention de divorcer et après la naissance de notre fille. Tu sens peut-être la nécessité de présenter l'image d'une famille unie face à tes puissants investisseurs ?

— Tu n'étais pas si cynique avant.

— Je ne l'étais pas avant de te rencontrer, répondit-elle d'un ton sec.

Chiara se mordit la lèvre. Il avait raison, cela ne lui ressemblait pas.

— Désolée, Nico. Je monte me coucher. Sofia va bientôt se réveiller et je vais la nourrir.

Sur le seuil de la cuisine, elle se retourna.

— J'aimerais dormir seule. Je vais prendre Sofia avec moi, dans son couffin.

Nico accusa le coup.

— Bien sûr. Je dormirai dans une chambre d'ami.

Le lendemain, en se réveillant à l'aube, Chiara trouva un mot sur l'oreiller près du sien. Elle le prit et reconnut aussitôt l'écriture nerveuse.

Chiara,

Je dois me rendre à Rome pour affaires. Je serai absent deux jours. Nous discuterons à mon retour.

Nico.

Un terrible sentiment de déception l'accabla. Elle s'était réveillée, le cœur plein d'espoir, en pensant que si Nico lui répétait ces mots-là et essayait de la convaincre, alors elle serait peut-être disposée à le croire. Mais, de toute évidence, il avait renoncé à sa comédie. Peut-être était-il en ce moment même avec ses avocats pour préparer les papiers du divorce ?

À cet instant, Sofia se mit à pleurer. Chiara la prit dans ses bras. Se calant contre les oreillers, elle se prépara à lui donner le sein. Chiara la regarda avec amour tandis qu'elle tétait avidement. Sofia était toute sa vie et elle la protégerait jalousement de toutes les menaces à venir.

Nico balaya la pelouse du regard et repéra Chiara étendue sur un transat à l'ombre, auprès du landau de Sofia. Vêtue seulement d'un maillot de bain sans bretelles, elle n'avait jamais été plus belle. Un mélange d'incertitude et d'impatience le saisit soudain et, pour la première fois de sa vie, il manqua d'assurance.

Chiara somnolait quand un sixième sens l'avertit de la présence de Nico. Un frisson voluptueux la parcourut. Ouvrant les yeux, elle le vit s'avancer vers elle d'un pas déterminé. Vivement, elle se couvrit les épaules d'un foulard.

— Oh ! tu es de retour.

Sans doute l'était-il depuis un moment déjà, car il portait un jean délavé et une chemise aux manches retroussées, et ses cheveux étaient encore humides.

Il prit place sur le transat auprès d'elle et Chiara retint son souffle. Il la prenait au dépourvu et elle ne savait quelle contenance arborer.

— Je t'ai dit qu'on parlerait à mon retour.

— Sofia va se réveiller d'une minute à l'autre. Je dois lui donner le sein…

— Cesse de te retrancher derrière notre fille, Chiara. Je voudrais que tu m'écoutes quelques minutes. Est-ce trop te demander ?

Il y avait un accent de tristesse dans sa voix que Chiara n'avait jamais entendu.

— Non, bien sûr, dit-elle en se calmant.

Il se détendit imperceptiblement, puis se passa une main dans les cheveux. Il prit une profonde inspiration et la regarda droit dans les yeux.

— L'autre soir, j'ai dit que je t'aimais. Et je le pensais.

Elle ouvrit la bouche pour répondre, mais il l'arrêta d'une main.

— Non, laisse-moi finir. Je conçois que tu puisses en douter étant donné les raisons de notre mariage. Étant donné aussi que j'ai fait de mon mieux pour te tenir à distance. En fait, je ne savais pas comment réagir quand tu essayais de te rapprocher de moi. Ce genre de complicité m'a toujours inspiré de la répulsion. Mon père ne m'a jamais montré d'affection. Quant à Alexandra… Ma relation avec elle était immature et égoïste. C'est en la revoyant près de toi ce soir-là que je l'ai compris. Elle a blessé mon ego, c'est tout. C'est à cet instant, je pense, que je suis tombé amoureux de toi, même si je n'étais pas prêt à l'admettre. Personne ne m'avait jamais défendu avant, jusqu'à ce que tu te campes devant elle pour l'affronter. Je savais que tu espérais davantage, Chiara. Et je me doutais aussi que tu étais tombée amoureuse de moi. Je me suis même dit que c'était une bonne chose. De mon côté, quand je restais absent plus de deux jours, je ressentais le besoin de te retrouver et mon désir pour toi était de plus en plus fort sans que je comprenne pourquoi. Je suis conscient de ce que tu as fait pour moi : le cimetière, la réconciliation avec ma mère… Mais les émotions que tu éveillais au fond de moi me terrifiaient et cela me semblait plus simple de te rejeter que de me l'avouer. Je comprends parfaitement que tu ne m'aies pas cru quand je t'ai dit : je t'aime.

Il laissa échapper un profond soupir.

— Oui, pour m'ouvrir enfin les yeux, il a fallu la naissance de Sofia et la peur absolue de te perdre quand tu as été inconsciente…

Chiara était muette de stupeur, incapable de faire un geste.

Nico en profita pour sortir une liasse de documents de la poche arrière de son jean. Il les lui tendit et elle se sentit glacée à la pensée qu'il s'agissait du dossier de divorce.

— Nico…

— Jette un coup d'œil avant de dire quoi que ce soit, l'interrompit-il.

D'une main tremblante, Chiara déroula les feuillets et il lui fallut quelques secondes pour reconnaître la calligraphie alambiquée.

— Le titre de propriété du château… au nom de *Caruso* ?

Elle le regarda sans comprendre.

— Je devais faire quelque chose pour te convaincre, expliqua-t-il. Le *castello* est maintenant à ton nom. Il t'appartient. Pour ma part, je m'en moque. Ce n'est qu'un tas de vieilles pierres. Tout ce qui m'importe est ici, dans ce parc.

Là-dessus, il sortit un petit écrin de sa poche. Chiara déglutit avec peine et constata qu'il tremblait. Néanmoins, il l'ouvrit et elle découvrit un magnifique anneau d'or incrusté d'émeraudes.

— C'est un anneau d'éternité, parce que je veux passer le reste de ma vie avec toi, Chiara, à être ton mari, ton partenaire, ton amant. Et je rêve de t'emmener en voyage et de te montrer toutes les villes du monde.

Submergée par l'émotion, Chiara secoua la tête.

— Je ne…

La gorge nouée, elle se tut et vit les traits de Nico changer subitement. Son regard s'éteignit.

Refermant l'écrin, il le posa sur le transat et se leva. Elle comprit alors qu'il avait mal interprété sa réaction.

— Je suis désolé, Chiara. Je n'ai jamais voulu te blesser. Si tu souhaites vraiment le divorce, je te l'accorde.

Avant qu'elle ait eu le temps de faire un seul geste, il se détourna et s'éloigna. D'un bond, elle se mit sur pied.

— Nico ! Attends…

Il pila net. Les jambes tremblantes, Chiara courut après lui.

— Tu ne m'as pas laissée finir…

Il pivota et elle vit la douleur qui creusait ses traits. Haletante, elle déclara :

— La réponse que je n'arrivais pas à prononcer, c'était : je ne sais quoi dire, ou bien seulement que je t'aime de toutes mes forces et que, oui, je veux passer le reste de ma vie avec toi.

La joie se peignit sur le visage de Nico. Elle ne sut pas lequel des deux fit le premier pas, mais ils s'étreignirent avec fièvre et leurs lèvres s'unirent en un baiser farouche pour sceller leur amour et leurs retrouvailles.

Quand ils s'écartèrent, Chiara caressa la bouche de son mari d'un doigt tremblant.

— Je t'aime tellement, Nico. Tu mérites d'être heureux.

Les yeux embués, il répondit avec ferveur :

— C'est toi, mon bonheur, Chiara. Toi et Sofia. Je vous aime pour toujours.

Ses yeux sombres brillaient enfin de toutes les émotions qu'il s'était défendu d'exprimer. L'amour existait bel et bien, songea Chiara dans un soupir de bonheur. Il suffisait d'y croire. D'y croire vraiment.

— Toi aussi, tu mérites d'être heureuse, *cara*.

— Je le suis maintenant.

À cet instant, des vagissements s'élevèrent du landau et ils échangèrent un sourire amusé. Nico caressa la joue de sa femme.

— Plus tard, *amore mio*, je te montrerai combien je t'aime.

Ensemble, ils se rapprochèrent du landau et Chiara prit Sofia dans ses bras. Pendant qu'elle l'allaitait, Nico glissa l'anneau à son doigt et garda sa main dans la sienne, laissant enfin une paix heureuse l'inonder.

L'amour, auquel il n'avait jamais cru, remplissait à présent sa vie.

Épilogue

Sentant des bras l'entourer par-derrière, Chiara sourit. Nico étendit ses longues jambes sur le sable, de chaque côté des siennes. Elle s'inclina contre son torse ferme et soupira d'un air heureux.

— Tu es de retour…

— Je t'avais dit que je me débrouillerais pour rentrer avant le dîner.

Elle renversa la tête pour le regarder.

— La vie trépidante de Rome ou de New York ne te manque pas trop ?

Nico avait déménagé son bureau principal de Rome à Syracuse et il faisait la navette tous les jours, sauf quand il devait partir à l'étranger, auquel cas il emmenait toujours Chiara avec lui.

— Pas du tout ! T'avoir près de moi est vital pour mon équilibre.

Chiara sentait sa voix l'envelopper délicieusement. Jamais elle n'aurait pensé qu'il puisse sourire et rire autant. Dorénavant, Nico semblait tout le temps d'humeur joyeuse.

— As-tu parlé à ta mère ?

— Elle viendra ce week-end.

— Oh ! tant mieux.

Chiara était heureuse que Nico et sa mère aient enfin pu établir de bonnes relations. Patrizia adorait leur rendre visite et passer du temps avec eux.

Les lèvres de Nico lui effleurèrent l'oreille.

— Est-ce que ça ressemble à ce dont tu rêvais autrefois ?

Chiara regarda autour d'eux, le cœur débordant d'amour. Sur cette petite plage qu'elle affectionnait, Sofia, leur fille aînée, tenait par la main le petit Lucas, âgé d'un an, l'encourageant à marcher au bord des vagues. Il poussait des cris joyeux chaque fois que l'eau venait couvrir ses jambes potelées. Lucas avait des cheveux noirs et ressemblait tellement à Nico que Chiara en était bouleversée.

Les jumeaux, Alicia et Alessandro, construisaient des châteaux de sable à l'ombre d'un parasol. Ils avaient tous deux les cheveux clairs, des taches de rousseur, et des yeux verts comme elle.

Des cris joyeux emplissaient l'air. Chiara se réfugia contre le torse de Nico, émue.

— Ça n'y ressemble pas… C'est tellement mieux !

Nico lui enlaça les doigts.

— Je n'avais pas fait ce rêve. C'est toi qui me l'as donné.

Chiara tourna la tête et leurs lèvres s'unirent. Leur baiser contenait des promesses de passion et d'amour infini…

À ce moment, Alicia poussa un cri perçant.

— Papa ! Tu es rentré !

Chiara sentit le sourire de Nico contre sa bouche et leur étreinte fit place à un joyeux chaos, tandis que quatre enfants âgés de six à un an fondaient sur eux en les couvrant de baisers et de câlins.

Comme le soleil déclinait, Nico et Chiara rassemblèrent la petite troupe et remontèrent vers le château. Sur le linteau au-dessus de la porte d'entrée, on pouvait maintenant lire, gravé dans la pierre :

Castello SANTO DOMENICO CARUSO

La même inscription figurait sur l'acte de propriété.

Ils passèrent devant les deux cimetières, l'ancien et le nouveau. Ils ne formaient plus qu'un désormais. Leurs deux familles étaient enfin réunies dans la paix.

LUCY GORDON

Un irrésistible rival

Azur

HARLEQUIN

Titre original :
VERETTI'S DARK VENGEANCE

Ce roman a déjà été publié en 2010

1.

Elle le regretterait ! Il ferait tout pour qu'elle s'en repentisse !

Salvatore Veretti foudroya du regard la photographie et se leva pour s'approcher de la fenêtre d'où l'on découvrait la lagune de Venise. Dans le ciel limpide, le soleil matinal teintait d'or les vaguelettes qui s'échouaient sur les rives du Grand Canal, au passage des bateaux.

Salvatore se tenait là chaque matin, puisant dans la beauté de Venise l'énergie nécessaire à sa journée. Il lui fallait gérer ses affaires, faire taire les critiques, venir à bout des ennemis et concurrents… Ce moment de sérénité et de beauté lui donnait la force de tout affronter.

Le concept de « beauté » ramena son attention sur la photo qu'il gardait à la main : celle d'une jeune femme ravissante, mieux, absolument parfaite selon tous les canons de l'esthétique féminine : grande, mince, merveilleusement proportionnée, bref, le fantasme incarné de tout homme normalement constitué. Salvatore était bien placé pour le savoir, il avait à son actif d'innombrables conquêtes.

Il avait d'abord étudié attentivement le portrait qu'il avait sous les yeux avant de laisser éclater sa fureur. Qu'elle soit si belle ne le calmait pas, au contraire : sa détermination n'en était que renforcée, au fur et à mesure qu'il détaillait ce corps somptueux, vêtu d'un minuscule Bikini noir qui ne dissimulait rien de ses seins opulents, de ses jambes fines et interminables, de ses fesses divinement arrondies.

Un corps de rêve, savamment mis en valeur pour plaire

aux hommes… Cette jeune femme connaissait ses atouts et savait les utiliser à ses fins : séduire les hommes et s'enrichir à leurs dépens. Elle avait obtenu ce qu'elle voulait, tout au moins le pensait-elle.

Mais Salvatore pouvait se montrer stratège, lui aussi, elle le découvrirait vite.

L'Interphone sur son bureau retentit : sa secrétaire annonçait l'arrivée de *signor* Raffano.

— Faites-le entrer.

Raffano était son conseiller financier, mais également un vieil ami qui connaissait par le menu toutes les affaires familiales. Salvatore l'avait convoqué ce matin dans son bureau du *palazzo* Veretti pour évoquer avec lui le problème qui le préoccupait. Quand son hôte apparut, il se détourna de la fenêtre.

— J'ai du nouveau, dit-il, invitant Raffano à s'asseoir.

Ce dernier n'était plus tout jeune et arborait un visage bienveillant encadré de cheveux blancs comme la neige. Autrefois, il avait été un dandy boute-en-train, mais s'était calmé depuis.

— Tu veux dire, depuis la mort de ton cousin ? interrogea-t-il.

— Antonio était le cousin de mon père, pas le mien, rectifia Salvatore. Il a toujours privilégié ses plaisirs au détriment de ses affaires, de sorte qu'on pouvait s'attendre à tout avec lui.

— Il passait aussi pour un homme qui aimait la vie, me semble-t-il. En cela, il était un vrai Vénitien.

— C'est faire peu d'honneur aux Vénitiens, ricana Salvatore. Certains heureusement ont davantage le sens des responsabilités.

— Je reconnais qu'Antonio aurait pu s'occuper un peu plus de sa verrerie.

— Au lieu de cela, persifla Salvatore, il a abandonné les rênes à son directeur pour disparaître Dieu sait où et s'amuser.

— Ce n'était pas un si mauvais choix, fit valoir Raffano

avec indulgence. Emilio, son directeur, est plus que compétent : il est brillant et Antonio n'aurait sans doute pas fait mieux que lui. Allons, cessons de le critiquer, maintenant qu'il n'est plus. Tout le monde l'aimait et on le regrettera. Sera-t-il inhumé ici ?

— Non. L'enterrement a eu lieu à Miami où il vivait depuis deux ans mais sa femme doit arriver incessamment.

Raffano ne cacha pas son étonnement :

— Sa femme, dis-tu ? Il était donc…

— Apparemment, oui, il s'était marié, coupa Salvatore. Il s'était offert récemment une créature très belle et aussi légère que celles qu'il avait toujours appréciées. Il devait être généreux avec elle, mais elle en voulait davantage : il lui fallait la bague au doigt afin d'hériter de sa fortune, le moment venu.

— Tu es dur dans tes jugements, Salvatore !

— Je le *sais* !

D'un geste brutal, Salvatore poussa devant son hôte la photo sur la table. Raffano la prit et émit un petit sifflement admiratif.

— C'est elle ? Dommage qu'on ne voie pas son visage.

— C'est à cause de ce chapeau de soleil immense qui le cache, mais qu'importe : avec un corps pareil, le visage n'a plus beaucoup d'importance.

— Cette jeune personne possède en effet une silhouette à se damner, admit Raffano. D'où tiens-tu cette photo ?

— Un ami commun les a rencontrés par hasard il y a un ou deux ans. Il a pris cet instantané qu'il m'a envoyé avec un mot disant que c'était la dernière tocade d'Antonio.

— Quand se sont-ils mariés ?

— Je l'ignore, d'autant que l'on ne m'en a pas tenu informé. Sans doute la fille se doutait-elle que la famille d'Antonio ne serait pas ravie du mariage et l'empêcherait.

— Plus facile à dire qu'à faire, fit valoir Raffano. Antonio n'avait pas loin de soixante ans : à cet âge, on ne vous dicte pas votre conduite.

— Moi, je me serais débrouillé. Il y a toujours des moyens.

Raffano porta sur son ami un regard surpris.

— Tu parles de moyens légaux, j'espère ?

— Je parle de moyens efficaces, rétorqua Salvatore avec un sourire rusé, et fais-moi confiance, j'en connais. Quoi qu'il en soit, le mariage a bien eu lieu. À la dernière minute, j'imagine, lorsque la belle s'est rendu compte qu'Antonio n'en avait plus pour longtemps et qu'elle a voulu s'assurer l'héritage.

— Es-tu seulement sûr qu'ils se soient mariés ?

— Absolument. Les avocats de celle qui s'appelle maintenant *signora* Helena Veretti me l'ont confirmé. Elle doit débarquer à Venise d'un jour à l'autre pour réclamer ce qu'elle considère comme son dû.

Le ton sardonique déplut à Raffano qui, pourtant, connaissait bien Salvatore.

— Je comprends que tu en veuilles à cette femme, dit-il. Antonio n'aurait jamais dû hériter de la verrerie, elle devait revenir à ton père, mais…

— Je sais, le coupa de nouveau sèchement Salvatore, mais mon père était couvert de dettes à l'époque et ma grand-tante a cru bien faire en faisant d'Antonio son héritier. La verrerie restait ainsi dans la famille. Mais la créature qui a épousé Antonio *ne fait pas partie* de la famille, et il est hors de question que le patrimoine Veretti tombe entre ses mains avides.

— Tu auras du mal à casser le testament si cette femme est légalement son épouse.

Salvatore eut de nouveau un sourire rusé inquiétant.

— N'aie crainte, j'ai plus d'un tour dans mon sac.

— Sois quand même prudent, Salvatore, je sais combien tu as dû te débattre pour sauver ta famille de la faillite, mais parfois tu vas trop loin et cela pourrait te nuire.

— Allons donc ! Je sais me protéger ! Seulement, en affaires, je ne fais jamais de sentiment : c'est ma force.

— C'est précisément ce qui m'inquiète.

*
* *

Antonio était enterré depuis plusieurs jours, et toutes les dispositions légales avaient été prises. Helena pouvait quitter Miami pour Venise. Avant de partir, elle se rendit une dernière fois au cimetière fleurir la tombe de son mari.

— Ce n'est pas un adieu mais un au revoir, mon chéri, murmura-t-elle, les larmes aux yeux. Je ne sais pas quand je reviendrai, tout dépend de ce que je découvrirai à Venise.

Des pas dans son dos attirèrent son attention : des passants, qui ralentissaient le pas pour mieux la contempler. Un sourire triste lui échappa tandis qu'elle murmurait à l'adresse du défunt :

— Tu te souviens, Antonio ? On riait tant quand on me regardait.

Sa beauté spectaculaire avait toujours attiré les regards. Au début, les gens la reconnaissaient parce qu'elle était un mannequin célèbre. Maintenant, elle avait abandonné le métier depuis plusieurs années, mais elle avait toujours des admirateurs car elle n'avait rien perdu de ce qui avait fait son succès : ses opulents cheveux couleur de miel et sa silhouette longue, élancée et pourtant infiniment voluptueuse.

Son visage était remarquable, avec de très grands yeux étirés en amande, et surtout une bouche d'une sensualité extrême. Cette bouche avait fait sa réussite à l'époque où elle posait pour les photographes : dès qu'un cliché requérait une touche de volupté et de lascivité, on faisait appel à elle. Helena n'en avait jamais tiré aucune gloire et s'amusait beaucoup qu'on l'ait surnommée dans le milieu la belle Hélène, car elle incarnait, disait-on, la féminité dans ce qu'elle avait d'éternel.

Antonio aussi s'amusait des regards admiratifs qu'elle suscitait quand ils sortaient ensemble.

— Ces gens pensent que j'ai une chance inouïe d'avoir une aussi belle femme, disait-il en riant. Ils m'envient de passer mes nuits avec toi.

Puis il soupirait tristement car tout cela n'était qu'apparences. Antonio avait le cœur malade, très malade, et ne devait pas se fatiguer. Ils n'avaient jamais fait l'amour, malgré deux ans de vie commune. Mais le vieil homme tirait un plaisir innocent des spéculations des gens.

— Tu vas tant me manquer, chuchota Helena, les yeux fixés sur la tombe, tu as été si bon pour moi ! Tu donnais tout sans jamais rien demander en retour. En général, c'est le contraire avec les hommes et avec toi, pour la première fois de ma vie, je me suis sentie aimée, choyée, protégée. Voilà que je me retrouve de nouveau seule au monde.

Elle pleurait à présent, et effleura de la main le marbre poli de la pierre tombale.

— Pourquoi m'avoir quittée si vite ? chuchota-t-elle encore. Nous savions bien que cela arriverait, mais pas si tôt… Au revoir, mon chéri, tu seras toujours dans mon cœur.

Il y avait eu tant de complicité entre eux… Le lendemain, dans le taxi qui la conduisait à l'aéroport, elle le sentit à ses côtés et, pendant le long vol, elle se remémora la façon singulière dont ils s'étaient connus avant de décider de se marier.

Helena avait abandonné son métier de mannequin au sommet de la gloire, fatiguée de ses contraintes. Elle avait gagné beaucoup d'argent et il lui suffisait de bien l'investir pour vivre aisément jusqu'à la fin de ses jours.

Mais elle s'était trompée en se prenant pour une femme d'affaires, et un financier véreux l'avait convaincue d'investir dans des affaires douteuses. Elle était prête à le faire quand Antonio avait fait irruption dans sa vie. Il l'avait mise en garde contre l'homme à qui elle faisait confiance, lui racontant l'histoire d'un ami à qui était arrivée la même mésaventure. Il l'avait ainsi sauvée de la débâcle financière et ils étaient devenus amis.

Antonio avait une petite soixantaine et savait déjà qu'il était malade et ne vivrait pas très longtemps. Quand il avait demandé à Helena de partager le peu de temps qui lui restait à vivre, elle avait accepté sans hésiter : ils combleraient mutuellement leur solitude. Ils s'étaient donc mariés très discrètement et elle avait chéri et choyé son mari jusqu'au jour où il avait rendu son dernier soupir entre ses bras.

De son vivant, il lui avait parlé en toute franchise de ce qu'il lui léguerait, en particulier de la verrerie qu'il possédait sur l'île de Murano.

— À ma mort, elle t'appartiendra, avait-il dit, il faudra que tu ailles à Venise faire valoir tes droits.

— Que veux-tu que je fasse d'une verrerie ? avait-elle protesté.

— Tu la vendras. Mon cousin Salvatore sera trop heureux de te la racheter. Il n'a jamais admis que j'en hérite.

— Je croyais qu'il en avait déjà une ?

— En effet, la verrerie Perroni lui appartient ; avec la mienne, la verrerie Larezzo, ce sont les meilleures. Quand il possédera les deux, il sera leader dans son domaine, c'est ce qu'il a toujours voulu. Certes, il y a une hypothèque sur la mienne, mais, si tu la vends à Salvatore, une fois la banque remboursée, il te restera pas mal d'argent. Non, ne refuse pas, chérie. Je mourrai plus tranquille sachant que tu es à l'abri du besoin.

— Mais j'ai suffisamment d'argent, lui rappela-t-elle. Grâce à toi qui m'as évité de tout perdre et fait prospérer ce que j'avais gagné, je ne manquerai jamais de rien.

— Dans ce cas, accepte mon héritage en remerciement des merveilleux moments que tu m'as donnés, avait insisté Antonio.

De guerre lasse, elle avait fini par baisser les bras, ne voulant pas le fatiguer en vains arguments.

Son avion atterrit à Paris où elle dut attendre trois heures la correspondance pour Venise. Le temps qu'elle arrive à destination, elle n'en pouvait plus. Quand elle émergea enfin du service des douanes, un employé de son hôtel l'attendait, et elle s'en remit à lui avec un infini soulagement. Elle se rendit à peine compte du trajet en vedette jusqu'à Venise, puis de la descente du Grand Canal jusqu'à l'hôtel Illyria où on l'aida à débarquer. Peu après, elle était dans sa chambre et grignotait sans appétit un repas qu'on lui avait monté. Puis elle se coucha et sombra dans ce sommeil lourd typique du décalage horaire.

Les heures passant, son sommeil se fit plus léger et elle rêva d'Antonio, joyeux, toujours prêt à s'amuser, bien qu'il se sache condamné. Sans doute était-ce sa façon de ne pas penser à l'avenir…

Parce qu'il se portait mieux sous des climats chauds, ils s'étaient installés à Miami où ils avaient coulé des jours heureux, se consacrant l'un à l'autre avec un bonheur réciproque. Pour lui faire plaisir, Helena avait appris l'italien, ainsi que le dialecte vénitien parce qu'il l'avait mise au défi d'y parvenir. Elle s'était imaginé qu'il s'agissait seulement d'une variante de prononciation, mais avait vite découvert son erreur : c'était véritablement une autre langue ! Sa déconvenue avait beaucoup amusé Antonio. Néanmoins, Helena l'avait étonné en réussissant à maîtriser les deux langues rapidement.

Un jour, Antonio lui avait montré des photos de sa famille, en particulier une de Salvatore, son cousin « éloigné ». Il insistait sur ce dernier mot, car, expliqua-t-il, il ne l'admirait que lorsqu'il était loin de lui, ajoutant qu'il ne l'avait d'ailleurs pas informé de leur mariage.

— Il a un côté impitoyable ; j'ai toujours été le mouton noir de la famille et il ne l'admet pas. Il m'en veut.

— Tu as tout de même vingt ans de plus que lui, fit valoir Helena, il n'a pas à porter de jugement sur toi.

— Peut-être, soupira Antonio, mais compte tenu de sa personnalité, j'ai préféré abandonner la verrerie aux mains de mon directeur et partir au loin profiter de la vie.

— Parce que ton cousin Salvatore n'en fait pas autant ?

— Tout dépend de ce qu'on entend par là. En tout cas,

nous n'avons pas la même conception de l'existence. C'est un grand séducteur, il a toujours eu toutes les femmes qu'il voulait, mais il préfère imposer sa loi et écraser les autres. Curieux pour un Vénitien… Nous sommes généralement des épicuriens. Pas Salvatore.

» Peut-être est-il ainsi par réaction contre son père, mon cousin Giorgio, qui, lui, savait prendre du bon temps. Il aimait les femmes et sa pauvre épouse en a beaucoup souffert. Salvatore les aime aussi mais reste discret et, pour l'instant, aucune n'a réussi à le retenir… »

Antonio se tut un instant avant de reprendre avec un soupir :

— En vérité, tout le monde craint Salvatore, moi y compris. À Venise, il n'y avait pas de place pour nous deux, j'ai préféré courir le monde et m'arrêter en Angleterre où je t'ai rencontrée. Depuis, je suis le plus heureux des hommes.

La photo de Salvatore montrait un bel homme élégant, avec une expression dure, voire méprisante, et un visage aux traits bien dessinés, fermes mais sans douceur. Cependant, il émanait aussi de lui une aura mystérieuse et lointaine qui, d'après Antonio, séduisait les femmes.

— Toutes pensent qu'elles finiront par l'épouser, mais aucune n'y a encore réussi, déclara-t-il. Depuis longtemps je songe à t'emmener à Venise, ma chérie, mais j'hésite toujours.

Les yeux du vieil homme scintillèrent de malice quand il ajouta :

— Tu es si belle ! Il te ferait la cour au bout de dix minutes.

Helena avait éclaté de rire :

— Il perdrait son temps. Allons là-bas, j'aimerais tellement connaître Venise.

Ce fut ce souhait qui la réveilla. En ouvrant les yeux, elle ne sut d'abord pas où elle était, puis vit le haut plafond décoré d'angelots, les meubles anciens dans la chambre, et retrouva ses esprits. Se glissant hors du lit, elle enfila un léger peignoir avant de s'approcher de la fenêtre dont elle écarta les rideaux. Un ruissellement de lumière l'éblouit.

Elle se trouvait transportée dans un autre monde, scintillant et magique. Sur l'eau miroitante du Grand Canal se pressaient d'innombrables bateaux, aux débarcadères et sur les quais, les gens grouillaient pressés, occupés comme des fourmis. Partout où se portait le regard régnait une activité trépidante.

Une douche la remit sur pied et elle n'eut bientôt qu'une envie : partir à la découverte de cette ville fascinante. Elle choisit avec soin une tenue élégante mais confortable : un pantalon taille basse couleur lie de vin, assorti d'une ample chemise blanche.

— Les pavés de Venise sont les pires du monde, l'avait prévenue Antonio. Il n'y a pas de voitures là-bas et on est obligé de marcher, il faut donc être bien chaussé.

Helena avait emporté une paire de mocassins à semelles épaisses dans lesquels elle était aussi à l'aise que dans des pantoufles.

Une fois habillée, elle retint ses opulents cheveux couleur de miel avec deux grosses pinces pour dégager son visage, avant de jeter un ultime regard critique à son miroir.

Un peu sévère peut-être, mais, comme elle souhaitait passer inaperçue, c'était parfait.

Elle descendit prendre son petit déjeuner dans la salle à manger de l'hôtel où l'attendait un somptueux buffet. Ensuite, elle alla prendre un plan de la ville à la réception. Les choses sérieuses attendraient : ce premier jour serait consacré au plaisir.

Le jeune réceptionniste lui demanda poliment si une raison précise l'amenait à Venise.

— J'aime beaucoup le verre soufflé, dit-elle négligemment, et il y a je crois de nombreuses verreries, ici.

— Elles sont sur l'île de Murano, précisa l'homme, on y produit les plus beaux objets de verre du monde.

— C'est ce que j'ai entendu dire. Il paraît aussi que la fabrique Larezzo est la meilleure.

— Pour certains, oui, d'autres lui préfèrent la verrerie Perroni. À vrai dire, toutes les deux sont très réputées. Si le travail du verre vous intéresse, aujourd'hui, il y a une visite guidée de Larezzo. Pourquoi ne pas vous joindre au groupe ?

Une heure plus tard, elle embarquait sur une grosse vedette avec cinq clients de l'hôtel. Dix autres touristes se trouvaient déjà à bord et le capitaine, sans s'attarder, mit le cap sur Murano.

Helena s'installa à la proue du bateau, heureuse de sentir le vent lui fouetter le visage, avide de découvrir ce qui l'attendait. Bien sûr, il lui semblait astucieux de visiter incognito la verrerie qui lui appartenait avant d'affronter Salvatore Veretti, mais, honnêtement, elle se rendait à Murano surtout par plaisir.

Il fallut un quart d'heure pour arriver à destination. Des mains se tendirent pour aider les visiteurs à sortir du bateau et un guide les prit en charge.

La visite commença par le magasin de la fabrique où étaient exposés les objets à la vente. Helena les examina avec beaucoup d'intérêt, mais ce qui la passionna davantage fut la fabrication de ces merveilles : les fourneaux, les créateurs, les artisans qui soufflaient le verre en fusion avant de le refroidir une fois obtenue la forme désirée, tout cela la captiva.

Elle se laissa distancer par le groupe pour flâner à son rythme parmi les machines et les souffleurs de verre. Il lui semblait pénétrer dans un autre univers où l'on créait des merveilles grâce à un savoir-faire qui semblait parfaitement naturel à ceux qui le possédaient, mais qui relevait pour elle de la magie.

Quand elle voulut rejoindre les autres, ils étaient à l'étage inférieur, au pied d'un escalier dont le palier était visible à quelques mètres devant elle. Pour le rejoindre, elle passa devant une porte entrouverte et ne put s'empêcher de glisser un regard dans la pièce d'où lui parvenait la voix dure et irritée d'un homme, manifestement en conversation téléphonique. Elle se préparait à s'esquiver discrètement lorsque la voix prononça son nom. Elle s'immobilisa, le cœur battant.

— La *signora* Helena Veretti, j'imagine qu'il faut l'appeler ainsi, bien que cela me paraisse scandaleux, aboyait dans le téléphone l'homme dont elle ne distinguait que le dos.

Brusquement, il se retourna à demi et elle entrevit son visage : Salvatore Veretti !

— Pourquoi n'est-elle pas encore arrivée, je me le demande, tonna-t-il encore. Je suis passé à la verrerie Larezzo voir si quelqu'un était au courant de sa venue, mais personne n'a de nouvelles, m'a-t-on assuré.

Elle bénissait le ciel d'avoir appris le dialecte vénitien, sans cela, elle n'aurait pas saisi un mot de ce que disait Salvatore Veretti. En revanche, le ton qu'il employait la convainquit qu'il était violemment irrité contre elle.

— Ne me demande pas ce qui a retardé cette idiote, poursuivait-il âprement, cela n'a aucune importance, mais je déteste qu'on me fasse attendre !

Pauvre chéri, pensa-t-elle ironiquement, avant de tendre encore l'oreill. La voix reprenait :

— En tout cas, je suis prêt pour l'accueillir, cette petite garce qui n'a épousé ce pauvre Antonio que pour son argent ! Il s'est laissé leurrer par elle, mais ce ne sera pas mon cas. Si elle s'imagine qu'elle va faire la loi et pense que je n'ai pas compris quel genre de femme elle est, elle se trompe.

Suivit un silence. L'interlocuteur de Salvatore devait lui répondre, mais cela ne dura pas longtemps. Très vite, Salvatore reprit durement :

— Comment veux-tu qu'elle connaisse la valeur de la verrerie ? Je fixerai mon prix et elle sautera sur l'argent. Dans le cas, bien improbable, où elle tiendrait à gérer elle-même Larezzo, je l'acculerai à la faillite puis la rachèterai pour une bouchée de pain. D'accord, ce n'est pas très élégant, mais alors ? Il n'y a que le résultat qui compte… Bon, je te rappelle.

Helena fila vers l'escalier rejoindre les autres. Elle écumait de rage : dire qu'elle était arrivée à Venise prête à s'entendre avec le cousin d'Antonio pour lui céder la verrerie. Mais cet homme était fou et, de plus, mal élevé. Sans la connaître, il lui prêtait les desseins les plus corrompus, les plus bas !

Elle lui montrerait quel genre de femme elle était ! S'il voulait la guerre, il l'aurait !

2.

Helena rejoignit le groupe sans se faire remarquer. Rico, leur guide, annonçait à présent que la visite était terminée.

— Avant de rentrer à Venise, ajouta-t-il, nous serions heureux de vous offrir des rafraîchissements. Si vous voulez bien me suivre.

Il les conduisit dans une salle où était dressée une longue table avec du vin et des jus de fruits, et entreprit de les servir. Comme il s'approchait d'Helena, il regarda brusquement, derrière elle, quelqu'un qui venait de surgir.

— Pardon de vous déranger, Rico, disait une voix d'homme en vénitien, vous n'auriez pas vu Emilio ?

Il s'agissait d'Emilio Ganzi, le directeur à qui Antonio avait confié la fabrique avant de partir courir le monde, comprit Helena.

— Il avait un rendez-vous à l'extérieur, expliqua Rico, mais il ne tardera pas.

— Dans ce cas, je vais l'attendre.

Helena se retourna pour découvrir que le nouveau venu n'était autre que Salvatore. Elle se fondit aussitôt dans le groupe des autres touristes pour observer l'« ennemi » à son insu.

Il semblait un adversaire de taille, elle devait le lui concéder, et arborait une assurance si naturelle, si instinctive, que quelqu'un de non averti aurait pu la sous-estimer. Mais elle n'était pas née de la dernière pluie.

Salvatore Veretti était très bel homme : un mètre quatre-vingt-dix environ, avec des cheveux très noirs et des yeux sombres qui paraissaient absorber la lumière pour mieux la réfléchir. Sans doute était-il sportif, car on le sentait musclé sous son costume sombre conventionnel.

Son visage était empreint d'une sensualité soigneusement contrôlée, mais restait dur, maîtrisé, n'exprimant que ce qu'il désirait montrer. Quelques minutes plus tôt, elle l'avait entendu s'exprimer avec colère, mais, maintenant, il se montrait affable, détendu et courtois. Mais la sensualité, bien que bridée, était là, bien présente dans la courbure de sa bouche et ses lèvres pleines.

Il s'approcha du groupe de visiteurs et, découvrant qu'ils parlaient anglais, s'exprima aussitôt dans cette langue pour leur demander si la visite les avait intéressés. Il se montrait amical et, en d'autres circonstances, elle l'aurait sûrement trouvé fort sympathique.

Soudain, il la remarqua, et se figea. Il ne semblait pas indifférent à son physique, comme beaucoup d'hommes. Elle réfléchit une seconde puis se décida : c'était l'occasion de s'amuser un peu !

Elle commença par lui adresser un sourire enjôleur et il s'approcha aussitôt.

— Puis-je vous offrir un verre de vin ?

— Volontiers.

Il lui en tendit un, en prit un autre pour lui et, l'entraînant un peu à l'écart, demanda poliment :

— La visite vous a plu ?

Il n'avait aucune idée de qui elle était, comment s'en serait-il douté ? Elle joua la coquette.

— Oui, bien sûr, s'exclama-t-elle avec enthousiasme. J'adore ce genre d'endroit, cela me fascine. Quelle chance inouïe d'apprendre comment sont fabriqués ces merveilleux objets de verre !

Elle porta sur son interlocuteur le regard faussement innocent de ses immenses yeux bleu profond.

Il la gratifia d'un sourire légèrement narquois qui signifiait clairement qu'il la trouvait séduisante, certes, mais n'était pas dupe de son jeu. Manifestement, il était prêt à s'amuser d'un petit flirt, à condition qu'elle n'en fasse pas trop.

Quelle insolence ! Outrée, elle se jura qu'elle le lui revaudrait ! Reprenant son air innocent, elle soupira :

— Quel dommage que la visite ait été si rapide ! Je n'ai pas pu voir tout ce que j'aurais voulu.

Salvatore saisi la balle au bond.

— Voulez-vous que je vous en montre davantage ?

— Ce serait fantastique.

Comme ils s'éloignaient, des regards envieux suivirent Helena qui avait réussi en deux minutes à capter l'attention de l'homme le plus séduisant de l'assemblée, et une voix dans leur dos prononça :

— Avec son allure, cela n'a rien d'étonnant.

Elle étouffa un petit rire de gorge et son compagnon sourit.

— J'imagine que vous y êtes habituée ?

Elle ne releva pas.

Cette fois, la visite fut beaucoup plus intéressante. Salvatore s'avéra un excellent guide, possédant le don d'expliquer simplement les procédés les plus compliqués.

Elle s'attarda aussi dans la salle des fourneaux. Il y en avait trois : le premier contenait le verre en fusion dont un ouvrier prélevait une petite quantité au moyen d'un tube de soufflage. Le verre était ensuite soufflé selon la forme désirée et, quand il refroidissait, on le plaçait dans le deuxième fourneau pour le réchauffer afin que le souffleur puisse continuer son façonnage. L'opération était répétée plusieurs fois jusqu'à ce que soit obtenue la forme désirée. On plaçait ensuite l'objet soufflé dans le troisième fourneau, beaucoup moins chaud, pour qu'il refroidisse lentement.

— Je crains que vous n'ayez trop chaud ici, dit Salvatore au bout d'un moment.

Mais elle secoua la tête. Certes, la chaleur était intense, mais pas inconfortable, au contraire. Elle ressentait même une étrange exaltation et voulut s'approcher davantage de l'un des fourneaux, mais il l'en empêcha.

— Vous vous sentez bien ? interrogea-t-il.

— Parfaitement, oui.

Sa voix était rêveuse, comme endormie.

— Allons, réveillez-vous, reprit Salvatore en la prenant par l'épaule pour la secouer doucement.

— Je n'en ai pas envie.

Il hocha la tête.

— Je sais ce que vous ressentez. Cette chaleur a un effet hypnotique, mais il faut s'en méfier.

Salvatore l'entraîna auprès d'un ouvrier souffleur. En l'observant, elle sentit qu'elle reprenait pied dans la réalité.

— C'est incroyable que le verre soit encore soufflé de cette façon, s'émerveilla-t-elle au bout d'un long moment d'observation. Il n'existe pas de machine pour faire ce travail ?

— Si, mais le résultat ne se compare pas. Si vous voulez de la très belle verrerie, elle doit être soufflée par quelqu'un qui y mettra tout son savoir-faire, tout son amour, et, pour cela, il faut venir à Murano.

Salvatore avait parlé avec une ferveur qui la surprit. Elle lui jeta un regard rapide mais, déjà, il poursuivait sur le même ton :

— Rien n'est comparable aux verreries que nous avons ici. Dans un monde où la standardisation va croissant, j'aime à penser que nous fabriquons encore des objets uniques, d'une façon tout aussi unique.

Il eut un petit rire d'excuse avant d'ajouter :

— Nous autres, Vénitiens, avons une certaine idée de nous-mêmes et le reste du monde nous prend souvent pour des fous.

— Je n'ai pas l'impression que…

— Il y a autre chose qui peut vous intéresser, la coupa-t-il comme s'il ne l'avait pas entendue. Venez par là.

Elle le suivit, intriguée non par ce qu'il voulait lui montrer, mais par ce curieux éclat qui avait brièvement scintillé dans ses yeux sombres et qu'il avait si vite réprimé.

— On ne souffle pas toujours le verre, expliqua-t-il, en la faisant entrer dans une autre salle, les figurines, les statuettes et les bijoux sont produits selon une autre technique, tout aussi difficile, qui constitue également un art à part entière.

Dans l'assortiment de somptueuses pièces qui s'offrait à ses yeux, un bijou retint son attention : un gros pendentif en forme de cœur. Le verre était bleu sombre, mais, dès qu'on le faisait miroiter, il prenait des tons de mauve et de vert. Elle le prit pour mieux le contempler. Elle en possédait un identique, mais d'une couleur différente, qui était soigneusement rangé dans son coffret à bijoux, à l'hôtel. Il s'agissait du premier cadeau d'Antonio et elle l'avait porté le jour de leur mariage, le jour de son enterrement aussi…

La voix de Salvatore la ramena au présent :

— Il vous plaît ?

— Il est magnifique, oui.

Son compagnon lui prit le bijou des mains, ordonnant :

— Tournez-vous.

Elle obéit, et le sentit déplacer ses longs cheveux sur le côté, puis il passa la chaîne du pendentif autour de son cou et en boucla le petit fermoir. Ses doigts frôlaient à peine sa peau, mais elle en avait quand même le souffle court ! Elle aurait voulu partir en courant, fuir cet homme aussi loin que possible et, en même temps, rêvait de sentir ses mains la caresser… partout… Elle était devenue folle !

Cela ne dura qu'un instant. Les doigts s'éloignèrent et elle retomba sur terre.

— Ce cœur est très beau sur vous, déclara Salvatore, gardez-le.

— Il n'en est pas question. Il appartient à la verrerie. Vous ne pouvez pas me le donner, sauf si… Dieu du ciel ! Mais… mais vous êtes donc le directeur !

Elle porta la main à sa bouche, feignant la confusion, avant de reprendre :

— Oh, je suis désolée, je n'avais pas compris. Et moi qui abuse de votre temps…

— Non, je ne suis pas le directeur de cette fabrique.

— Alors vous en êtes le propriétaire ?

Brièvement, il parut déconcerté et resta silencieux. Elle poussa son avantage.

— Cette verrerie vous appartient, n'est-ce pas ?

— Plus ou moins, admit-il, disons qu'elle sera à moi bientôt, sitôt réglés certains détails techniques.

Elle le dévisagea, stupéfaite de son toupet. Petits détails techniques, avait-il dit… Elle s'en souviendrait.

— Oh, je vois, l'acquisition n'est pas tout à fait finalisée mais c'est une question de jours ? C'est merveilleux !

Il prit cet air narquois qu'elle commençait à connaître.

— Cela pourrait prendre un peu plus de temps. Il faut parfois savoir prendre le temps de négocier.

— Je vous fais confiance pour cela, s'exclama-t-elle avec un entrain feint, vous êtes de ceux qui savent ce qu'ils veulent, et s'arrangent pour l'obtenir. Le vendeur se montre un peu récalcitrant ?

Salvatore sourit, amusé. C'était étonnant à quel point son sourire métamorphosait son visage : l'âpreté en disparaissait et il se révélait plein de charme.

— Peut-être, oui, admit-il, mais j'ai mes arguments pour le convaincre.

— Pauvre bougre, plaisanta-t-elle. Sait-il que l'affaire est dans la poche, comme on dit, ou lui réservez-vous la surprise ?

Il se rembrunit.

— Il ne s'agit pas d'un pauvre bougre, mais d'une femme, et elle a, j'imagine, plus d'un tour dans son sac.

— Mais vous saurez les déjouer, bien sûr ?

— Disons qu'à ce jour, j'ai toujours obtenu ce que je voulais.

— Attention, il y a une première fois à tout, fit-elle sentencieusement observer, une lueur de défi dans le regard.

Salvatore se mit à rire doucement.

— Alors ce sera une expérience nouvelle pour moi.

À cet instant, il arrêta une jeune femme qui les croisait dans le couloir et lui adressa quelques mots en vénitien.

— Je lui ai demandé de nous apporter du café sur la terrasse, dit-il à Helena dès que l'employée se fut éloignée. Nous serons installés plus confortablement pour continuer notre intéressante discussion, ajouta-t-il avec malice.

La terrasse de bois était installée sur le quai d'un petit canal bordé d'échoppes. Ils s'assirent dans de bons fauteuils et, sans attendre, Salvatore demanda :

— C'est la première fois que vous venez à Venise ?

— Oui. J'y songeais depuis longtemps, mais cela ne s'était jamais fait.

— Vous voyagez seule ?

— Absolument.

— J'ai du mal à le croire.

— Pourquoi ?

— Allons, soyons sérieux, je n'ai pas besoin de vous dire que vous êtes très belle, vous le savez, et j'imagine que trouver un compagnon pour vous accompagner à Venise n'est pas un problème.

— En effet, mais je suis mieux seule. Ce n'est pas toujours l'homme qui choisit, voyez-vous, parfois la femme sait ce qu'elle veut.

Salvatore sourit, railleur.

— Touché. Il faut dire que je l'ai cherché. Mais dites-moi, vous envoyez tous les hommes au diable ?

— Seulement ceux qui le méritent, je suis plus indulgente pour les autres.

Son compagnon hocha la tête, murmurant :

— Vous avez dû en rencontrer plusieurs.

— En effet, oui, d'où ma prédilection pour la solitude. Mais rassurez-vous, je ne me sens pas solitaire pour autant.

Salvatore parut un instant déconcerté. Il réfléchit et finit par déclarer à mi-voix :

— Je ne connais personne qui se suffise complètement à lui-même.

— C'est pourtant confortable : on ne risque rien des autres, on ne redoute ni leurs critiques ni leur emprise et, au fond, ce n'est pas très difficile.

— C'est faux, et vous le savez, rétorqua son compagnon, avec une soudaine dureté.

La regardant avec une intensité qui la gêna, il poursuivit :

— Si vous êtes vraiment arrivée à vous suffire à vous, même, vous êtes l'exception qui confirme la règle. Cependant, je ne vous crois pas. C'est l'image que vous voulez donner aux autres, mais j'aimerais bien voir au-delà de ce masque que vous gardez jalousement en place.

— Si ce que vous dites est vrai, pourquoi l'enlèverais-je ? À quoi bon avoir un masque si c'est pour l'ôter à la moindre occasion ?

— Seulement pour moi.

Brusquement, elle avait du mal à respirer. Il lui semblait qu'un nuage venait de voiler le soleil, plongeant le monde dans l'ombre, et ce qui était simple au départ devenait inextricable.

— Pourquoi vous ? réussit-elle à articuler.

— À vous de le comprendre et d'en décider.

Elle hésita. Une partie d'elle-même avait envie de se montrer telle qu'elle était, dans toute sa fragile vérité, à cet homme qui, dans un recoin profondément enfoui de son être, la troublait… Non, elle ne céderait pas à cette ridicule attirance.

— Écoutez, chacun a ses secrets, et je ne vous révélerai pas les miens. Je les ai toujours gardés pour moi, il n'y a pas de raison que cela change.

— Et gare à qui voudrait les percer, c'est cela ?

— À peu près, oui.

Elle sourit. Elle recommençait à se sentir elle-même et c'était rassurant. À cet instant, un bruit de moteur attira son attention. Levant les yeux, elle vit s'éloigner sur le canal la vedette qui avait amené son groupe de touristes.

— Ils auraient tout de même pu m'attendre, s'écria-t-elle, contrariée.

— C'est moi qui leur ai dit de ne pas le faire. J'ai promis de vous ramener.

Elle le regarda, incrédule.

— Vous avez fait cela ? articula-t-elle lentement. Sans me consulter ?

— J'étais sûr que vous seriez d'accord.

— Non, vous n'en étiez pas sûr et c'est pourquoi vous ne m'avez rien dit. Votre audace est inqualifiable.

— Dans ce cas, acceptez mes excuses. Je n'avais aucune mauvaise intention.

Elle prit un ton doucereux plein d'ironie.

— Bien sûr, susurra-t-elle, mais vous avez eu ce que vous vouliez et c'est tout ce qui compte, n'est-ce pas ?

Salvatore se mit à rire.

— Vous avez tout compris.

— Je suppose que vous comptez utiliser les mêmes méthodes avec la pauvre idiote à qui appartient cette verrerie ?

— Ce n'est pas une idiote, loin de là, elle est très habile, et sait manipuler les gens, c'est ce qui lui a valu d'être propriétaire de la fabrique Larezzo. Ne vous inquiétez pas pour elle, elle ne me la vendra que pour un bon prix.

— Comme vous tenez à l'acheter, elle joue sur du velours.

— Je n'en suis pas si sûr, rira bien qui rira le dernier. Mais ne parlons plus d'elle. Vous ne m'avez pas dit votre nom ?

Elle n'eut pas à répondre : Rico venait d'apparaître pour prévenir que le directeur était rentré. Salvatore le remercia avant de se tourner vers Helena.

Elle avait disparu !

— Vous avez vu où elle est partie ? demanda-t-il vivement à Rico.

— Elle a tourné dans la première rue, *signor.*

Salvatore fila à sa recherche, mais elle était déjà loin,

sans doute cachée sous quelque porche ou au fond d'une impasse. Il partit en courant dans une ruelle, puis dans une autre, en vain.

Il finit par renoncer à la retrouver, furieux. Il était ici sur *son* territoire, et elle lui avait échappé sans l'ombre d'une difficulté.

Avant de regagner la fabrique, il se reprit, de sorte qu'il put très calmement demander à Rico :

— Vous savez qui est cette jeune femme ?

— Non, elle faisait partie du groupe.

— De toute façon, c'est sans importance, je file voir Emilio.

Helena n'eut aucun problème à regagner Venise, les taxis à Murano étaient aussi nombreux que dans n'importe quelle ville du monde, simplement, ils se déplaçaient ici sur l'eau.

Sur le chemin du retour, elle ne parvint pas à mettre de l'ordre dans ses sentiments : elle était à la fois ravie du bon tour joué à Salvatore, mais en était en même temps contrariée. Mieux valait ne pas trop s'analyser, se dit-elle, et réfléchir à la façon dont elle jouerait la seconde manche. Il paierait pour l'odieuse opinion préconçue qu'il avait d'elle.

Antonio lui avait parlé des ragots qui couraient si vite à Venise : « Tu confies un secret à un bout du Grand Canal et il sera connu à l'autre extrémité avant que tu n'y arrives ! », avait-il assuré. C'était le moment de vérifier s'il avait dit vrai.

De retour à son hôtel, Helena retrouva dans le hall le jeune réceptionniste auquel elle avait parlé le matin et entama la conversation, afin de lui apprendre qu'elle était la veuve d'Antonio Veretti, la nouvelle propriétaire de la verrerie Larezzo.

— Quelle merveilleuse journée, s'exclama-t-elle, Venise est décidément la plus belle ville du monde ! Je mesure ma chance de pouvoir désormais y revenir souvent, grâce à la petite entreprise que m'a léguée mon mari.

Comme le jeune homme posait sur elle un regard poliment interrogatif, elle lui précisa qu'il s'agissait d'une verrerie artisanale que son mari, décédé depuis peu, tenait de famille. Elle n'eut pas besoin d'en dire plus. Le réceptionniste avait compris et lui portait maintenant un respect plus marqué. Elle partit prendre l'ascenseur d'un pas léger, sûre qu'il se précipitait sur son téléphone.

Dans la chambre, elle réfléchit à la tenue qu'elle porterait pour sa prochaine rencontre avec Salvatore, rencontre qui, si ses prévisions étaient exactes, ne tarderait pas.

De fait, moins d'une heure plus tard, son téléphone sonnait. Salvatore ? Dans ce cas, elle devrait déguiser sa voix.

Un homme se présenta comme son secrétaire et demanda à parler à la *signora* Helena Veretti.

— C'est moi-même.

— M. Veretti me demande de vous transmettre ses vœux de bienvenue à Venise et serait très heureux de vous rencontrer.

Helena prit sa voix la plus solennelle.

— C'est très aimable à lui. Quand est-il disponible ?

— Ce soir ne serait pas trop tôt pour vous ?

— Pas du tout.

— Il suggère un dîner au *palazzo* Veretti. Son batelier sera à votre hôtel à 19 h 30, si cela vous convient.

— C'est parfait.

Après avoir raccroché, Helena, en proie à des émotions contradictoires, dut s'asseoir un moment. Cette invitation était exactement ce qu'elle désirait, alors pourquoi était-elle assaillie par le doute ? Elle n'avait rien à craindre de Salvatore, c'est elle qui avait les cartes en main…

L'association d'idées lui vint brutalement. Ses mains… les mains de Salvatore sur sa nuque, ses doigts chauds qui effleuraient sa peau… et elle qui avait du mal à respirer, le violent émoi qui l'avait submergée…

Plus jamais… Elle se l'était juré voilà bien longtemps, alors qu'elle n'avait que seize ans et que la tragique et brutale expérience de son premier amour lui avait donné à jamais l'horreur des hommes et de leurs caresses.

Ils l'ignoraient, trop présomptueux pour imaginer que sous son apparente disponibilité, Helena restait insensible à leur charme. Elle s'était abondamment servi d'eux, les avait utilisés pour grimper tous les échelons de sa carrière, mais pas un, jamais, n'avait partagé son lit.

Au cours de toutes ces années, de temps en temps, un homme parvenait à faire naître en elle cette sorte de vertige mêlé d'exaltation qui avait été sa perte, lors de son premier amour, mais elle se ressaisissait vite. Le temps passant, elle s'était plus ou moins consciemment préparée à une vie solitaire, puis avait rencontré Antonio, qui l'avait adorée sans qu'il y ait entre eux de rapports physiques. Leur couple n'en avait pas moins été très heureux et son véritable héritage ne résidait pas dans les biens matériels, mais dans le fait qu'il l'avait rendue assez solide, assez sûre d'elle, pour affronter un avenir incertain.

Alors ?... À trente-deux ans, elle ne risquait plus grand-chose et pouvait un peu s'amuser.

Elle choisit de porter pour le dîner chez Salvatore une robe noire toute simple, l'un des derniers cadeaux d'Antonio avant sa mort. Elle était de soie, très ajustée, avec un décolleté à peine plongeant, et s'arrêtait au genou, laissant apparentes ses longues jambes fines.

Après une journée en mocassins, une paire d'escarpins à hauts talons s'imposait.

Elle s'occupa ensuite de sa coiffure et laissa libres ses longs cheveux, sans dégager son visage comme elle l'avait fait plus tôt.

Des bijoux ? s'interrogea-t-elle ensuite. Non, elle resterait très sobre et, hormis son alliance, elle ne porterait que ce cœur que lui avait offert Antonio. Contrairement à celui que voulait lui donner Salvatore, il était rouge sombre avec des éclats roses dès qu'il accrochait la lumière, pour revenir presque aussitôt à un ton aussi profond que celui des roses Baccara.

— Parfait, murmura-t-elle en se regardant une dernière fois dans son miroir, et maintenant que la fête commence !

3.

Le portier de l'hôtel l'escorta jusqu'à l'embarcadère privé où attendait une gondole. Le rameur l'aida à monter à bord et, après s'être assuré qu'elle était confortablement installée, éloigna l'embarcation du quai.

Le soir tombait, les fenêtres des palais commençaient à s'éclairer, et le soleil d'avril, très bas maintenant, teintait d'or l'eau du Grand Canal que sillonnaient encore une myriade de bateaux : pour la plupart des gondoles qui promenaient des touristes ou les emmenaient au restaurant. Dans ce décor féerique, il régnait une atmosphère de fête, de joie et de plaisirs à venir.

— Vous m'emmenez loin ? lança-t-elle par-dessus son épaule au gondolier penché sur son unique aviron.

— Non, *signora*, le *palazzo* Veretti est sur le Grand Canal, il est magnifique, vous verrez.

Un court moment plus tard, au débouché de la courbe du canal, il apparut, et en effet il était splendide : sa façade en marbre blanc veiné de rose dans le plus pur style gothique vénitien alignait dix fenêtres à meneaux sur chacun des quatre étages. Toutes étaient illuminées. Éblouie, elle retint son souffle.

La gondole tournait lentement, à présent, pour venir accoster au débarcadère privé. Salvatore s'y tenait, les yeux fixés sur le bateau qui approchait.

Helena vit l'incertitude sur son visage, dans le jour déclinant : il n'était pas sûr de ce que ses yeux lui montraient.

Quand la gondole fut arrêtée contre le quai, il tendit la main à sa passagère pour l'aider à débarquer. Une fois face à face, elle sentit l'étreinte sur sa main se crisper, mais il doutait encore : était-ce elle, ou non ?

Elle lui adressa un sourire délibérément provocateur.

— Bonsoir, *signor* Veretti, comme c'est aimable de me recevoir ce soir.

— C'est donc vous que j'ai invitée ? articula-t-il lentement.

— Je suis en effet la *signora* Helena Veretti. Vous n'en êtes pas déçu au moins ?

Il plissa les yeux.

— Déçu, certainement pas. Surpris peut-être…

— À cause de cette petite comédie que je vous ai jouée ce matin ? Vous ne m'en voulez pas ?

— Bien sûr que non ! se défendit Salvatore. Je sais apprécier la plaisanterie, n'ayez crainte.

Il mentait et Helena le savait. Il affichait un air souriant et détendu à cause du gondolier, mais était furieux qu'elle se soit moquée de lui.

Le batelier payé et parti, il lui offrit son bras pour la faire entrer dans le palais et, arrivé dans le grand hall généreusement illuminé, la détailla avec attention. Découvrant le cœur en cristal à son cou, si semblable à celui qu'il avait voulu lui offrir un peu plus tôt, il eut une exclamation de surprise.

— Un présent de mon époux, déclara Helena, suave, effleurant le bijou de son doigt.

— Bravo, *signora*, vous êtes excellente comédienne. Je comprends que vous ne m'ayez pas dit votre nom. Mais laissons cela pour l'instant. Je vous ai conviée ce soir pour vous faire apprécier la meilleure cuisine du monde.

Il comptait surtout mieux la circonvenir, Helena le savait, mais n'en dit rien, car elle était consciente que, après son tour de ce matin, il avait besoin de réviser sa stratégie.

Il l'introduisit dans un grand salon richement décoré de meubles anciens, où tout respirait l'opulence. Helena savait par Antonio l'histoire de ce palais, jadis propriété d'une famille noble, les Cellini.

— Mais au siècle dernier, avait-il expliqué, ces gens se sont appauvris et les Veretti, qui avaient fait fortune, ont acheté leur palais pour une bouchée de pain. Sur ce plan, Salvatore est le digne héritier de la famille, ne l'oublie pas quand tu négocieras avec lui. C'est un rapace !

Elle ne risquait pas de l'oublier !

Après l'avoir invitée à s'installer sur le canapé, Salvatore s'approcha de la console aménagée en bar et lui dit :

— J'aimerais vous offrir quelque chose de meilleur que tout à l'heure, à la verrerie.

— Tout à l'heure, vous n'étiez que le remplaçant du vrai propriétaire, lui rappela-t-elle légèrement.

Refusant de se laisser déconcerter, il rétorqua, très détendu :

— Comme vous avez raison ! Je vous dois d'ailleurs mes excuses.

— Surtout pas, je me suis rarement autant amusée.

L'éclair de colère dans les yeux noirs ne lui échappa pas, mais disparut tout aussitôt.

Le vin était divin. Helena le savoura lentement.

— Je vous ressers ? s'enquit-il.

— Non merci. Je ne voudrais pas perdre mes moyens.

— Dans ce cas, pourquoi ne pas passer à table ?

Le début du repas fut très silencieux : les hors-d'œuvre vénitiens étaient tellement exquis qu'il fallait en profiter pleinement.

— Vous aviez raison, finit-elle par admettre, la cuisine d'ici est la meilleure du monde.

— Heureux de vous l'entendre dire…

— Appelez-moi donc Helena, le coupa-t-elle, ce sera plus simple. Pourquoi ne pas parler affaire tout de suite ?

— Volontiers. Dites votre prix.

Helena écarquilla les yeux.

— Vous ai-je bien entendu ? Après ce que vous m'avez dit ce matin ?

— J'ignorais qui vous étiez.

— Heureusement ! Sinon, je n'aurais jamais su ce que vous aviez en tête.

Salvatore eut un sourire narquois.

— J'aurais dû faire preuve de plus de prudence, admit-il, mais je pensais que vous seriez très heureuse de vendre, au meilleur prix du marché, évidemment…

— Qui vous dit que je ne désire pas profiter de mon héritage ?

Il eut un soupir impatienté.

— Allons, ne différons pas.

— Vous êtes donc absolument sûr de mes intentions ? Je vous ai entendu parler au téléphone avant que nous nous rencontrions. Vous vous exprimiez en vénitien et vous m'avez prêté les plus noirs desseins : d'après vous, j'avais épousé Antonio par intérêt juste avant sa mort, pour qu'il me lègue ses biens, et vous avez ajouté que, s'il s'était laissé prendre à mes manœuvres, avec vous, ce ne serait pas la même chose. Vous saviez quel genre de femme j'étais, avez-vous déclaré avec un mépris qui en disait long !

Il était suffoqué. Il se leva d'un bond et s'approcha de la fenêtre, puis se retourna pour la confronter.

— Vous… vous parlez donc le dialecte vénitien ?

— C'est Antonio qui me l'a enseigné. Il disait que je n'y réussirais jamais, alors je l'ai pris au mot.

Ouvrant son sac, elle en sortit un petit livret et le tendit à son hôte avec autorité.

— Les choses doivent être bien claires. Voici mon livret de famille, vérifiez la date de mon mariage : nous avons été mariés presque deux ans, Antonio et moi. Je n'ai pas épousé votre cousin « juste avant sa mort », comme vous le dites.

Elle eut la satisfaction de voir son compagnon baisser les yeux et poursuivit :

— Je ne l'ai pas non plus épousé pour son argent et n'ai aucun besoin de vendre sa verrerie à la va-vite, sachez-le !

Il demeurait silencieux, visiblement, il réfléchissait, cherchant la meilleure stratégie. Enfin, il prit la parole :

— Qu'attendez-vous de moi ? Des excuses ?

— D'une certaine façon, oui ! assena-t-elle. Après tout, vous m'avez pratiquement traitée de prostituée, même si vous n'avez pas employé ce terme.

Son compagnon perdit patience.

— C'est faux ! Laissez-moi vous dire le fond de ma pensée. Vous avez peut-être été mariée deux ans à Antonio, mais cela ne change rien au fait qu'à mon avis, vous avez vu en lui une bonne occasion de vous enrichir et l'avez saisie. Pourquoi une jeune et jolie femme aurait-elle épousé un homme de plus de soixante ans ?

— Je pourrais vous donner beaucoup de bonnes raisons, mais vous ne les comprendriez pas !

— Allons, soupira Salvatore, s'exhortant à la patience, vous savez très bien combien vous êtes belle, vous n'ignorez pas que toute jolie femme est un piège et que certains hommes sont, pour elle, des victimes sans défense.

— À vos yeux, Antonio était de ceux-là ?

— Oui. Il adorait les belles femmes et a dû être une proie facile. Vous vous faisiez aussi sensuelle pour lui que vous l'êtes aujourd'hui ?

— Bien sûr, c'est ainsi qu'il m'aimait. Plus les autres hommes me trouvaient désirable, plus il était content de les sentir jaloux de lui.

— Il voulait aussi que vous jouiez les allumeuses quand il ne serait plus de ce monde ? demanda Salvatore avec une ironie mauvaise.

— Curieusement, oui. Il m'a lui-même offert la robe que je porte aujourd'hui. C'était peu avant sa mort, et il m'a dit alors : « Pas question que tu te caches derrière des voiles de veuve ! Je veux que le monde te voie comme je t'ai connue ! ». Vous voyez, je lui obéis !

Il vint soudain à l'esprit de Salvatore que c'était bien le genre de propos qu'aurait tenus Antonio. Ce vieux farceur avait l'art de penser et de dire des choses qui ne seraient venues à l'esprit de personne.

— Pourquoi avoir choisi de le faire ce soir ? lui demanda-t-il, toujours narquois. Suis-je censé être votre prochaine victime ?

Helena le prit de très haut :

— Vous vous flattez ! Qu'est-ce qui vous fait penser que je pourrais m'intéresser à vous ?

— Parlons franc ! Vous allez devoir traiter avec moi et je suis l'ennemi. Si vous parvenez à me tenir à votre merci, les choses seront plus faciles pour vous.

Il avait parlé froidement, durement, et elle en frémit : oui, il pouvait être dangereux quand il le voulait.

— À votre avis, que vais-je avoir à traiter avec vous ? interrogea-t-elle, doucereuse. Je n'ai rien à obtenir, j'ai toutes les cartes en main et c'est vous qui voulez racheter la verrerie qui m'appartient. À moi de décider si je veux la vendre ou pas. Dans la négative, qu'y pourrez-vous ?

Il la défia du regard.

— Ne vous illusionnez pas, je peux beaucoup.

— C'est vrai, j'oubliais ! Vous pouvez m'acculer à la faillite et me racheter pour une bouchée de pain !

Salvatore s'empourpra comme s'il cherchait à réprimer une violente colère, mais elle s'en moquait, elle était lancée et rien ne l'arrêterait.

— Je sais que vous êtes puissant à Venise, vous me l'avez assez dit, mais les gens puissants ont toujours des ennemis. Les vôtres sauront m'indiquer vos points faibles.

— Vous pensez donc que j'en ai ?

Elle se leva pour s'approcher de lui, suffisamment pour que son souffle lui effleure le visage.

— Je crois en avoir trouvé un, chuchota-t-elle, enjôleuse.

Salvatore se dressa et lui prit brutalement le bras : elle sut qu'elle avait vu juste. Il tremblait. Elle l'aurait volontiers provoqué davantage, mais, à cet instant, la domestique apparut et annonça :

— Vous avez le *signor* Raffano au téléphone, monsieur.

Salvatore s'était repris et c'est d'une voix calme qu'il s'adressa à Helena :

— Vous voulez bien m'excuser quelques instants ?

Dans la pièce voisine, il décrocha l'appareil.

— *Pronto ?*

— Je venais aux nouvelles, dit Raffano. Tu as proposé un prix ?

— Non. Ce ne sera pas si facile.

— Elle fait la fine bouche ?

— Disons qu'elle n'est pas ce que j'attendais. Elle est très intelligente, je l'ai sous-estimée.

Il marqua un silence avant d'ajouter :

— Mais on ne m'y reprendra pas.

Pendant ce temps, Helena, demeurée seule, s'aventura à l'extrémité de la pièce qui avait été aménagée en galerie de portraits. Les plus anciens représentaient des membres de la famille Cellini, comme l'indiquaient les petits encadrés sertis en bas des cadres, mais on y trouvait aussi les représentants des Veretti qui avaient assuré la fortune de la famille au XIXe siècle. Les plus récents avaient leurs portraits photographiques et Helena s'immobilisa devant l'un d'eux, le contemplant longuement avec tendresse. C'était Antonio bien longtemps avant leur rencontre. Il devait avoir alors une trentaine d'années, et ses cheveux étaient encore abondants et très noirs. Elle ne l'avait connu que vieillissant, mais il avait eu son heure de gloire et en avait certainement bien profité…

Salvatore qui venait d'entrer dans la pièce, la trouva ainsi, perdue dans la contemplation de cette photographie au point qu'elle ne l'entendit pas. De là où il était, il discernait l'expression de son visage, et fut étonné d'y lire tant de tendresse. Stupéfait, il la vit porter la main à ses lèvres pour envoyer un baiser au portrait. Seulement alors, elle prit conscience de sa présence et s'adressa à lui :

— Regardez-le, mon mari ! Il était beau, n'est-ce pas ? Et quel don Juan ! Ah, il a dû faire souffrir les femmes !

Salvatore sourit et ce sourire le métamorphosa : brusquement, il n'était plus l'ennemi, mais un homme très beau et follement séduisant.

— Il était jeune alors, dit-il avec un petit rire avant de se rembrunir pour demander : Parlez-moi de lui tel que vous l'avez connu.

Helena revit par la pensée Antonio, prématurément vieilli par la maladie, frêle et fatigué mais toujours prêt à rire et à s'amuser. Un homme tellement charmant malgré son handicap…

— C'était un être joyeux, dit-elle au bout d'un moment. Avec une femme, il savait être irrésistible.

Salvatore se dit qu'elle n'avait en effet pas dû résister beaucoup… sans doute l'avait-elle entraîné bien au-delà de ce que ses forces déclinantes lui permettaient et il en était mort ! Somme toute, elle l'avait tué, songea-t-il, et sa colère le reprit, mais il n'en montra rien et la rejoignit devant une autre photo qui montrait un jeune couple le jour de leur mariage.

— Mes parents, annonça-t-il.

La mariée surtout avait frappé Helena : toute jeune, jolie et absolument radieuse, elle levait un regard rempli de joie et d'amour sur son époux. Le marié ressemblait beaucoup à Salvatore, du moins par les traits de son visage car son expression et son maintien traduisaient une sorte de laisser aller, voire de mollesse, que l'on ne retrouvait pas chez son fils. On sentait chez lui le jouisseur, alors que Salvatore respirait la puissance et la maîtrise de soi.

Un peu plus loin se trouvait une autre photo de famille. On y reconnaissait au centre Salvatore qui devait avoir dix ou douze ans, entouré d'adultes.

— Je reconnais Antonio ! s'exclama-t-elle. Qui est la dame à côté de lui ?

— Ma mère.

— Vraiment ? Mais…

C'était incroyable ! Cette femme déjà vieillie ne pouvait pas être la ravissante jeune mariée qui l'avait tant émue. Elle était maigre, ses traits étaient durs et tendus, avec un regard lointain, comme absent : celui d'une femme prématurément usée par le chagrin, aurait juré Helena.

— Que lui est-il arrivé ? interrogea-t-elle à mi-voix. On ne reconnaît pas la jolie mariée qu'elle était quelques années plus tôt.

— Les gens changent avec le temps, rétorqua Salvatore.

— Mais elle devait être encore jeune sur cette seconde photo, fit valoir Helena.

— Ma mère prenait son devoir très au sérieux, déclara son compagnon, comme si c'était une explication suffisante et qu'il ne souhaitait pas s'étendre sur le sujet.

Helena ne put s'empêcher de soupirer :

— Pauvre femme. Elle semble si triste.

— Elle l'était, admit doucement Salvatore. Maintenant, allons terminer notre repas interrompu, voulez-vous ?

On leur servit pour le dessert un sublime tiramisu, et Helena qui pourtant n'avait plus faim s'en régala jusqu'à la dernière bouchée. Après cette sorte de trêve devant les tableaux de famille, durant laquelle chacun s'était dévoilé sous un jour plus personnel, ils avaient de nouveau érigé leurs défenses respectives, prêts à s'affronter. Salvatore prit l'offensive, demandant :

— Je vais devoir attendre longtemps la verrerie Larezzo ?

— Au mieux, oui. Au pire, vous ne l'aurez jamais.

— Vous ne songez pas sérieusement à la garder ?

À l'entendre, il s'agissait d'une incongruité monumentale.

— C'est pourtant bien ce que je vous ai dit à plusieurs reprises, me semble-t-il.

— Je pensais que vous plaisantiez, que vous cherchiez à vous amuser à mes dépens.

— Eh bien, vous vous trompiez, assena-t-elle avec son

sourire le plus séduisant. Je *n'ai pas* l'intention de vendre. Pourquoi le ferais-je ?

— Parce que vous n'y connaissez rien ! s'exclama Salvatore avec impatience. D'ailleurs, les femmes en général sont mauvaises en affaires.

— Et dire que nous sommes au XXIe siècle ! s'exclama Helena avec un soupir exagéré.

Salvatore ne la laissa pas aller plus loin :

— Si vous voulez vraiment vous occuper de cette verrerie, ne vous gênez pas : je vous donne un an pour faire faillite.

— Il n'est évidemment pas question que je la dirige moi-même. Le directeur en place est excellent et continuera à travailler comme par le passé. Donc ne comptez pas sur une faillite rapide, cher Salvatore.

Le ton était plein d'ironie. Elle reprit, redevenant sérieuse :

— À présent, il est l'heure pour moi de rentrer. Pourriez-vous rappeler le gondolier qui m'a conduite ici ?

— Si vous le souhaitez, mais je pensais vous raccompagner à pied jusqu'à votre hôtel.

— Volontiers.

4.

Salvatore alla chercher l'étole de soie d'Helena et l'aida à s'en draper. Sentant ses doigts effleurer sa nuque, elle réprima un frisson. Pourquoi cette étrange réaction qui ne lui était plus arrivée depuis tant d'années ? Elle s'interdit d'y réfléchir et suivit son compagnon qui la conduisait jusqu'à une porte latérale donnant directement sur un minuscule passage entre de vieilles maisons très hautes : une *calle*, Helena connaissait le mot qui désignait ces ruelles si étroites qu'en écartant les bras, on pouvait en toucher les deux murs latéraux. Au-dessus d'eux, la bande de ciel entre les maisons n'était guère plus large qu'un ruban. Helena, tout en marchant, leva la tête pour la regarder, et bientôt il dut la retenir par l'épaule.

— Vous avez failli heurter le mur !

— Je me sens perdue dans cette obscurité, avoua-t-elle. Nous sommes loin de l'hôtel ?

— À Venise, même à pied, rien n'est jamais loin de rien. Tout à l'heure, votre gondole a suivi la courbe du Grand Canal, mais nous allons couper par les ruelles. Antonio ne vous a pas dit comme les distances sont trompeuses, ici ?

— Il m'en a dit beaucoup, mais certainement pas tout.

— Tant mieux.

Salvatore se mit à rire doucement avant de demander :

— Que vous a-t-il dit de moi ?

À son tour, Helena gloussa :

— De me méfier.

— Et vous suivrez son conseil ?

— J'ai toujours tenu compte de ce qu'il me disait et ne l'ai jamais regretté.

— Tant mieux pour vous.

Il la tenait toujours par l'épaule, de sorte qu'elle pouvait marcher en regardant le ciel.

— Vous a-t-il dit que vous étiez assez forte pour me tenir tête, reprit-il, ou l'avez-vous découvert seule ?

— Je l'ai su dès que je vous ai vu.

La lune venait d'apparaître dans la mince bande que dessinait le ciel et Salvatore inclina son visage pour scruter le sien.

— Parce que vous êtes consciente que vos armes sont infaillibles ? murmura-t-il. En cet instant, je n'ai même pas envie de lutter, je suis prêt à me rendre.

Il prit son visage entre ses mains et son ombre fit écran à la clarté de la lune. Lorsqu'il l'embrassa, Helena était dans une obscurité complète et, soudain, le monde bascula.

Son baiser était tendre, presque paresseux, comme s'il allait durer toute l'éternité. Elle retint son souffle, uniquement consciente de l'étrange phénomène qui s'immisçait en elle, dans ces régions profondément enfouies qu'elle avait cru mortes à jamais : il lui semblait tout à coup qu'elle renaissait à la vie…

Ou plutôt qu'elle y naissait enfin, après une longue existence végétative dans un monde inerte et sans couleur. À présent, ce même monde se parait d'un éclat éblouissant, d'un relief fabuleux, sous une lumière scintillante et magique, et Helena désirait plus que tout s'abandonner à l'impérieux besoin d'explorer ce monde, d'en éprouver la chaleur, l'éclat, la beauté.

Salvatore avait dit qu'il ne voulait pas résister, mais c'était elle qui succombait. Elle se laissait emporter par un désir si dévorant que sa volonté n'existait plus et posa ses mains sur les épaules de son compagnon pour l'attirer plus étroitement contre elle.

Elle qui, pendant toutes ces années, s'était cru frigide… Tant de fois, elle s'était obligée à se laisser embrasser dans l'espoir secret de réveiller sa libido… Mais rien n'était survenu, elle était demeurée de glace, inerte entre les bras de ses compagnons de passage.

Et voilà que, par un tour particulièrement perfide du destin, elle retrouvait le désir sous le baiser de cet homme, celui-là même qu'elle devait tenir à distance pour mieux le combattre ! Ils étaient ennemis, déterminés à se mépriser et à se haïr mutuellement. Or, dans ses bras, elle découvrait le bonheur… Quelle ironie !

Sentant sa réponse, Salvatore se fit plus pressant, explorant sa bouche avec fièvre. En même temps, il la caressait doucement, si délicatement qu'elle sentait à peine ses mains, et l'en désirait encore davantage… Elle voulait être nue sous ses caresses, tout entière offerte : cet homme, elle le voulait en elle, aussi loin que possible ! Alors elle le garderait longtemps pour mieux savourer le plaisir qu'il lui donnerait.

Car il lui dévoilerait des mondes nouveaux, l'infini du ciel, la multitude des étoiles, et il comblerait enfin ce vide insidieux qu'elle portait en elle et subissait depuis trop longtemps. Sa féminité anesthésiée, refoulée depuis tant d'années, criait soudain son besoin et elle était prête à tout donner à cet homme s'il lui permettait de s'épanouir.

Prête à tout donner !

Le désir s'enfuit brutalement, le monde perdit aussitôt son éclat et sa lumière et elle se retrouva dans la ruelle obscure, dans les bras d'un homme qu'elle voulait haïr… Il n'avait pas eu de mal à l'entraîner au bord de l'abîme. Elle qui se targuait d'avoir toutes les cartes en main était tombée dans son piège la tête la première. Il devait jubiler !

À cet instant, elle entendit un bruit de pas et sentit son compagnon relâcher son étreinte, perçut son petit soupir résigné.

— Il y a du monde, marmonna-t-il, inutile d'attirer leur attention.

Ils reprirent leur marche par les ruelles et atteignirent bientôt la place Saint-Marc. L'hôtel n'était plus bien loin et, en marchant, Helena réfléchit à la meilleure manière de se venger de son compagnon. Il ne doutait certainement pas qu'il passerait la nuit avec elle et devait se réjouir de la voir tomber dans ses bras comme un fruit mûr ! Eh bien, il comprendrait son erreur, et c'est elle qui rirait de sa mine déconfite !

Ils franchissaient à présent la porte de l'hôtel. Helena se laisserait escorter jusqu'à l'ascenseur puis lui serrerait la main, en lui assenant un « bonsoir » des plus froids. Encore quelques pas… Voilà, l'ascenseur était là, les portes coulissantes s'ouvraient…

— Je vous abandonne, déclara alors Salvatore. Bonne nuit, *signora*, et merci pour cette charmante soirée.

— C… comment ?

— Je vous dis bonsoir : nous savons tous les deux que ce n'est pas le moment d'aller plus loin.

— Qu'entendez-vous par là ?

Salvatore parla à voix basse :

— Tout simplement ceci : lorsque je serai disposé à vous faire l'amour, je ne vous suivrai pas dans votre chambre au vu et au su de tout le monde, comme ce serait le cas, ce soir.

Helena frémit de rage.

— Quand vous serez disposé, avez-vous dit ? Quelle audace ! Vous n'êtes qu'un arrogant mal élevé, Salvatore Veretti. Un arrogant qui prend ses désirs pour des réalités.

— Certainement pas, *signora*, mais vous, peut-être vous cachez-vous la vérité. Nous savons très bien tous les deux qu'entre nous les dés sont jetés depuis l'instant où nous nous sommes vus pour la première fois. Ce n'est qu'une question de temps.

— Je ne comprends pas ce que vous dites !

— Allons, la reprit-il durement, ne faites pas l'innocente. Vous avez décidé de me séduire pour mieux me tenir à votre merci. Cela tombe bien, parce que j'ai fait le même calcul et, le moment venu, nous serons donc à armes égales. Je vous laisserai peut-être même voir mes faiblesses et combien je vous désire, mais je choisirai mon moment.

— Vous avez perdu l'esprit !

— Non, mais je vous ai percée à jour et, franchement, cela ne manque pas d'intérêt. Ne nous précipitons pas, cependant. Nous pouvons nous battre avec acharnement, tout en nous donnant aussi du plaisir mutuellement. Cette perspective m'enchante.

— Eh bien, pas moi !

Helena se précipita dans l'ascenseur dont les portes se refermèrent aussitôt, hélas, pas assez vite pour l'empêcher d'entendre la voix railleuse de son compagnon qui lançait :

— À très bientôt, ma chère !

En cet instant, elle l'aurait volontiers tué ! Il l'avait embrassée pour la séduire et avoir sur elle le même pouvoir qu'elle cherchait à avoir sur lui. Pire, après avoir réveillé son désir depuis si longtemps en sommeil, il lui avait prouvé de manière insultante qu'il restait maître de la situation !

Dans sa chambre, elle se débarrassa à la hâte de ses vêtements pour filer sous la douche.

Non, songea-t-elle, quand elle fut un peu calmée, il n'aurait pas le dernier mot. Qu'il ait réveillé sa féminité ne se reproduirait plus, c'était un accident, rien d'autre.

D'ailleurs, elle gardait encore tous ses atouts en main : Salvatore la désirait également, ils combattraient donc à armes égales.

— Le directeur en place, Emilio Ganzi, est très compétent, avait assuré Antonio. Dans le métier, il sait tout ce qu'il faut savoir et connaît tout le monde dans la profession.

En le rencontrant, le lendemain, pour sa première visite officielle de la verrerie, les paroles de son mari restaient bien présentes à l'esprit d'Helena. Emilio avait une petite soixantaine d'années et affichait un visage intelligent et bienveillant qui lui plut tout de suite.

— Nous sommes si contents que vous restiez parmi nous, lui déclara-t-il dès son accueil sur le débarcadère. Nous ferons tous de notre mieux pour vous faciliter le travail.

À la verrerie, le personnel s'était rassemblé pour son arrivée. Certains reconnurent en elle la visiteuse de la veille et Helena expliqua :

— J'avais trop envie de connaître la fabrique, je n'ai pas pu attendre et me suis jointe à un groupe de touristes. Ce que j'ai vu ici m'a tellement séduite que j'ai décidé de conserver l'entreprise plutôt que de la vendre. Je veux faire partie de la grande famille de la verrerie Larezzo.

Ouvriers et employés manifestèrent leur joie, se réjouissant plus encore que leur nouvelle patronne parle le dialecte vénitien. Tout le monde voulut s'entretenir avec elle dans une atmosphère gaie et détendue et, de ces multiples échanges, Helena comprit combien Antonio avait été populaire ici : le personnel l'aimait et le respectait, on se souvenait de lui comme d'un bon vivant doté d'une générosité sans limites.

Soudain, l'une des plus jeunes employées poussa un petit cri et, désignant Helena du doigt, s'écria :

— Mais c'est la belle Hélène, le célèbre mannequin anglais !

Tout le monde applaudit.

— M. Veretti avait bien mérité de finir ses jours avec l'une des plus belles femmes du monde, décréta un souffleur avec fierté.

Emilio l'entraîna ensuite pour une visite approfondie des lieux. À mesure qu'elle découvrait les rouages de la petite entreprise, Helena sentait sa décision de plus en plus irrévocable : elle ne vendrait pas la verrerie Larezzo, dut-elle y consacrer son dernier souffle, ou plutôt son dernier euro !

Une fois les comptes examinés, elle dut s'avouer que la situation financière n'était pas brillante. Antonio l'avait prévenue qu'un prêt important avait été renouvelé deux fois, et, si l'entreprise gardait la tête hors de l'eau, les remboursements de la dette pesaient lourdement.

— En vérité, lui expliqua Emilio, la masse des salaires est trop importante. Ici, employés et ouvriers ne veulent pas partir à la retraite quand l'âge arrive : ils se plaisent à la fabrique, et *signor* Veretti ne voulait pas qu'on les congédie.

— Eh bien, nous poursuivrons sa politique, déclara paisiblement Helena. Nous trouverons un moyen d'augmenter les profits.

Emilio était aux anges, et le personnel le fut aussi, lorsqu'il fut mis au courant.

La vie continua donc à la verrerie Larezzo jusqu'au jour où la bombe éclata : en l'occurrence, une lettre de la banque exigeant poliment le remboursement immédiat du prêt, « compte tenu des changements intervenus à la direction de l'entreprise ».

Helena était furieuse. Il fallait aller discuter avec le banquier.

Le jour de son rendez-vous, elle s'habilla avec soin, voulant se présenter comme une femme de tête, froide, efficace, et loin de toute préoccupation de séduction. Elle choisit donc une robe avec un manteau assorti de couleur sombre et tira ses cheveux en arrière avant de les lisser, puis de les rassembler en un austère chignon. Un ultime regard à son miroir la remplit de satisfaction : elle ressemblait à une gouvernante de l'époque victorienne.

Elle arriva avec dix minutes d'avance pour son rendez-vous avec Valerio Donati, le directeur de la banque. On ne la fit pas attendre et le *signor* Donati se montra plein d'empressement, mais elle n'était pas dupe : cet homme voulait lui retirer sa ligne de crédit, et ne changerait pas d'avis.

— Votre mari ne vous avait donc jamais parlé de ce prêt, *signora* ? s'enquit-il avec une feinte sollicitude.

— Si, bien sûr, mais les remboursements ont toujours été effectués ponctuellement et je pensais que…

C'était vrai. Rien dans les faits ne justifiait la demande

de remboursement, la banque avait simplement trouvé un prétexte.

— Combien de temps me donnez-vous pour rassembler l'argent ? finit-elle par demander, comprenant qu'elle se heurtait à un mur.

— Une ou deux semaines, au plus. Il faudrait que je sache rapidement si vous comptez trouver la somme ou si vous avez pris des contacts pour vendre la verrerie.

Le soupçon grandit dans la tête d'Helena et, après avoir remercié le banquier, elle prit congé.

— Je vous contacterai, assura-t-elle.

Perdue dans ses pensées, elle rentra à l'hôtel. Elle était bel et bien acculée : si elle ne trouvait pas l'argent, il faudrait qu'elle vende l'entreprise à Salvatore.

Brusquement, elle s'immobilisa : pourquoi penser que Salvatore avait manigancé cette situation ? Était-elle devenue paranoïaque ? Il ne pouvait tout de même pas imposer ses volontés à une banque !

Pourtant… oui, pourtant…

Plus tard, elle raconta son entrevue à Emilio et celui-ci lui demanda ce qu'elle comptait faire.

— Je n'en sais rien encore. Il se peut que je vende à Salvatore, ce serait peut-être la meilleure solution pour vous tous.

— Vous n'y songez pas, protesta le directeur, vous faites partie de notre grande famille à présent. Tout le monde vous aime ici.

Helena ne répondit rien, mais le soir, seule dans sa chambre, elle réfléchit : ces gens l'avaient accueillie avec enthousiasme et confiance, comment ne pas les décevoir ?

C'était aussi une occasion à ne pas manquer pour damer son pion à Salvatore… Elle prit son téléphone pour appeler sa banque à Londres et se faire communiquer ses états financiers.

Elle était encore préoccupée lorsque, un matin, dans la salle à manger de l'hôtel où elle prenait son petit déjeuner, une femme d'une quarantaine d'années, jolie et élégante, l'aborda :

— Je me présente : *contessa* Pallone, mais appelez-moi Clara. Je désirais tant vous rencontrer. Tout Venise parle de vous.

— Vraiment ? Je ne suis ici que depuis quelques jours, pourtant. Est-ce parce que je suis la veuve d'Antonio Veretti ?

— En partie, mais aussi parce que vous tenez tête à Salvatore, son cousin. Peu de gens ont eu cette audace et nous retenons tous notre souffle en attendant de voir qui de vous deux l'emportera.

Helena se mit à rire.

— Je suis ravie de savoir que je sers de distraction.

La conversation se poursuivit et Clara s'avéra charmante, mais, sous ses apparences très mondaines, Helena devina vite une intelligence pratique et clairvoyante. Cela lui plaisait.

Au bout d'un moment, Clara finit par aborder le sujet qui lui tenait à cœur.

— Je m'occupe d'une œuvre de bienfaisance en faveur des enfants malades et, tous les ans, nous organisons dans les salons de cet hôtel une vente aux enchères afin de récolter des fonds. L'événement a lieu demain soir et nous apprécierions que vous y assistiez. En outre, si la verrerie Larezzo pouvait offrir une de ses pièces qui serait vendue aux enchères, nous lui en serions très reconnaissants.

Helena accepta tout de suiteet ajouta :

— Cela tombe bien, je vais à la fabrique aujourd'hui. Je choisirai pour vous ce que nous avons de plus beau.

Une heure plus tard, sur les conseils d'Emilio, elle sélectionnait un superbe cheval de verre transparent, dont la queue volait au vent, comme suspendue dans les airs.

— C'est notre pièce la plus chère, lui précisa Emilio, mais nous n'allons pas nous laisser distancer par la verrerie Perroni, tout de même !

— Parce qu'ils font un don, eux aussi ?

— Bien sûr, et *signor* Veretti offre toujours ce qu'il a

de plus beau. De surcroît, il pousse beaucoup les enchères, de sorte qu'il donne énormément d'argent à la fondation.

Logique, songea Helena, il faisait étalage de sa générosité, de manière à accréditer son image d'homme puissant… Il serait donc présent à la vente aux enchères. Eh bien, la fête promettait d'être divertissante !

Elle remit à Clara le cheval dans une belle boîte de présentation le lendemain matin, demandant que ce don soit attribué à Antonio. Après quoi, elle réfléchit à sa stratégie pour le soir. D'abord, comment s'habiller ?

Du blanc : une longue tunique de soie immaculée, souple, soulignant ses formes sans les mouler, élégante par sa simplicité et sa modestie : l'opposé de ce à quoi devait s'attendre Salvatore. La robe descendant jusqu'au sol, elle ne se priverait pas de hauts talons, mais resterait discrète sur les bijoux et se contenterait de petits diamants aux oreilles.

Le soir à l'heure dite, Clara envoya son fils, un beau jeune homme, chercher Helena dans sa chambre et ils firent une entrée très remarquée dans le salon de l'hôtel où se pressaient déjà beaucoup d'invités. Clara la présenta à tout le monde. Helena souriait, répondait poliment aux propos flatteurs qu'on lui adressait, mais, en réalité, se préparait à sa rencontre avec Salvatore.

Elle le repéra enfin, beau et sûr de lui dans son smoking assorti d'une chemise immaculée et d'un nœud papillon noir. Malgré la rancœur qu'elle ressentait, Helena ne put s'empêcher de l'admirer : il était vraiment le plus séduisant des hommes.

Il l'avait vue, lui aussi, et inclina à peine la tête pour le lui signaler, avant de se diriger vers elle.

— Enchanté de vous voir, déclara-t-il. Clara m'a montré le cadeau de la verrerie Larezzo, et je trouve très délicat que vous l'ayez offert de la part d'Antonio. Maintenant, laissez-moi vous dire que vous êtes très belle, et n'y voyez surtout pas de mauvaise intention de ma part. C'est le compliment d'un admirateur sincère.

Il se comportait décidément comme si rien de fâcheux n'était arrivé entre eux et faisait assaut de tant de charme que, pour un peu, Helena se serait laissé piéger une seconde fois. Mais elle resterait sur le qui-vive !

Il se pencha pour lui murmurer :

— Savez-vous que l'on nous regarde ? Tout Venise est au courant de ce qui se passe entre nous, ou plutôt de ce qui nous oppose.

— Et que croient-ils savoir ?

Salvatore ébaucha un sourire charmeur.

— Il faut le leur demander, mais vous possédez un tel art de la persuasion que vous pourriez leur faire croire ce que vous voulez.

Helena choisit de lui répondre sur le même ton badin :

— Vous n'êtes certainement pas en reste sur ce plan. Vous auriez même beaucoup à m'apprendre.

Ils éclatèrent de rire ensemble et les têtes se tournèrent vers eux.

— Clara m'a dit que vous offriez tous les ans un cadeau parmi les plus beaux, reprit Helena. J'aimerais voir celui de cette année.

— Je vais vous le montrer.

L'objet était splendide et Helena retint son souffle, éblouie : il s'agissait d'un aigle aux ailes déployées, façonné dans un verre noir comme de l'onyx, incrusté de fils d'argent.

— C'est magnifique, souffla-t-elle.

— C'est le clou de notre nouvelle collection, confia Salvatore. J'attends avec impatience que Larezzo présente la sienne.

Elle n'était pas terminée, mais Helena se garda de le dire. D'ailleurs, elle était occupée à comparer le cheval offert par sa verrerie à l'aigle de Salvatore et trouvait le premier conventionnel et banal alors que le second possédait une sorte de puissance glorieuse. La voix de Salvatore l'arracha à ses réflexions :

— Tous les ans, mes amis et moi prenons des paris sur

le don qui fera les enchères les plus hautes : cette année, ce sera le cheval d'Antonio, j'en suis sûr.

— C'est gentil de me le dire, mais je ne le pense pas.

— En tout cas, je mise sur lui. Franco ? héla-t-il ensuite.

Un homme replet, l'air visiblement très prospère, s'approcha, tout sourires. Salvatore fit les présentations, avant d'annoncer :

— Franco adore les paris, alors allons-y ; je parie que le cheval offert par Helena se vendra plus cher que mon aigle.

Franco parut enchanté :

— Tu paries combien ?

— Dix mille euros, répliqua Salvatore sans ciller. Et toi ?

— Pareil.

Ils se serrèrent la main, riant à gorge déployée, ce qui attira l'attention de plusieurs invités. Dès lors, les paris allèrent bon train, et Franco, qui avait sorti un petit carnet, les notait scrupuleusement. Clairement, ce n'était pas la première fois que ce genre de situation se produisait…

Helena, pour sa part, restait interloquée. Elle murmura à l'adresse de Salvatore :

— Vous êtes fou ! Cela peut vous coûter une fortune.

Elle ajouta avec une lueur de malice dans les yeux :

— Vous n'aurez plus de quoi racheter ma verrerie.

— Ce n'est pas grave, puisque vous ne me la vendrez pas. Vous pouvez être tranquille.

Jamais, au grand jamais, songea-t-elle, elle ne serait tranquille avec lui, sur aucun plan. Elle ne montra rien de ses pensées, assurant paisiblement :

— C'est pour vous que je ne le suis pas.

Il eut un rire joyeux :

— Comme c'est gentil de vous inquiéter de moi ! Mais rassurez-vous, je suis paré à toute éventualité.

— Je n'en doute pas, rétorqua-t-elle, doucereuse. Nous verrons bien.

Franco avait terminé de noter les paris et rangeait son carnet dans sa poche. Il s'adressa ensuite à Helena et Salvatore :

— Il va de soi que vous deux ne parierez pas sur vos dons respectifs, n'est-ce pas ?

— Bien sûr, répondit Salvatore.

— Évidemment, renchérit Helena.

À cet instant, l'orchestre fit retentir ses premiers accords : le bal prévu avant la vente commençait.

— Accordez-moi cette danse, déclara Salvatore.

5.

Accepter était imprudent, mais Salvatore ne lui en donna pas le choix : déjà, il l'avait enlacée et la serrait si fort qu'elle sentait le mouvement de ses longues cuisses contre les siennes, à travers la fine soie de sa robe.

Le plaisir l'emporta vite, ils étaient tous deux excellents danseurs et Helena se laissa griser, évoluant langoureusement dans ses bras au rythme de la musique.

L'orchestre s'arrêta et Salvatore prit sa main pour la porter galamment à ses lèvres.

— Merci, dit-il. Quel plaisir de danser avec vous, un plaisir rare, pourrais-je ajouter.

Un nouveau cavalier se présenta, demandant à danser avec Helena, et Salvatore s'inclina avant de s'éloigner.

L'homme était beau et distingué, dansait avec beaucoup d'élégance, mais, après Salvatore, c'était comme boire de l'eau après une coupe de champagne. Quand la musique s'arrêta, elle le remercia aimablement puis alla s'asseoir, décidée à ne plus danser.

D'ailleurs, l'heure de la vente approchait, et Clara demanda bientôt le silence pour prononcer une courte allocution : elle expliqua d'abord le but de la manifestation : équiper les hôpitaux pour enfants créés par son association, puis remercia les invités présents et termina ainsi son discours :

— Je veux conclure en remerciant particulièrement les deux invités d'honneur de notre soirée : *signor* Salvatore Veretti, heureux propriétaire de la verrerie Perroni, et *signora*

Helena Veretti, qui possède depuis peu la verrerie Larezzo. Ces deux fabriques, les meilleures de Murano, sont évidemment concurrentes, mais leurs propriétaires ont conclu une trêve pour ce soir, comme vous avez pu le voir quand ils ont dansé ensemble. Tous deux ont fait des dons splendides dont la mise en vente clôturera notre manifestation.

Clara indiqua les deux figurines de verre et tout le monde applaudit. Puis la vente commença.

Les enchères allèrent bon train et les pièces se vendaient à des prix bien supérieurs à leur valeur marchande, de sorte que le montant récolté par la fondation battit bientôt tous les records. Clara affichait un sourire rayonnant quand il ne resta plus à vendre que les deux statuettes offertes par Helena et Salvatore.

— Voici venu le moment que nous attendions, déclara la *contessa* en indiquant les deux objets qui scintillaient sous les grands lustres de cristal. Laquelle de ces merveilles proposons-nous en premier ?

— Mon aigle, dit aussitôt Salvatore, qui ajouta avec un sourire malicieux à l'adresse d'Helena : Ainsi ma rivale pourra trembler devant le prix faramineux qu'il va atteindre.

Helena se mit à rire, mais n'était pas très à l'aise : l'aigle de Salvatore était infiniment plus beau que son cheval, tout le monde le savait. Il se vendrait donc plus cher. Elle sentait le piège : Salvatore allait la ridiculiser d'une manière ou d'une autre. Pourtant, son instinct lui disait que s'il était impitoyable, il n'était cependant pas mesquin. Il la regardait, à présent, semblant lui dire : « Fais-moi confiance, tu ne risques rien. »

Les enchères grimpèrent très vite pour s'arrêter à la somme incroyable de quarante mille euros ! Tout le monde applaudit, et Helena retint son souffle : venait maintenant le tour de son cheval : il n'arriverait même pas à la moitié de cette somme, c'était sûr.

Mais les enchères montèrent de nouveau très rapidement jusqu'à trente-deux mille euros. Le silence se fit, et le préposé levait son marteau pour adjuger quand une voix déchira le silence haletant :

— Cinquante mille !

C'était Salvatore. Tout le monde applaudit.

— Cinquante-cinq ! lança quelqu'un.

— Soixante, surenchérit Salvatore.

— Soixante-dix ! poussa un autre.

— Quatre-vingts, lança Salvatore sans souffler.

— Quatre-vingt-dix !

— Cent mille !

C'était Salvatore, bien sûr, et le cheval lui fut adjugé dans un silence frémissant. Puis très vite un tonnerre d'applaudissements retentit, tandis que Franco se précipitait vers son ami.

— Tu as triché, Salvatore ! murmura-t-il, c'est toi qui as poussé l'enchère après avoir parié que le cheval ferait plus que ton aigle.

— Je n'ai pas triché, se défendit l'interpellé, nous avions seulement promis, Helena et moi, de ne pas pousser les enchères sur nos dons respectifs. Je n'ai pas fait monter mon aigle, mais le cheval, n'est-ce pas, Helena ? ajouta-t-il, portant sur elle un regard triomphant.

Celle-ci n'appréciait pas la situation, et lui dit à voix basse :

— Avez-vous pensé à tous ces invités qui ont parié contre vous ? Ils n'ont pas l'air de rire et je les comprends. Vous avez faussé le jeu, Salvatore.

— Cessez donc de vous apitoyer sur des gens qui sont richissimes ! railla ce dernier avec une pointe d'âpreté. Les sommes qu'ils ont engagées ne représentent rien pour eux.

— Le problème n'est pas là : vous leur volez leur argent !

— Personne ne les a obligés à parier : ils l'ont fait de leur plein gré. Ils n'avaient qu'à réfléchir avant. Quand je prends un pari, j'entends le gagner, et je fais ce qu'il faut pour y arriver !

Helena recula, consternée. Cet homme était prêt à tout, jusqu'à la malhonnêteté, pour l'emporter ! Toute la soirée, il avait été charmant, lui montrant le côté séduisant, intéressant, original de sa personnalité, et voilà qu'il venait de lui donner la preuve qu'il ne reculait devant rien. Plus qu'une preuve, Helena devait y voir un avertissement.

— Vous êtes malhonnête, murmura-t-elle, et méprisable aussi…

— N'en jetez plus, la cour est pleine, la coupa-t-il, railleur, je n'ai pas le temps de vous écouter.

Helena le vit alors avec effroi lever les mains pour obtenir un peu de silence. Quand il put parler, il annonça avec un grand sourire :

— Certains d'entre vous sont peut-être choqués par la façon dont j'ai gagné mon pari, et pensent que je vais l'annuler. qu'ils soient détrompés : ce qui est convenu est convenu, les perdants peuvent sortir leurs carnets de chèques.

Il se tut une seconde pour ménager son effet avant d'ajouter :

— Merci de libeller vos chèques à l'ordre de la fondation.

Un instant, chacun retint son souffle, puis un tonnerre d'applaudissements éclata : tous comprenaient combien ils avaient été astucieusement manipulés. La plus heureuse était Clara qui se jeta au cou de Salvatore. Celui-ci l'étreignit chaleureusement avant de sortir à son tour son chéquier pour lui faire un chèque de cent mille euros.

Après quoi, il regarda Helena, semblant lui dire : « Tu vois, je t'ai bien eue ! »

Comment lui en vouloir, quand elle était tellement soulagée ? Elle lui sourit, et il s'approcha pour prendre ses deux mains dans les siennes.

— Sortons, il fait trop chaud ici, murmura-t-il.

Sur la terrasse, il la fit asseoir avant de demander avec malice :

— Vous n'avez pas honte de m'avoir si mal jugé ?

— C'est vous qui devriez avoir honte de m'avoir donné des raisons de le faire.

— En plus, vous êtes mauvaise en calcul, grinça-t-il. J'ai dépensé cent mille euros pour gagner ces paris, mais, si j'avais accepté l'argent des perdants, je n'aurais récupéré que soixante-dix mille euros. J'en aurais donc été pour trente mille de ma poche. Ce n'est pas ainsi que l'on fait fortune. Il est plus payant de se montrer grand seigneur.

— N'empêche que vous avez plus ou moins triché.

— J'ai tout à fait triché, oui, et alors ? Beaucoup de gens sont ici par mondanité, et ne comptaient pas donner beaucoup d'argent. Je les ai obligés à le faire, ce n'est pas si mal, non ?

Helena ne put s'empêcher de rire.

— C'est vrai.

— Et j'avoue, reprit Salvatore, que j'ai été largement récompensé pour ma bonne action. Voir votre visage quand vous avez compris que je n'étais finalement pas un monstre m'a payé en retour ! Je ne regrette rien, croyez-moi.

Ils éclatèrent de rire, puis le silence s'installa entre eux. Ce fut Salvatore qui le rompit :

— Je suis si content de vous voir ce soir. Dites-moi donc, vous vous plaisez à Venise ?

— J'adore cette ville ! s'exclama Helena. Je n'en connais pas tout encore, mais ce que j'en découvre m'enchante.

— Et la verrerie ? Vous vous en sortez ?

Elle le regarda incrédule.

— C'est vous qui me posez la question ? Je croyais que vous vouliez m'acculer à la faillite pour me racheter un meilleur prix.

Salvatore eut un geste de la main.

— Oubliez cela, je vous en prie. Je dis des tas de choses que je ne pense pas et, parfois, elles me reviennent en pleine figure, comme celle-ci, je l'ai bien mérité.

— Heureuse de vous entendre le reconnaître.

— Si je peux vous être utile en quoi que ce soit concernant la verrerie, n'hésitez pas à me le faire savoir. Je connais bien le métier et suis prêt à vous aider. Il faut que l'entreprise d'Antonio occupe sur le marché la place qu'elle mérite, même si elle n'est pas à moi.

Helena n'en revenait pas ! Il lui proposait son aide et le

plus fort, c'est qu'elle le croyait sincère ! Ils parlèrent donc métier pendant un bon moment, elle lui demanda de lui expliquer certains détails et il lui donna des réponses claires, puis ils discutèrent des problèmes de commercialisation. Quand Salvatore prit congé, elle avait le sentiment d'avoir beaucoup appris.

— N'oubliez pas que vous pouvez compter sur moi, Helena, lui assura-t-il encore.

— Merci, Salvatore, je m'en souviendrai.

Il lui baisa la main et s'éclipsa, tandis qu'elle reprenait lentement le chemin de sa chambre. La fatigue réclamait son dû après cette soirée mouvementée. Une pensée cependant tournait et retournait dans sa tête : Salvatore avait-il fait pression sur le banquier pour qu'il réclame le remboursement du prêt à la verrerie ? Elle en aurait rapidement le cœur net.

Lorsque Helena entra, Salvatore se leva, visiblement enchanté de la surprise.

— Quel plaisir, chère amie. J'espérais tant que vous m'appelleriez !

Elle ne l'avait pas fait depuis la vente aux enchères, deux jours plus tôt. Il était plus excitant de jouer l'effet de surprise en se présentant au *palazzo* Veretti, avait-elle pensé. On l'avait donc introduite dans la pièce dont Salvatore avait fait son bureau.

Le sourire qu'il lui adressa ne trompa pas Helena : il pensait qu'elle venait lui proposer d'acheter la verrerie Larezzo. Rirait bien qui rirait le dernier !

— Je suis venue avec des nouvelles pour vous, déclara-t-elle, lui rendant son sourire. Vous savez que j'ai eu, ces temps-ci, quelques soucis avec la banque qui exigeait le remboursement du prêt concédé à la verrerie. On me donnait deux semaines pour le faire ! Ce sont des étrangleurs, ces banquiers !

Salvatore hocha la tête avec sympathie.

— J'avoue que parfois, je partage votre avis.

— Je sors de la banque, et je voulais vous mettre au courant de la situation.

— Cela me semble sage, en effet, merci de votre courtoisie. Le banquier est resté inflexible ?

— Oui, mais cela ne s'est pas trop mal passé, finalement. En tout cas, c'est réglé et je me sens enfin libre !

— Vous le serez encore davantage quand la vente sera finalisée, déclara Salvatore avec son sourire le plus engageant. Soyez assurée que je ne profiterai pas de la situation : votre prix sera le mien. Je ne voudrais pas que vous soyez dans l'embarras !

— C'est très attentionné de votre part, Salvatore, mais ne vous inquiétez pas pour moi : j'ai remboursé le prêt, et je garde la verrerie. N'est-ce pas merveilleux ?

Il la regarda incrédule.

— C'est la plaisanterie du jour ?

Sans répondre, Helena sortit de son sac la remise de dette officielle du banquier et, en voyant la signature de Valerio Donati, Salvatore comprit. Il blêmit, s'efforçant de retrouver son aplomb. Helena, elle, souriait le plus naturellement du monde, mais il n'était pas dupe : elle était venue pour savourer son triomphe.

— Bravo, admit-il enfin, je vous ai sous-estimée. Mais la roue tourne. Vous finirez par me vendre votre verrerie.

— Vous croyez ? J'ai déjà vu des gens obstinés, mais, à ce point, cela devient de l'obsession.

— Parlons des faits, rétorqua Salvatore sans relever, Antonio vous a laissé assez de disponibilités pour tout rembourser ? Cela m'étonne.

Helena le regarda en inclinant la tête de côté, comme si quelque chose lui échappait, puis soupira :

— Vous êtes bien singulier, Salvatore : vous n'arrivez pas à croire ce qui vous dérange. En stratégie militaire, c'est une faiblesse, l'ennemi peut en profiter.

— Et aujourd'hui, l'ennemi, c'est vous ? Eh bien, vous

avez tort de vous mettre en travers de ma route, vous le découvrirez à vos dépens, belle Helena.

Cette dernière conserva son ton badin :

— Allons, Salvatore, ne soyez pas si sentencieux ! Je n'ai gagné qu'une manche, vous pouvez très bien remporter la suivante, mais…

— Soyez sûre que je remporterai la dernière, la coupa-t-il, la fixant droit dans les yeux.

— Peut-être, plaisanta-t-elle, lui tendant la main.

Il la prit après une hésitation et la retint dans la sienne.

— Vous êtes toujours déterminé à me faire fuir Venise ? demanda-t-elle, malicieuse.

La tension qu'elle sentit sur sa main lui révéla ce qu'elle voulait savoir. Non, il voulait qu'elle reste ici.

— Tout dépendra de l'évolution de la situation entre nous, rétorqua-t-il néanmoins.

Helena prit un air faussement candide.

— Vous parlez de la situation professionnelle ?

— Pas seulement. Vous savez bien qu'un autre terrain d'affrontement nous attend et, sur celui-là, qui sait qui sera le gagnant.

Helena éclata de rire.

— Vous êtes si sûr de vous ?

Salvatore rit à son tour, puis répondit :

— Je me demande surtout s'il y aura un gagnant et je ne suis pas sûr de le souhaiter. Après tout, nous pouvons aussi nous rendre heureux mutuellement. En tout cas, ce sera amusant de le découvrir.

Helena lui adressa son sourire le plus séducteur.

— En effet. Pour l'instant, il faut que je vous quitte. Je vous laisse réfléchir à votre prochaine offensive et n'oubliez pas ce que je vous ai dit : ne sous-estimez pas l'ennemi… ou disons seulement l'adversaire.

— Je préfère en effet.

Salvatore tenait toujours sa main, et le sourire qu'il portait sur elle la troubla : une étrange chaleur l'envahissait, délicieuse. Quelle idiote elle était ! Pour se donner une contenance, elle lança :

— Vous me surprenez : vous devriez m'en vouloir et, au contraire, vous me souriez aimablement, me proposant presque une trêve alors que vous devriez préparer votre vengeance.

— Je suis en train de la prendre, répondit doucement son compagnon.

L'instant d'après, il l'attirait dans ses bras, la serrant si étroitement que, même si elle l'avait voulu, elle n'aurait pas pu se soustraire à son baiser.

Il l'embrassa avec fougue et elle se laissa faire, mais, quand il reprit son souffle, elle murmura :

— C'est cela votre revanche ? Eh bien, voilà la mienne !

À son tour, elle l'embrassa avec une sauvagerie égale à l'ardeur qu'il avait montrée, puis recula d'un pas.

— Il faut que je file, chuchota-t-elle. À bientôt.

L'instant d'après, elle avait disparu.

Le soir même, Salvatore s'invita chez Valerio Donati : il connaissait bien le banquier et sa femme, et allait souvent chez eux. Ce soir, il voulait certains éclaircissements, mais il trouva un Valerio fort contrarié.

— C'est la dernière fois que je t'écoute, grommela ce dernier : tu m'as demandé d'exiger le remboursement du prêt pour acculer cette Helena : en fait, elle n'a eu aucun mal à trouver l'argent.

— Elle n'est que la veuve d'Antonio, fit valoir Salvatore.

— Tu ne sais donc pas qu'avant qu'elle épouse ton cousin, on l'appelait la belle Hélène ?

— Comment veux-tu qu'il le sache ? intervint la femme du banquier. Salvatore ne lit pas les journaux de mode, sinon il l'aurait reconnue : on la voyait partout, à l'époque. Elle passait pour le mannequin le mieux payé du monde. Elle a dû gagner beaucoup d'argent.

Salvatore quitta ses hôtes très tôt, ce soir-là, et regagna le palais à pied, en réfléchissant. Chez lui, il alla directement dans son bureau, et se mit sur internet. Ce fut un moment très instructif et il en apprit beaucoup sur celle que l'on surnommait, avant son mariage, la « belle Hélène ».

Il visionna les photos, des centaines de clichés, depuis les tout premiers, quand elle était à peine sortie de l'adolescence, jusqu'aux derniers, deux ans plus tôt. Il découvrit ceux qui avaient couvert les magazines durant ses années de gloire entre vingt et trente ans, ils étaient éblouissants.

Sur les plus anciens, Helena était encore presque une enfant et regardait la caméra avec la candeur exquise de son jeune âge. Sur ses premières photos d'adulte, elle arborait parfois des tenues très osées avec une innocence désarmante.

Cependant, à partir d'une certaine époque, cette candeur n'apparaissait plus, quelque chose avait changé sur son visage. Sous le professionnalisme, on la sentait désillusionnée. Compte tenu des dates de parution des clichés, cette rupture avait eu lieu subitement et n'était pas le résultat d'une lente évolution dans un milieu connu pour sa dureté. Quelque chose s'était certainement produit dans la vie d'Helena.

Salvatore se souvint de la jeune femme devant les deux photos de sa propre mère : celle du jour de son mariage, où elle apparaissait jeune et radieuse, et l'autre où on la voyait prématurément vieillie par le chagrin. Ce jour-là, il n'avait rien voulu expliquer à Helena… Le sujet était trop douloureux.

Il sortit dans le couloir : le palais était silencieux et tranquille. Il alla jusqu'à la porte de ce qui avait été la chambre de sa mère, et s'immobilisa. Tant de fois, il s'était tenu là à l'écouter pleurer ! Tant de fois, il s'était maudit de son impuissance à la consoler ! À force de souffrir pour elle, il en avait conçu une rage qui couvait toujours en lui, bien que sa mort remonte à tant d'années ! En cet instant, elle était prête à resurgir et lui donnait envie de démolir la porte avec ses poings !

Il finit par regagner son bureau pour reprendre ses recherches sur internet. Peu à peu, il dut reconnaître qu'Helena n'était pas l'aventurière sans moralité qu'il avait cru rencontrer. C'était au contraire une professionnelle chevronnée, qui avait formidablement géré sa carrière de mannequin. Il devait lui reconnaître, en plus de sa beauté, une intelligence avisée.

Salvatore ferma son ordinateur, plus ébranlé qu'il n'aurait voulu. Cette femme était un défi à la fois sur le plan professionnel et sur le plan personnel. Quel était, de ces deux plans, celui où il désirait le plus l'emporter ?

À une époque, les affaires comptaient plus que tout pour lui, les femmes passaient toujours après. Mais *cette* femme ne ressemblait à aucune autre… pour l'instant tout au moins…

Car le jour où il lui ferait l'amour et qu'il l'entendrait crier de plaisir, elle serait comme toutes les autres.

Heureusement !

6.

Désormais, Helena passait tout son temps à la verrerie. Le métier lui plaisait de plus en plus et son personnel l'appréciait pour sa générosité, ainsi que pour le respect et l'intérêt qu'elle leur portait. Peu après l'épisode du remboursement du prêt, elle avait rassemblé tout le monde pour expliquer ce qui s'était passé, et avait ajouté que s'il le fallait, elle referait quelques photos pour augmenter la trésorerie de la verrerie. Tout le monde avait applaudi, sauf Jacopo, l'un des souffleurs de verre, qui avait affiché une mine renfrognée.

— Je crains que vous ne deviez vous en séparer, avait soupiré Emilio, après la réunion. C'est un mouchard : il va régulièrement informer la verrerie de Salvatore de ce qui se passe ici.

Helena se mit à rire.

— Eh bien aujourd'hui, il aura quelque chose à raconter.

Ensuite, les choses allèrent très vite. Helena proposa un jour à Leo, le plus doué de tous ses stylistes, de dessiner une figurine de verre qui représenterait un diable avec les traits de Salvatore. L'idée amusa tant Leo qu'il créa une véritable merveille en quelques jours seulement. Le diable ressemblait à Salvatore à s'y méprendre.

— Vous allez le lui envoyer ? lui demanda Emilio.

— Surtout pas. Ce diable restera ici, au vu de tout le monde, en particulier de Jacopo.

Et de fait, le soir même, quelqu'un vit Jacopo se rendre à

la verrerie concurrente. Le lendemain, il reparaissait à son poste de fort méchante humeur.

Salvatore l'aura vertement envoyé promener, en conclut Helena.

Quoi qu'il en soit, son concurrent ne se manifesta en aucune manière. On aurait pu croire qu'il ignorait tout de la figurine, mais Helena en doutait. Jacopo lui en avait certainement parlé.

Un beau soir, elle rentrait à son hôtel lorsque le portier lui remit un paquet. Elle l'ouvrit une fois dans sa chambre et resta bouche bée devant ce qu'elle découvrit.

C'était une statuette représentant une tête féminine, dont les traits n'étaient pas dessinés : l'artiste avait seulement façonné la forme du visage, le volume d'une opulente chevelure et le port de tête, altier, splendide : la beauté à l'état pur.

Un cadeau de Salvatore, sans l'ombre d'un doute, même si le paquet était anonyme. Helena n'hésita pas et appela.

— Je me rends, déclara-t-elle quand Salvatore décrocha.

— Que… que voulez-vous dire ? interrogea-t-il, forçant intentionnellement son hésitation.

— Simplement que vous êtes meilleur que moi, que vous m'avez prise au dépourvu et que je vous dis merci, cette statuette est sublime.

— J'espérais qu'elle vous plairait, répliqua-t-il avec entrain. Voulez-vous dîner ce soir avec moi ? Je connais un restaurant qui devrait vous plaire.

— Volontiers.

Cette fois, pas de gondolier, Salvatore vint la chercher lui-même à son hôtel. Helena s'était mise à la fenêtre et eut le loisir de le regarder approcher. En traversant le pont, il s'arrêta pour s'appuyer à la rambarde et contempler le canal.

Qu'il soit son adversaire ou non, la nature l'avait gâté ! Certes, il était retors, on ne pouvait pas lui faire confiance, et il affichait une assurance insultante parfois, mais, pour bien des femmes, il devait être irrésistible et incarnait la puissance, le charme et la séduction. En le voyant de loin,

Helena remarquait soudain qu'il avait des jambes interminables, et que chacun de ses mouvements était empreint d'une grâce féline presque nonchalante qui adoucissait de façon trompeuse la force virile qui émanait de lui.

Cette idée déclencha chez elle un frémissement d'anticipation. Elle désirait cet homme et ne se le cachait pas. Elle rêvait de sentir ses mains la caresser, lui rappeler qu'elle était une femme, que, contrairement à ce qu'elle avait pensé, elle n'était pas morte…

Mais elle jouait avec le feu. Attention ! lui intima sa raison, mais son corps et ses sens exigeaient qu'elle jette la prudence aux orties.

Salvatore venait de reprendre sa marche vers l'hôtel et Helena attendit quelques minutes avant de descendre à la réception l'accueillir. Le sourire délibérément impersonnel qu'elle affichait ne trahissait rien des émotions conflictuelles qui la tourmentaient.

Ils se rendirent dans un tout petit restaurant tout proche, qui possédait un jardin où l'on avait dressé des tables. Celle qui leur était réservée se trouvait un peu à l'écart et était seulement éclairée par des bougies.

— Cela vous plaît ? demanda Salvatore sitôt qu'ils furent installés. Ce n'est pas d'un grand luxe, mais…

Helena ne le laissa pas aller plus loin :

— C'est tout ce que j'aime. Merci de ne pas chercher à m'impressionner avec ce qu'il y a de plus chic et de plus cher.

— Chercher à impressionner la belle Hélène serait absurde !

— Parce que vous savez enfin ?

— Enfin, comme vous dites. Je suis sans doute le dernier Vénitien à l'avoir découvert. Pourtant, vous m'aviez mis en garde, je le reconnais.

Salvatore avait parlé sans ironie et Helena en fut étonnée, mais elle n'eut pas le temps de l'interroger, le serveur approchait avec une bouteille dans un seau à glace.

— Notre meilleur champagne, comme vous l'avez demandé, *signor*, annonça-t-il.

Il en remplit deux coupes avant de s'éloigner et Salvatore glissa alors à sa compagne :

— Il ne faut pas se fier aux apparences : ce restaurant paraît modeste, mais il possède la meilleure cave de Venise. À présent, reprit-il avec son sourire le plus charmeur, je lève mon verre à vous et à l'amusante farce que vous m'avez jouée, avec ce diable à mon image. Jacopo m'en a apporté une photo, disant que c'était une honte de me ridiculiser ainsi. J'ai trouvé au contraire que c'était très flatteur.

Visiblement, il appréciait la plaisanterie et éclata de rire. Le cœur d'Helena se mit à battre : quand il riait, son charme devenait irrésistible, et elle avait toujours peur d'y succomber. D'ailleurs, un lent frémissement de désir naissait déjà au plus profond d'elle-même…

Non, oh non, s'adjura-t-elle intérieurement tandis que, pour donner le change, elle se mettait à rire elle aussi.

Brusquement, son compagnon se rembrunit et déclara contre toute attente :

— Honnêtement, je suis content que notre petite guerre professionnelle soit pour l'instant au point mort. Ainsi vous ne quitterez pas Venise, je n'ai pas du tout envie que vous partiez.

Il la fixa dans les yeux avant de demander :

— Savez-vous pourquoi ?

— Non.

— Parce que nous avons encore beaucoup à faire ensemble, et je ne parle pas seulement au plan professionnel.

À son grand dam, elle ne put s'empêcher de hocher la tête : elle se sentait comme hypnotisée sous le regard de son compagnon, sans volonté. Comme elle demeurait silencieuse, il dut saisir son trouble et, plutôt que de pousser son avantage, remit la conversation sur un sujet sans risque.

— Vous comptez vendre ce diable qui a emprunté mes traits ?

— Bien sûr que non ! Surtout après que vous avez réagi

en m'envoyant une si belle figurine : je la trouve sublime et ne m'en séparerai jamais.

— Dans ce cas, il faudra me donner mon double en diable, rétorqua Salvatore en riant.

— Vous ne le vendrez pas aux enchères au moins ? interrogea-t-elle avec malice.

— J'aurais trop peur que personne ne l'achète, riposta son compagnon que ces joutes verbales amusaient. Pour en revenir à nous, êtes-vous toujours en train de me manipuler pour que je réagisse comme vous l'entendez ?

— Peut-être, admit-elle en souriant, mais, puisque vous me manipulez aussi, nous sommes quittes.

— Et ce ne sont que les préliminaires, fit valoir Salvatore, toujours sur le ton de la plaisanterie. Quand nous en arriverons aux choses sérieuses, nous verrons ce qu'il adviendra. Qui sait, ce sera peut-être intéressant pour l'un comme pour l'autre.

— Probablement.

Salvatore leva de nouveau sa coupe que le serveur venait de remplir.

— À nous, déclara-t-il, avec un sourire plein de charme. Souhaitons-nous de très, très bons moments.

— Une très longue trêve, voulez-vous dire ?

— Si vous préférez.

Ils entrechoquèrent leurs coupes.

Comme l'avait laissé entendre Salvatore, le restaurant, bien que d'apparence très simple, proposait une carte à faire rêver : Helena après quelques hésitations avait choisi un succulent risotto à la courge, suivi d'un poisson de la lagune servi en croûte de sel. Comme elle se régalait et ne s'en cachait pas, son compagnon observa :

— Avouez que la cuisine vénitienne est la meilleure du monde.

Helena feignit de réfléchir très sérieusement quelques secondes avant de répondre avec malice :

— Je n'irai pas jusque-là : je dirai seulement que c'est la plus exquise que j'aie jamais goûtée.

— Je m'en contente.

— En revanche, il n'en va pas de même pour la verrerie de Venise. Elle, évidemment, est la plus belle du monde.

C'était le sujet idéal. Comme Helena l'espérait, la conversation roula un bon moment sur la verrerie, les secrets de sa fabrication, et surtout ses origines. Salvatore expliqua comment les premiers verriers étaient arrivés au XIIIe siècle, après avoir fui Constantinople dévastée par les croisés. Ils avaient apporté avec eux un savoir-faire inconnu jusqu'alors et une esthétique inspirée de l'art oriental qui triompha en Occident.

— Ils ont très vite déchaîné l'admiration de toute l'Europe et sont devenus en l'espace d'une génération des citoyens importants de Venise parce qu'ils n'avaient peur de rien, et savaient croiser l'épée quand il le fallait, conclut Salvatore sur un ton qui ne laissait aucun doute sur l'admiration qu'il leur portait.

— Je ne suis pas sûre de trouver cela admirable, répliqua lentement Helena, les gens trop puissants sont souvent dangereux, ils croient pouvoir faire ce qui leur plaît.

Salvatore l'admit d'un hochement de tête avant de déclarer, feignant la plus grande candeur :

— Parce que vous pensez que des gens aussi puissants et sûrs d'eux existent encore ?

Helena ne se laissa pas prendre à ses airs innocents.

— Bien sûr. Vous non ?

— Si. Mon arrière-grand-père, par exemple. Il s'appelait Claudio Veretti et a épousé la fille d'une famille noble désargentée qui possédait notre palais. Comme il était riche, il a fini par le racheter.

— Il s'était marié par intérêt ? voulut savoir Helena.

— Je n'en jurerais pas, mais à l'époque c'était normal : on épousait quelqu'un pour monter dans l'échelle sociale, ou pour accroître sa fortune.

— C'est d'ailleurs ce que vous avez pensé de moi, fit-elle ironiquement valoir.

— Oh, par pitié, Helena ! Je croyais que nous avions dépassé ce stade. Je sais que vous n'avez pas épousé Antonio par intérêt, que vous étiez déjà très riche quand vous l'avez connu. J'ai consulté internet : on y lit que vous avez amassé une fortune en étant mannequin. J'ai vu aussi beaucoup de photos de vous. J'ai même eu l'impression parfois de vous regarder grandir. D'abord jolie, puis belle, et enfin éblouissante. C'est à cause de votre côté spectaculaire, j'imagine, Antonio est tombé amoureux de vous.

— Non, à l'en croire. Il ne m'a connue qu'après que j'aie abandonné la profession de mannequin. Les contraintes du métier me pesaient et je voulais devenir une femme d'affaires.

Helena eut un petit rire, avant d'avouer :

— Quel échec ! J'ai failli perdre tout ce que j'avais gagné à cause d'un conseiller financier véreux. Heureusement, Antonio habitait le même hôtel que moi et connaissait cet homme : il m'a sauvée de la ruine in extremis. C'est ainsi que nous nous sommes rencontrés.

Sur ces mots, elle se tut, tandis que son regard se faisait lointain.

— À quoi pensez-vous ? lui demanda doucement son compagnon.

— À Antonio… à sa joie de vivre, à toutes les bêtises qu'il me disait et qui nous faisaient rire.

— Ne soyez pas si nostalgique, murmura impulsivement Salvatore.

— Je ne le suis pas. Antonio est toujours dans mon cœur : il ne me quittera jamais.

Helena se tut parce que le serveur approchait pour débarrasser leur table. Une fois la nappe nettoyée de ses miettes, on leur servit d'excellents desserts et elle reprit :

— J'aimerais que vous me parliez d'Antonio. Racontez-moi comment il était, jeune. N'ayez pas peur de me choquer en me parlant de ses conquêtes féminines : il s'en ouvrait volontiers.

— Il vous en parlait à *vous* ?

— Nous étions très, *très* proches.

À cet instant, une goutte d'eau tomba sur la nappe, puis une autre et une autre encore.

— Il commence à pleuvoir, dit Salvatore, rentrons achever notre repas dans la salle.

On leur trouva une jolie table où ils purent terminer tranquillement leur vin, puis Salvatore sortit son téléphone portable et composa un numéro.

— Le bateau sera ici dans deux minutes, déclara-t-il après avoir raccroché.

— J'espère que l'on peut s'y mettre à l'abri, plaisanta Helena car il pleuvait à verse, maintenant.

— Hélas, non, c'est une gondole.

— Par ce temps ? Vous êtes fou !

— Attendez, vous verrez.

Elle comprit en voyant arriver le bateau : la gondole était pourvue d'une sorte de cabine avec un toit en dur posé sur quatre madriers fixés au pont. Entre eux, et sur les quatre côtés, des rideaux fermaient le petit habitacle.

— Que je suis sotte de ne pas y avoir pensé ! s'exclama Helena. C'est un *felze*. Antonio m'avait expliqué qu'autrefois, toutes les gondoles en étaient pourvues pour que les gens se déplacent sans qu'on les voie. Mais de nos jours, ils sont devenus rares.

— Parce que les passagers des gondoles sont presque tous des touristes qui veulent profiter du spectacle qui s'offre à leur vue : un *felze* les gênerait.

Le gondolier écarta un rideau et l'aida à embarquer, tandis que Salvatore la saisissait par le bras pour la stabiliser, avant qu'elle ne se laisse tomber au milieu d'une profusion de coussins. L'instant d'après, il était à côté d'elle et fermait le rideau.

— Ça va ? interrogea-t-il.

— Oui… enfin… je crois…

L'embarcation tanguait beaucoup, soudain, comme son gondolier pagayait de son mieux pour avancer malgré le violent courant. Instinctivement, elle chercha l'appui de son compagnon.

— Le vent est fort, fit valoir celui-ci, et l'eau est très agitée. Tenez-vous à moi.

Elle se cala contre lui et le sentit passer un bras derrière sa nuque pour l'attirer plus étroitement puis, dans l'obscurité, sa bouche effleura ses lèvres. Helena frémit et les entrouvrit en une invite fiévreuse.

Aussitôt, il glissa une main très douce sous son corsage et, découvrant qu'elle ne portait pas de soutien-gorge, caressa ses seins, lentement d'abord, puis avec fièvre. Helena se laissait faire, submergée par un émoi brûlant. Il savait si bien la caresser, elle sentait ses seins durcir jusqu'à en devenir délicieusement douloureux. Comment résister à un trouble pareil ?

Il prit l'une de ses aréoles entre ses lèvres et suça, aspira, tout en caressant l'autre. Le cœur d'Helena battait si fort, si vite, que sans doute il l'entendait…

À son tour, elle glissa la main dans son cou pour caresser sa nuque, juste à la naissance des cheveux. C'était excitant, il avait des cheveux si drus… et une peau si douce… L'avoir nu contre elle… en elle… sentir son odeur de mâle, éprouver la puissance de son sexe…

— Helena, l'entendit-elle articuler d'une voix rauque, presque haletante, qu'elle ne lui avait jamais entendue.

— Oui ? répondit-elle dans un souffle.

Soudain il y eut un choc sourd, la gondole accostait à l'appontement de l'hôtel.

— Nous voilà déjà arrivés, murmura Salvatore. (Il sembla à Helena que sa voix lui parvenait de très, très loin.) Il faut bien nous tenir, maintenant, ajouta-t-il.

Elle se nicha étroitement contre lui.

— Je ne sais pas si j'en suis capable.

— Moi non plus, mais nous ferons semblant.

Il avait retiré sa main de sous sa blouse et Helena s'aperçut qu'elle tremblait. Après s'être dressé, il l'aida à sortir de la gondole.

Ils réussirent à traverser le hall de l'hôtel comme des gens normaux. Dans l'ascenseur, ils se tinrent immobiles l'un à côté de l'autre, n'osant s'effleurer de peur de ne plus pouvoir se contrôler. Ce ne fut qu'une fois dans leur chambre qu'ils s'abandonnèrent à leur passion. Ils ne sauraient jamais qui des deux se jeta le premier dans les bras de l'autre et restèrent longtemps, farouchement enlacés, à s'embrasser follement. La chambre était plongée dans l'obscurité, éclairée seulement par intermittence quand un bateau, toutes lumières allumées, remontait le Grand Canal. Dans ce clair-obscur envoûtant, elle renaissait sous les baisers de son compagnon.

Bientôt, il entreprit de la déshabiller, jetant fébrilement ses vêtements sur le sol. Il déboutonna sa chemise et son torse puissant apparut, couvert d'un duvet dru très sombre, infiniment excitant. Il embrassait ses seins nus à présent, et elle cambra le dos, dans une posture d'offrande ultime, ses longs cheveux lui effleurant les reins. La chaleur intense qui couvait au creux de son ventre envahissait tout son corps, la brûlant jusqu'à l'extrémité de ses membres, annihilant sa volonté, ne lui laissant qu'un désir : que ces instants durent éternellement…

C'était exactement l'effet qu'il recherchait !

Cette pensée retentit soudain dans la tête d'Helena comme un cri. Cette sauvage attirance sexuelle qu'il savait si bien éveiller en elle n'était qu'une arme, et plus le désir était violent, plus l'arme était redoutable.

Elle redevint de marbre en un instant. Elle avait été si heureuse en sentant son désir renaître, mais, comme approchait le moment de sa réalisation ultime, la peur la reprenait, alimentée par le doute. Elle se sentit devenir frigide, glacée.

Son compagnon la sentit se raidir.

— Quelque chose ne va pas ?

— Non… donne-moi quelques secondes. Non, oh non ! s'écria-t-elle, sentant de nouveau sa bouche sur sa peau. Lâche-moi !

Il le fit si brusquement qu'elle faillit tomber et dut se raccrocher à lui. Ses jambes ne la soutenaient plus.

— Tu te comportes toujours ainsi ? demanda durement Salvatore ?

— Ce n'est pas ma faute, murmura-t-elle. Pardonne-moi, mais je ne peux pas aller plus loin. Je… je ne peux pas.

— Regarde-moi, ordonna son compagnon sur un ton qui n'admettait pas la réplique. Sais-tu ce que sont les filles comme toi ? Des allumeuses ! Que veux-tu, maintenant : que je m'éclipse sans rien dire comme un pauvre chiot dont on se débarrasse parce qu'il a cessé de plaire ? Madame a décidé que non, finalement, elle n'avait plus envie de coucher avec moi, reprit-il, feignant un ton théâtral qu'il abandonna aussitôt pour poursuivre, furieux : Ne t'inquiète pas, je te revaudrai ça !

— Ce n'est pas ce que tu crois, tenta de protester Helena.

Il lui serrait le bras avec force à présent et déclara durement :

— Ne joue pas l'innocente, veux-tu. Tu savais ce qui ne manquerait pas d'arriver, quand nous avons franchi la porte de la chambre. Tu devais même le savoir dans la gondole, mieux, au restaurant, ou alors je suis un crétin.

— Lâche-moi, supplia Helena avec une sorte de désespoir, je t'en supplie, Salvatore, lâche-moi.

7.

Dieu merci, il le fit et Helena recula précipitamment jusqu'à la haute fenêtre, mais il la rejoignit, l'accusant âprement :

— Tu ne m'as pas fait monter dans ta chambre pour te tenir la main, n'est-ce pas ?

Puis, plissant les yeux, il prit une inspiration sifflante :

— *Dio mio !* C'est encore un de tes stratagèmes pervers ! Tu avais tout prévu, tout manigancé, c'est cela ?

Elle allait protester, lui expliquer, mais, à la faveur d'un bateau qui passait, la chambre fut illuminée quelques secondes avant que l'obscurité n'en reprenne possession. Helena avait eu le temps de voir l'homme qui lui faisait face : il était nu, splendide, somptueux dans sa nudité !

Cruelle ironie ! Il arrivait enfin, ce moment qui l'avait hantée dans ses pensées autant que dans son corps enfiévré, et elle ne s'était pas trompée : Salvatore était tout ce qu'une femme pouvait attendre d'un amant : longues jambes puissantes, ventre plat, fesses rondes et fermes… Et cette toison sombre sur son torse, qui allait s'amincissant et descendait comme un cordon serré pour s'épanouir en un triangle touffu au centre duquel se dressait un sexe farouche, menaçant, plein de promesses.

C'était exactement ce dont elle avait rêvé, osant à peine se l'avouer… et son désir renaissait, brutal, impérieux. Elle n'entendit pas son bon sens qui lui disait de mettre fin à cette situation au plus vite : Salvatore la foudroyait du regard, il ne ferait pas de quartier. Mais qu'importait soudain ? Loin d'avoir peur, Helena s'excitait davantage à chaque instant qui passait.

— C'est ainsi que tu trouves ton plaisir sadique, reprochait durement son compagnon à présent. Tu entraînes les hommes jusqu'au point de non-retour, puis tu te dérobes sans rien donner. Combien en as-tu ridiculisé ainsi ?

Le désir rendait Helena frondeuse, provocatrice, et elle riposta, au risque de déchaîner davantage Salvatore :

— Sache que je ne donne jamais rien ! À toi pas plus qu'à d'autres.

— Détrompe-toi, tu me donneras tout ! Tu t'offriras, et tu me supplieras de te rendre heureuse encore et encore.

— Tu veux essayer ? demanda-t-elle, consciente de jouer avec le feu.

— C'est un défi ? Je le relève.

D'un mouvement rapide, Salvatore glissa son bras autour de sa taille et la tint serrée contre lui. Elle sentait son érection contre elle et sut que cette fois elle irait jusqu'au bout. Un court moment, le doute avait anéanti sa libido, mais à présent, curieusement, la fureur de Salvatore l'excitait et le désir l'embrasait, affolant.

Elle se rendit à peine compte qu'il la soulevait pour la transporter sur le lit, où il se laissa tomber afin de la garder sur lui, allongée de tout son long, chaque parcelle de son corps en contact avec le sien. Helena, qui ne s'y attendait pas, éprouva dans cette position une impression de liberté, de légèreté, enivrante : elle était à lui, pour lui et en même temps pouvait se dérober si elle le voulait… Cette liberté lui permettait de mieux s'imprégner de son compagnon, mieux le sentir, mieux le reconnaître avec sa peau, sa chair, ses sens étonnamment aiguisés.

Prenant son visage entre ses mains, elle l'obligea à incliner la tête pour prendre avidement sa bouche. À présent, elle ne pensait plus, mais suivait son instinct. Salvatore était l'homme que tout son être réclamait, elle ne lutterait pas, il la rendrait heureuse, et plus tard… plus tard, on verrait… quelle importance ?…

Elle glissa la main le long de sa cuisse jusqu'à son sexe dressé : il était dur entre ses doigts et la peau en était douce comme de la soie. C'était lui qu'elle voulait, sa hâte à le sentir en elle devenait intolérable.

Lentement, très doucement, elle sentit qu'il la faisait glisser pour l'étendre sur le lit, elle distingua un instant son visage, dans la clarté soudaine et déjà disparue de la chambre au passage d'un bateau, et s'étonna de l'expression qu'elle y avait lue : une sorte de joie mêlée de perplexité, loin de celle, triomphale, qu'elle imaginait. L'instant d'après, elle avait tout oublié. S'allongeant doucement sur elle, il écartait ses cuisses d'un lent mouvement du genou afin de la pénétrer. Helena gémit : il y avait si longtemps… Elle était étroite encore, mais, l'instant d'après, alors qu'il glissait en elle avec une aisance doublée d'une force exaltante, une seule certitude l'habitait : ce qui lui arrivait était prévu depuis l'aube des temps… c'était son destin.

Salvatore remua en elle, cherchant le point où elle aurait du plaisir, s'enfonçant dans son fourreau de chair toujours plus loin, toujours plus dur, jusqu'à ce qu'elle sente qu'il avait pris complètement possession d'elle, qu'elle lui appartenait. Elle s'embrasa, explosa dans un feu d'artifice de plaisir si intense qu'il en était presque douloureux.

Elle retomba sur terre après ce qui lui parut une éternité de bonheur : son cœur battait follement et le monde, elle le savait, ne serait plus jamais comme avant. Allongée sur le dos, un bras en travers de son visage, elle gardait les yeux clos, mais sentait Salvatore tout contre elle. Cependant, elle avait besoin de solitude intérieure, et son compagnon était trop perspicace. Ce qui s'était produit était aussi alarmant que fabuleux, il ne fallait surtout pas qu'il se doute qu'elle était bouleversée.

Elle prit quelques inspirations très lentes pour retrouver son contrôle et se glisser dans le personnage qu'elle voulait paraître, avant d'ouvrir enfin les yeux. Salvatore s'était redressé sur un coude et l'observait.

— Alors, interrogea-t-il, narquois, qui avait raison ?

— Ni l'un ni l'autre, eut-elle l'audace de répliquer en le découvrant si maître de lui. Ce qui vient de se passer était purement mécanique.

Il posa une main sous son sein gauche où son cœur battait follement, et elle soutint avec un air de défi :

— Bien sûr, c'est une machine, rien de plus, une machine qui s'emballe quand on lui demande un effort.

— Tu sais très bien que tu mens.

— Pas du tout ! Je te dis que mon corps n'est qu'une machine. Une machine qui fonctionne bien, certes, tu verras d'ailleurs comme c'est pratique : pas de complications sentimentales, pas de scènes, pas de cris ni de larmes quand il faudra rompre. Je suis une femme qui prend ce qu'on lui donne quand cela lui plaît, et ne demande rien de plus. Comme la majorité des hommes, somme toute.

— Tu penses déjà à la rupture ?

Elle haussa les épaules.

— Elle viendra. Mais pas trop vite, j'espère.

— Tu es trop aimable.

Elle s'étira lascivement, comme une femme assouvie après le sexe, puis déclara :

— Il ne tient qu'à nous de nous faire plaisir encore et encore.

— Dois-je en déduire que tu as été satisfaite de mes services ?

— Tout à fait. Si d'aventure je ne l'étais plus, je saurais te le faire savoir.

Salvatore ne put retenir un éclat de rire.

— Voilà qui me rassure. Maintenant, si tu le permets, je vais me retirer. Je ne voudrais pas être vu et nuire à ta réputation.

Il attendit quelques instants qu'elle le retienne, mais Helena affichait un regard distant, et il se rendit compte avec effroi qu'elle n'attendait qu'une chose : qu'il parte. Il se leva pour se rhabiller vivement, et gagna la porte. Juste avant de sortir, une sorte d'instinct le fit se retourner vers le lit pour demander avec une sorte d'inquiétude :

— Tu te sens bien ?

Son regard reprit vie.

— Merveilleusement, assura-t-elle, mais il faut que je dorme. Referme la porte sans bruit.

Une fois seule, Helena demeura longtemps les yeux fixés au plafond, s'efforçant d'accepter ce qui lui était arrivé. Tout son corps vibrait encore du plaisir que Salvatore lui avait donné, et une part d'elle-même était malheureuse qu'il soit parti : elle aurait pu refaire l'amour jusqu'au matin…

Mais l'autre Helena n'avait qu'une envie : fuir Venise et Salvatore, fuir ces perspectives de plaisir qui venaient de s'ouvrir. Car tout avait un prix et, dans ce cas précis, elle n'était pas certaine de vouloir le payer. Certes, depuis la mort d'Antonio, elle était solitaire, mais la solitude avait comme contrepartie positive la liberté. Si elle prenait le risque de s'attacher à Salvatore, pire, de tomber amoureuse de lui, ce serait la fin de son indépendance et les conséquences pouvaient être graves.

Où était Salvatore, en cet instant précis ? se demanda-t-elle soudain. À quoi pensait-il ? Elle l'imaginait regagnant le palais par les *calles* obscures, ravi de sa victoire facile, se disant qu'elle était comme les autres… Et pourtant… pourquoi cette sollicitude, cette tendresse même, quand il s'était retourné sur le pas de la porte pour lui demander si elle allait bien ?

Helena éteignit sa lampe de chevet avant d'enfouir la tête dans ses oreillers.

Dehors, Salvatore resta un long moment à surveiller les fenêtres d'Helena, désemparé.

Helena avait réagi comme une femme qui éprouve du plaisir pour la première fois. Il s'attendait à trouver une partenaire experte, sinon délurée, au lieu de quoi il avait découvert chez elle une sorte d'innocence complètement inattendue. Elle n'avait retrouvé son cynisme qu'ensuite, quand elle avait voulu être blessante.

Qui était la vraie Helena ? Celle dont les caresses fébriles et maladroites l'avaient ému à son corps défendant ou celle qui avait prétendu que son corps n'était qu'une machine ?

— Quel mystère dissimules-tu, Helena ? murmura-t-il. À qui mens-tu ? À moi, ou à *toi-même* ?

Ses fenêtres s'éteignirent. Salvatore resta encore un court moment à écouter les vaguelettes s'échouer contre le quai avec un bruit doux de succion puis s'éloigna pensivement.

Dès le lendemain matin, ses affaires l'appelèrent à Milan puis à Rome et il resta absent de Venise une semaine. À son retour, un paquet l'attendait.

— C'est un porteur spécial qui l'a apporté, lui dit sa grand-mère, qui avait ses appartements au *palazzo*.

C'était une femme plutôt sèche, au visage anguleux, toujours habillée de façon coûteuse. Fille d'un noble désargenté, elle s'était mariée par intérêt, avait eu une fille, Lisetta, la mère de Salvatore. Sa haine en partie justifiée pour Giorgio, son gendre, avait été sans bornes. À présent qu'il était mort aussi, elle était seule à vivre au *palazzo* avec son petit-fils, à qui elle rappelait constamment qu'il devait « tenir son rang » et ne fréquenter que des gens de la haute société.

Il défit le paquet devant elle, et le regretta aussitôt : c'était la figurine qui le représentait en diable, qu'avait fait créer Helena. Un mot l'accompagnait :

« Chose promise, chose due. Merci pour celle que tu m'as donnée, c'est la beauté même. Helena. »

Il glissa prestement la missive dans sa poche, mais sa grand-mère avait vu la statuette et s'exclama sévèrement :

— Ainsi, c'était vrai ! Le bruit court que cette femme t'a ridiculisé. Je ne voulais pas y croire.

— Elle ne m'a pas ridiculisé, objecta Salvatore en regardant avec attention la figurine, c'est une très belle pièce, et sauf erreur de ma part, elle a été dessinée par Leo Balzini, un jeune styliste plein de talent que j'aimerais bien avoir dans mon équipe.

Il eut un rire amusé avant d'ajouter :

— Il a même réussi à ce que ce diable me ressemble.

— Et tu ne te trouves pas ridiculisé ! protesta la vieille dame véhémente. Mon cher enfant, je me demande où tu as la tête ! Ne me dis pas qu'une femme pareille…

— Ne parle pas d'elle ainsi, la coupa aussitôt Salvatore. Helena appartient à notre famille : elle porte le nom de Veretti.

Il avait parlé sur un ton dur, mais sa grand-mère riposta :

— En tout cas, moi, je ne suis pas prête à l'accepter. Je ne veux jamais, m'entends-tu, jamais la rencontrer !

— Eh bien, je suis navré de te contredire, mais je ne suis pas de cet avis. Au contraire, je crois qu'il est grand temps qu'Helena connaisse la famille de son mari.

— Que veux-tu dire ?

La vieille dame avait presque rugi et poursuivit sur le même ton :

— Tu ne vas tout de même pas l'inviter ici. En tout cas, moi, je me cloîtrerai dans mes appartements.

— Je suis ici chez moi, rétorqua Salvatore sans élever le ton, mais sans hésiter non plus. J'invite qui bon me semble, quand bon me semble.

Sa grand-mère le fusilla du regard, avant de marmonner, outrée :

— Tu as perdu l'esprit !

Salvatore attendit qu'elle ait quitté la pièce en claquant la porte pour chuchoter, se parlant à lui-même :

— Je commence à le croire aussi.

Après leur nuit ensemble, Helena savait comment reprendre contact avec Salvatore : elle lui avait promis la statuette, il suffisait de la lui envoyer. Ce qu'elle fit, accompagnant l'objet d'un mot amical, sans être pour autant expansif. Et elle attendit.

Un jour… deux… trois… Salvatore ne s'était toujours pas manifesté. Il fallait se rendre à l'évidence : ayant eu ce qu'il voulait, il se moquait d'elle à présent.

Heureusement, la verrerie l'occupait beaucoup pendant ses journées, au moins, et elle y restait le soir aussi tard que possible. La nuit, comment éviter de penser à celui qui lui avait donné tant de bonheur ? Le souvenir de leurs corps enlacés, l'explosion de tous ses sens quand elle l'avait senti en elle, tout cela la tourmentait sans relâche. Le silence de Salvatore lui rappelait qu'il était pareil à tous les hommes : seulement intéressé par le sexe.

Enfin, un jour, alors qu'elle déjeunait sur le pouce à la verrerie en compagnie d'Emilio, ce dernier lui apprit que Salvatore avait quitté Venise depuis quelques jours déjà.

— Sait-on quand il doit revenir ? demanda-t-elle avec une feinte indifférence.

— Apparemment non, mais, si vous voulez mon avis, confia Emilio, plus il est loin, mieux on se porte.

— En effet, mentit Helena.

Pourtant, le soir venu, elle éprouva les mêmes difficultés à s'endormir, le souvenir des moments passés dans ses bras la tourmentait…

L'invitation arriva à la verrerie : un bristol superbe avec un texte gravé en doré : le *signor* Salvatore Veretti invitait la *signora* Helena Veretti à bord de son bateau pour la *Festa della Sensa* qui aurait lieu dans deux semaines.

— C'est un grand honneur qu'il vous fait, déclara Emilio. Antonio ne vous a jamais parlé de cette fête ?

— Un peu, si, admit Helena. Je crois que cela remonte à plusieurs siècles, quand le doge traversait la lagune sur un navire d'apparat pour jeter en haute mer un anneau d'or, symbole des noces de Venise avec la mer.

— Exactement. De nos jours, on répète une fois par an cette cérémonie : une flottille de bateaux sort sur la lagune et un comédien joue le rôle du doge. Tous les notables de la ville sont là, même le patriarche. Vous verrez, vous serez en digne compagnie.

— À supposer que j'accepte l'invitation.

— Beaucoup de gens se damneraient pour être invités, fit valoir Emilio, en outre, c'est une bonne occasion de vous faire des relations qui pourraient nous servir.

— C'est vrai. Il faudra que je réfléchisse.

Comment s'y prendrait-elle ? Répondrait-elle par écrit à Salvatore ou l'appellerait-elle ? Elle n'en avait pas encore décidé quand il lui téléphona.

— Tu as reçu mon invitation ?

Au seul son de sa voix, elle oublia tout, y compris sa rancœur parce qu'il ne l'avait pas contactée depuis tant de jours.

— Je songeais à t'appeler à ce sujet, justement.

— Eh bien, déjeunons ensemble, veux-tu, tu me donneras ta réponse et moi je t'expliquerai en quoi consiste cette fête.

Il précisa l'heure, nomma un petit café à deux rues de là et, sans lui laisser le temps de répondre, raccrocha.

L'établissement en question ne payait pas de mine mais semblait sympathique. Quand Helena arriva, Salvatore l'attendait à une table sur le quai au bord d'un joli canal sillonné par une foule de petits bateaux livrant et embarquant toutes sortes de marchandises.

Au premier regard, elle éprouva une sorte de vertige, tant l'émotion la nouait. Elle s'efforça de n'en rien laisser voir et afficha un sourire dégagé lorsque son compagnon se leva pour l'accueillir.

— Je t'aurais téléphoné plus tôt, déclara-t-il d'emblée, mais j'ai dû m'absenter de Venise. Merci pour le diable qui me ressemble, ajouta-t-il en riant, j'ai dû le mettre sous clé car ma grand-mère voulait le jeter. Elle est outrée qu'on puisse m'imaginer en diable. Je lui ai promis que tu lui expliquerais pourquoi tu as fait cela, quand vous vous rencontrerez.

— Tu es fou ?

Elle ne savait pas si c'était une plaisanterie.

— Que lui dirai-je, à ton avis ? poursuivit-elle.

— Tu verras bien.

Il eut un sourire malicieux et, pour Helena, le monde fut soudain illuminé. Une semaine durant, cet homme ne lui avait inspiré qu'amertume et rancœur parce qu'il ne lui donnait pas signe de vie, maintenant, le seul fait d'être à ses côtés l'emplissait d'allégresse !

— Alors, reprit-il, tu acceptes mon invitation, j'espère ?

— Je n'ai encore rien décidé.

— Pourquoi refuserais-tu ? Parce que c'est moi ?

— Disons que je me demande pourquoi tu m'invites.

— Parce que tu es la nouvelle coqueluche de Venise, bien sûr ! Je veux que l'on nous voie ensemble : c'est bon pour ma réputation !

Le serveur se présenta à cet instant avec une bouteille de vin blanc et deux verres qu'il posa sur la table. Salvatore remplit les verres et en offrit un à Helena. Elle goûta le vin délicieux avant de regarder son compagnon.

— Revenons à cette invitation, dit-elle, et soyons sérieux. Je ne pense pas que…

Il ne la laissa pas achever :

— Si tu as d'autres engagements, je t'en prie, libère-toi. J'aimerais tellement te recevoir sur mon bateau, et toute ma famille serait si heureuse de connaître enfin la veuve d'Antonio.

Helena porta sur lui un regard sceptique et il insista :

— Si, si, tu peux me croire, Venise compte beaucoup de nos cousins et parents et tous ne sont pas aussi contrariants que moi, ajouta-t-il avec un clin d'œil. Tu ne peux pas refuser de les rencontrer, ils penseraient que tu les méprises.

— Au contraire, protesta Helena avec force, je serais ravie de connaître la famille de mon mari.

Elle inclina la tête en arrière et, fermant les yeux, offrit son visage à la chaleur du soleil.

— Tu veux que je te parle de cette fête traditionnelle vénitienne ? s'enquit son compagnon après un moment de silence.

Helena ouvrit vivement les yeux.

— Un autre jour peut-être. Je te ferai signe quand j'aurai un moment. Il faut que je retourne à la verrerie, à présent : nous attendons de gros clients. Mais c'est promis, je viendrai sur ton bateau.

Se levant, elle adressa à son compagnon un sourire étincelant avant de s'éloigner.

Elle venait de l'informer que la prochaine initiative viendrait d'elle, et elle avait l'intention de le faire attendre comme il l'avait fait attendre à cause de son absence de Venise. Salvatore avait compris le message.

8.

Peu après, un matin, Helena traversait le hall de l'hôtel lorsque le réceptionniste l'aborda :

— *Signora*, nous organisons aujourd'hui une visite de la verrerie Perroni, à Murano. Voulez-vous vous joindre au groupe comme la dernière fois pour la verrerie Larezzo ? Le bateau part dans un quart d'heure.

On était un mercredi et Helena savait que Salvatore était à Murano ce jour-là. Pourquoi ne pas lui jouer un bon tour ?

— Volontiers, déclara-t-elle, avant de regagner sa chambre pour informer Emilio par téléphone qu'elle ne viendrait que plus tard à la verrerie.

Peu après, elle souriait, enchantée, à bord de la vedette qui traversait la lagune.

La fabrique de Salvatore lui fit tout de suite une très grosse impression. Plus importante que la sienne, elle était surtout très moderne et possédait des machines beaucoup plus performantes.

Helena écoutait distraitement le guide quand elle surprit les regards entendus de deux souffleurs de verre qui l'avaient reconnue : dans ce cas, Salvatore saurait vite qu'elle était ici. Parfait.

Le guide poursuivait sa visite, et annonçait maintenant :

— Voici notre tout nouveau four : c'est l'un des plus performants et nous sommes les seuls à l'avoir.

À cet instant, une voix masculine derrière Helena lança :

— Je crois pouvoir assurer que la verrerie Larezzo en aura un dès demain matin !

Elle se tourna vivement : Salvatore était là, visiblement ravi de la voir.

— Alors, on vient faire de l'espionnage industriel ? demanda-t-il à mi-voix. Suis-moi donc : je vais te montrer tout ce que tu veux voir.

Il l'entraîna et leur visite dura deux bonnes heures durant lesquelles il ne lui cacha rien, prenant au contraire son temps pour lui expliquer dans le détail tout ce qu'elle ne savait pas encore. Apparemment, il se moquait bien qu'elle s'approprie certains secrets de fabrication. Quand elle comprit à quel point ses machines étaient performantes, elle sut pourquoi.

À Larezzo, Emilio lui avait laissé entendre qu'Antonio n'avait pas suffisamment investi ces dernières années et que la fabrique avait pris un important retard technologique. Elle n'avait survécu que grâce au savoir-faire de ses employés qui demeuraient les meilleurs, mais ce ne serait pas éternel : il fallait moderniser, à présent.

Helena le ferait, elle se le jurait bien.

— Merci, dit-elle à son compagnon, une fois la visite terminée. Tu m'as donné de multiples sujets de réflexion.

— Tu as trouvé des idées à voler ? s'enquit-il, malicieux.

Elle éclata de rire.

— Une ou deux, peut-être.

— Pas plus ? feignit de s'étonner Salvatore. Si tu acceptes de dîner demain soir avec moi, je t'en suggérerai quelques autres. Cela t'ennuie de me donner ton numéro de portable ? Ce sera plus facile pour te joindre.

Helena le lui donna, prit le sien et ils convinrent de se retrouver le lendemain au même restaurant que la dernière fois. Arrivée à sa verrerie, elle demanda à Emilio de la rejoindre dans son bureau.

— Je viens de prendre une décision, annonça-t-elle, mais, avant de vous en parler, il faut que je passe un coup de fil.

*
* *

Salvatore se rendit au restaurant convenu en sifflotant. Il était enchanté de dîner avec Helena : la vie en sa compagnie était pleine d'imprévus… À vrai dire, sans elle, il s'ennuyait un peu…

Quand elle eut près d'une demi-heure de retard, il commença à s'inquiéter, mais, une fois encore, elle réussit à le surprendre.

Plutôt que de l'appeler, elle lui envoya un texto disant :

Désolée, impossible de dîner ce soir. Trop de travail, mais je serai à la fabrique toute la soirée. La belle Hélène.

Un sourire se dessina sur le visage de Salvatore : le message l'amusait et l'intriguait à la fois. Helena n'avait pas choisi par hasard de signer la belle Hélène, cela signifiait quelque chose, mais quoi ? De même, pourquoi préciser qu'elle resterait à la verrerie ? Elle aurait tout aussi bien pu ne rien dire… sauf si…

Salvatore appela rapidement le *palazzo* pour que l'on prépare sa vedette à moteur puis rentra chez lui au pas de course. Dix minutes plus tard, il traversait la lagune à grande vitesse en direction de Murano.

Une fenêtre au dernier étage de la verrerie Larezzo était éclairée. Salvatore réussit à entrer dans le bâtiment par une porte de service restée ouverte et grimpa l'escalier quatre à quatre. Soudain lui parvint une voix masculine. Il s'arrêta, prêta l'oreille, et reprit sans bruit sa montée jusqu'au dernier étage. La voix était proche maintenant et une porte sur le palier du dernier étage était ouverte. Salvatore se tapit dans l'ombre à un endroit d'où il pouvait voir en partie la pièce éclairée.

L'homme qui parlait était remarquablement beau : une trentaine d'années, des cheveux blonds bouclés comme un ange, et un visage de pâtre grec. De là où il était, Salvatore le voyait sourire avec malice.

— Allons, mon chou, disait-il à présent, sois gentille, tu sais bien ce qui me plaît.

La voix d'Helena, rieuse, lui répondit :

— Je suis prête à te faire plaisir, Jack, mais franchement, tu m'en demandes trop.

— Mais non, laisse-moi te montrer.

Le prénommé Jack disparut du champ de vision de Salvatore, mais sa voix résonna encore quelques instants après :

— On l'a déjà fait, tu le sais bien. Place tes bras au-dessus de ta tête, et étends-toi. Voilà… c'est mieux… plus cambrée, plus abandonnée… et tu es encore trop habillée… Tu peux laisser un peu glisser ta jupe ?

— Non, ça suffit ! Je n'irai pas plus loin. Dépêche-toi, maintenant. Prends-moi comme ça.

— Mais si…

— Prends-moi comme ça, te dis-je, insista Helena, voilà, et encore… et encore une fois…

Salvatore serrait les poings, ne se maîtrisant plus. Il était prêt à bondir quand un bruit insolite le surprit. Il écarquilla les yeux.

C'était un « clic », suivi du léger bourdonnement mécanique d'un appareil photo. Le bruit se répéta plusieurs fois jusqu'à ce que la voix de Jack s'exclame :

— O.K., c'est super ! Recommence, là… regarde-moi… oui, magnifique ! Ça devrait aller pour ce soir.

— Tant mieux, répliqua Helena avant d'articuler, stupéfaite : *Salvatore !*

Ce dernier venait d'apparaître dans l'encadrement de la porte et elle vint vers lui en souriant. Il lui sourit aussi avant de prendre sa main pour la baiser.

— Je savais que tu travaillais, mais je ne me doutais pas de ce que tu faisais.

Avant de lui répondre, Helena lança à la cantonade :

— C'est bon, tout le monde, Jack est satisfait, moi aussi, vous pouvez partir.

Suivit un éclat de rire général et Salvatore s'aperçut alors qu'il y avait plusieurs personnes dans la pièce : deux femmes, plus deux hommes qui tenaient des projecteurs pour éclairer Helena, et un troisième : l'assistant du photographe.

Helena elle-même était habillée pour une séance de pose : long fourreau de soie blanche fine et fluide, fendu très haut sur les cuisses, et décolleté jusqu'à la taille dans le dos. Salvatore avait l'impression qu'elle ne portait strictement rien dessous, mais comment savoir ? Il chassa vivement cette pensée affolante.

L'équipe ne mit pas longtemps à rassembler son matériel et tout le monde s'éclipsa.

— Peux-tu m'expliquer ce que vous faisiez ? demanda alors Salvatore, contenant mal son irritation, maintenant qu'ils étaient seuls.

— Des photos, bien sûr, répliqua-t-elle, espiègle.

Son compagnon promena son regard autour de lui : le local qui se trouvait directement sous les toits était complètement nu, à l'exception d'une grosse poutre partant du plafond pour descendre en oblique jusqu'au sol.

— Dans un décor pareil ?

Helena se mit à rire :

— C'est moi que les gens regarderont sur la photo, pas le décor.

Sur quoi, elle s'allongea en un mouvement lascif le long de la poutre, leva lentement les bras au-dessus de la tête, puis souleva un genou de sorte que la soie de sa robe glisse, dévoilant une jambe absolument parfaite.

— Voilà comment ils me verront, roucoula-t-elle, prenant une voix de gorge irrésistible.

Salvatore s'approcha lentement.

— Tu fais ces photos pourquoi, exactement ?

— Pour gagner de l'argent, évidemment.

— Cela ne te dérange pas de vendre ton corps pour de l'argent ?

— Ce n'est pas mon corps que je vends, mais son image.

— Mais des hommes vont payer pour te regarder ?

— Ils paieront pour des photos, et alors ? Qu'ils me regardent tant qu'ils veulent, je ne suis pas avec eux.

— Mais moi, je n'aime pas que d'autres te regardent, bougonna Salvatore en se penchant pour effleurer ses lèvres. Tu t'en moques ?

— Cela dépend des moments, susurra Helena. En ce moment, non, je ne m'en moque pas, au contraire, cela me plaît.

Salvatore respirait vite et se contenait avec peine. Il ajouta, la voix rauque et précipitée :

— Je veux te faire l'amour ici, tout de suite, encore et encore, jusqu'à en devenir fou. Je veux que toi, tu me fasses l'amour, et que tu me prouves que je suis l'homme que tu veux, et que tu n'en veux pas d'autre. Cela te plaît, ça aussi ?

— Oh oui…

— *Strega*, murmura-t-il, comme égaré, tu es une vraie ensorceleuse !

— Bien sûr, souffla-t-elle, toutes les nuits, je concocte mes élixirs et mes philtres, pour mieux t'envoûter.

Salvatore glissa une main le long de sa cuisse, cherchant le triangle bouclé : elle ne portait qu'un string minuscule qu'il eut tôt fait d'arracher. À présent, il pouvait l'explorer, la caresser là où elle était chaude et femme. Elle était mouillée et il sut qu'elle était aussi excitée que lui, prête à le recevoir. Elle commençait même à gémir, extasiée sous les caresses de ses doigts.

— Viens, prends-moi, haleta-t-elle, je ne peux plus attendre…

Elle sentit qu'il se débarrassait hâtivement de son pantalon, puis de son boxer-short, et, l'instant d'après, il la pénétrait avec une brutalité presque primitive. Le plaisir fusa en elle et elle cria, s'accrochant à ses hanches pour nouer ses jambes autour de ses reins et le garder en elle.

Oui, le garder… toujours… à jamais ! Pareil bonheur

éclipsait tous les autres, et Helena voulait s'y abandonner corps et âme sans le moindre souci du lendemain.

Ils jouirent ensemble avec une violence qui les laissa tous les deux pantelants, puis Salvatore, reprenant le premier ses esprits, voulut la soulever pour l'allonger par terre, mais, le regardant droit dans les yeux, elle lui prit la main pour l'entraîner dans la pièce voisine, une sorte de bureau désaffecté où se trouvait un canapé.

Là, après s'être complètement déshabillés, ils s'aimèrent encore, mais cette fois prirent tout leur temps, s'efforçant de découvrir chez l'autre ce qui lui donnait le plus de plaisir. Avec une audace qu'elle ne se soupçonnait pas, Helena caressait son compagnon, explorant ce qu'il avait de plus secret, guettant sur son visage la confirmation du plaisir qu'elle cherchait à lui donner. Jamais elle ne s'était comportée ainsi, c'était enivrant : il lui semblait que son corps, parfaitement accordé à celui de son amant, sentait d'instinct comment se mouvoir, comment s'offrir et s'épanouir pour mieux aimer, mieux donner et mieux sentir encore…

Salvatore entra en elle avec une lenteur exquise, demeurant longtemps comme suspendu à l'entrée de son sexe pour se faire désirer. Quand enfin il glissa dans le fourreau humide et divinement chaud, elle ferma les yeux, tout entière concentrée sur l'explosion brûlante qui couvait au creux de son ventre.

— Regarde-moi, chuchota son compagnon, et il la vit ouvrir de grands yeux éperdus, comme étonnés.

— Dis-moi… dis-moi qui tu es, murmura-t-il encore, mais Helena était bien au-delà des mots : elle le regardait, et dans ses yeux il lut une innocence, une fragilité qui lui déchirèrent le cœur.

Puis l'excitation monta en eux, atteint bientôt son paroxysme et il amorça ce va-et-vient qui devait les emporter tous les deux sur les ailes du bonheur.

Au moment de l'orgasme, Helena cria son nom, s'accrocha à lui comme pour le retenir à jamais et, dans un instant de lucidité, Salvatore se prit à souhaiter qu'elle y parvienne…

Quand ils furent retombés, haletants et heureux, il lui caressa lentement le dos, articulant doucement :

— Mon ensorceleuse.

Helena se mit à rire.

— Tu me l'as déjà dit.

— Parce que c'est ainsi que je te vois.

Elle glissa un doigt léger comme une aile de papillon le long de sa joue.

— Je me demande qui de nous deux a gagné, cette fois, plaisanta-t-elle à voix très basse.

C'était elle, bien sûr, Salvatore ne pouvait le nier : elle avait claqué des doigts et il était arrivé en courant à la verrerie comme un pauvre écolier énamouré. Quand il n'était pas avec elle, il errait comme une âme en peine, trouvant ses journées interminables et sa vie sans intérêt... Il n'en dirait rien, évidemment, il avait déjà tant de mal à se l'avouer à lui-même.

— Disons que nous sommes à égalité, répondit-il.

Quelques jours plus tard, Helena, en rentrant à son hôtel, rencontra Clara, la jolie comtesse qui avait organisé la vente aux enchères. Son intuition lui dit qu'elle n'était pas là par hasard : désirait-elle lui apprendre quelque chose ou cherchait-elle à la faire parler ? Amusée, elle accepta de s'asseoir un moment avec elle dans le salon de l'hôtel.

La conversation démarra sur l'œuvre caritative dont s'occupait Clara et Helena déclara sur le ton de la conversation mondaine :

— Je n'en reviens toujours pas de ce qu'a fait Salvatore, à la vente aux enchères. Non seulement il a contraint tous les parieurs à donner bien davantage qu'ils ne l'auraient fait, mais sa générosité personnelle a dû en impressionner plus d'un !

Clara opina, déclarant :

— Il faut rendre justice à Salvatore : il est généreux, du moins avec son argent.

La réserve était claire, et Helena regarda son interlocutrice sans comprendre.

— Que voulez-vous dire ? L'argent, c'est tout de même ce qui compte pour votre hôpital, non ?

— Bien sûr, et nous n'avons pas à nous plaindre, Salvatore est même prodigue, pas seulement avec nous d'ailleurs, avec d'autres fondations aussi. En revanche, jamais vous le ne verrez visiter notre hôpital, même quand nous organisons des journées « portes ouvertes ». Donner son argent est facile, quand on en a beaucoup. On s'acquiert ainsi à bon compte une réputation de générosité, mais donner de son temps, non, ce n'est pas le fort de Salvatore.

Sans comprendre pourquoi, Helena éprouva un accès d'irritation.

— S'il vous donne de quoi acheter un appareil qui permettra de sauver des enfants, vous ne trouvez pas que c'est le plus important ? riposta-t-elle vivement. Demandez à une mère qui a un enfant malade ce qu'elle en pense !

Clara eut un petit rire.

— Eh bien, je vois qu'il ne faut pas attaquer Salvatore devant vous : vous sortez tout de suite les griffes pour voler à son secours.

La comtesse prit un ton un peu supérieur pour ajouter avec un sourire faussement bienveillant :

— Vous savez, vous n'êtes pas la première à éprouver un tendre sentiment pour lui. Nous avons toutes été un peu amoureuses de Salvatore, mais cela passe et on s'en remet.

Helena regarda sa compagne, interloquée.

— Mais je ne suis pas amoureuse de lui ! D'où vous vient cette idée saugrenue ? Franchement, c'est ridicule !

— C'est ce qu'on dit au début, répliqua Clara, conservant son petit air supérieur, mais à la fin, on rit moins.

L'irritation d'Helena monta d'un cran.

— À la fin de quoi ? s'exclama-t-elle. Je ne sais pas ce

dont vous parlez, je crois vraiment que votre imagination vous emporte. Cessons cette conversation, voulez-vous, elle n'a aucun sens.

Cette fois, Clara éclata d'un rire franc.

— Nous sommes à Venise, ici, la ville des commérages, et vous n'empêcherez pas une Vénitienne de prêcher le faux pour savoir le vrai. D'autant que, dans le cas de Salvatore, peu de femmes résistent à son charme, croyez-moi !

Sur ces mots, elle se leva.

— Il faut que je file. J'ai eu beaucoup de plaisir à bavarder avec vous.

De retour dans sa chambre, Helena se regarda dans le miroir, désemparée.

Ce qu'avait suggéré Clara était absurde, bien sûr ! Tomber amoureuse de Salvatore ? C'était impossible, voyons ! Un engouement physique, oui, mais rien de sentimental. Il n'était pas question d'amour. Heureusement !

Alors ?... Pourquoi n'avoir pas supporté de l'entendre critiquer ?

Helena ne se comprenait pas elle-même !

Sitôt hors de l'hôtel, Clara sortit son téléphone portable pour appeler une amie.

— Je viens de la voir, annonça-t-elle, tout excitée, et de toute évidence elle ne sait rien. Pauvre idiote ! Elle se fait des illusions sur lui... Évidemment, je n'ai rien dit, mais quand elle découvrira le pot aux roses, cela fera du joli ! Et nous serons aux premières loges.

Elle raccrocha rapidement.

L'amie en appellerait une autre, qui en appellerait une autre, et une autre, et une autre... Bientôt, tout Venise serait au courant.

9.

Les photos d'Helena connurent un grand succès en Angleterre et relancèrent sa carrière après sa longue absence. Du coup, elle reçut diverses propositions, dont l'une si bien rémunérée qu'elle l'accepta et fit un saut à Londres. À son retour, elle donna un généreux bonus à tous les employés de la verrerie et, sur les conseils d'Emilio, commença à en renouveler le matériel.

Seule ombre au tableau, Salvatore s'était absenté de Venise et la contrariété affectait l'humeur d'Helena. Elle espérait seulement que son compagnon souffrait autant qu'elle de leur séparation.

Il ne rentra que la veille de la Festa della Sensa, et appela Helena pour la prévenir qu'il enverrait quelqu'un la chercher pour la conduire à son bateau.

Le lendemain, Alicia, sa secrétaire, se présenta à l'hôtel et emmena Helena jusqu'au quai devant la place Saint-Marc. Une armada d'embarcations de toutes sortes était assemblée autour d'un superbe navire ancien à la coque dorée, pourvu de rangées de rameurs comme autrefois.

— On l'appelle le *Bucintoro*, expliqua Alicia. C'est lui qui transportera le maire et l'archevêque de Venise jusqu'au lieu de la cérémonie, une petite église, de l'autre côté du Lido. Les autres bateaux que vous voyez lui feront escorte, y compris celui du *signor* Veretti sur lequel vous serez.

Salvatore attendait Helena sur le pont de son bateau, un très beau bâtiment ancien, lui aussi pourvu de rameurs en costumes d'époque. Il s'y trouvait déjà une bonne dizaine de personnes, en particulier quelques très jeunes gens qui, voyant Helena monter à bord, la regardèrent avec admiration. C'étaient des neveux et des cousins plus ou moins éloignés, apprit-elle quand Salvatore fit les présentations.

Il la conduisit ensuite à la proue où trônaient deux sièges d'honneur. L'un d'eux était déjà occupé par une vieille dame au visage anguleux et aux petits yeux perçants.

— Grand-mère, je te présente l'épouse de notre cher Antonio qui, hélas, nous a quittés, annonça Salvatore.

La vieille dame détailla Helena sans aménité avant de prononcer quelques mots en dialecte vénitien. Elle fut manifestement décontenancée lorsqu'elle lui répondit dans la même langue. Elle avait voulu la prendre au dépourvu, et en était pour ses frais.

Mais déjà la fanfare retentissait sur la place Saint-Marc, tandis qu'approchaient le maire et l'archevêque, suivis par la procession des notables. Ils prirent place en grande pompe sur le *Bucintoro* qui s'éloigna lentement du quai pour gagner la lagune, aussitôt suivi par les autres bateaux qui lui firent escorte. Sur l'un d'eux avaient embarqué les musiciens de la fanfare qui continuèrent à jouer tout le temps de la traversée.

Helena, heureuse que le vent salé lui fouette délicieusement le visage, avait oublié les autres passagers. À un moment, elle sentit la présence de Salvatore et regarda dans sa direction : il la fixait avec une expression indéfinissable mais détourna immédiatement la tête.

Il s'était montré empressé comme l'aurait été tout hôte bien élevé, mais à aucun moment Helena n'avait senti d'élan spontané de sa part. Il lui avait semblé au contraire tendu, nerveux… Elle ne lui avait donc pas manqué, pendant tous ces jours d'absence ? Heureusement, avec ce beau temps et le spectacle inoubliable de cette procession de bateaux derrière le *Bucintoro*, elle avait décidé de ne pas s'en affliger. On verrait après, à la réception qui suivrait au *palazzo* Veretti.

Le Lido n'était plus très loin, et le *Bucintoro* amorçait

sa courbe pour contourner l'île afin de se trouver du côté de la haute mer. La cérémonie aurait lieu devant l'église Saint-Nicolas, une fois tous les bateaux rassemblés.

Dès que la flotte fut au complet, le maire apparut sur le pont supérieur du *Bucintoro* pour jeter dans l'eau l'anneau de cérémonie, symbolisant ainsi les noces de Venise avec la mer. Suivit la formule rituelle :

« Cet anneau est le gage de la souveraineté de la Sérénissime sur la haute mer. Que cette souveraineté perdure à travers les âges. Venise épouse la mer comme l'homme épouse la femme, devenant ainsi son maître. »

Quand le maire se tut, Helena découvrit Salvatore, surgi à ses côtés, qui la regardait avec un air ironique.

— Tu as entendu ? demanda-t-il, ici le mariage signifie la soumission de la femme à son mari.

— Je sais, je sais, plaisanta-t-elle, tu oublies que j'ai épousé Antonio, un vrai Vénitien, lui aussi. Et crois-moi, la soumission était de mise dans notre couple !

— Qui était soumis à l'autre, lui ou toi ? interrogea alors durement son compagnon.

Il était décidément de méchante humeur. Cette fois, Helena en fut agacée, mais, d'un autre côté, comment ne pas comprendre qu'il n'ait pas envie de plaisanter ? Il était ici en représentation, sous l'œil critique de sa famille, et ne devait rien montrer de l'intimité qu'ils partageaient quand ils étaient à l'abri de tous les regards. Elle aussi avait été de mauvaise humeur quand elle n'avait pas retrouvé Salvatore, à son retour de Londres.

— En tout cas, il appréciait davantage l'humour que toi, ne put-elle s'empêcher d'observer, et d'ailleurs, non, nous n'avons jamais eu de rapports de soumission : nous prenions les décisions d'un commun accord, en général. Mais si tu savais comme Antonio était drôle ! Il plaisantait, me taquinait, et nous riions tant ensemble…

Helena avait pris un ton nostalgique, et elle soupira :

— Ah, si les hommes savaient combien les femmes aiment rire !

— Pour te plaire, il faut faire le clown ? interrogea vertement Salvatore.

Helena soupira : décidément, rien ne le dériderait. Plutôt que de poursuivre la conversation, elle regarda autour d'elle : les gens débarquaient sur le quai devant la petite église et le capitaine du bateau de Salvatore effectuait sa manœuvre d'accostage.

Puis la petite foule rentra dans l'église pour entendre une messe solennelle et Helena se souvint d'Antonio.

« Quand nous étions gamins, lui racontait-il, la messe nous ennuyait, nous faisions du bruit et, au bout d'un moment, on nous jetait dehors. Alors nous allions jouer sur la plage, c'était tellement plus amusant. »

À cette évocation, elle sentit les larmes lui monter aux yeux : son mari lui manquait tellement ! Elle ferma les paupières et, quand elle les rouvrit, Salvatore était à ses côtés et l'observait. Il lui prit la main pour l'entraîner dehors.

— Ça va ? demanda-t-il, toute sa sollicitude retrouvée.

Elle s'essuya les yeux d'un revers de main et réussit à sourire.

— Oui. J'ai pensé à Antonio, tout à coup. Tu crois qu'il ne me manque pas parce que je n'en montre rien, mais si tu savais…

— Je commence à comprendre, rétorqua doucement Salvatore. Vous étiez très proches, n'est-ce pas ?

Helena hocha la tête avant de poursuivre, les yeux perdus au loin :

— Il m'a si souvent parlé de cette cérémonie et de l'immense plage du Lido : nous nous y promènerons ensemble un jour, promettait-il…

Elle regarda Salvatore et lui demanda :

— Tu m'en voudrais si je ne rentrais pas en bateau avec vous ? J'aimerais rester ici une heure ou deux, je vous rejoindrai directement au *palazzo* pour la soirée.

Salvatore essaya de l'en dissuader, mais finit par y renoncer. Helena était déterminée, il le sentit.

Elle partit donc sur la plage et le souvenir de son mari ne la quitta pas une seconde : le bruit des vagues qui venaient mourir sur le sable semblait lui dire et lui répéter inlassablement qu'Antonio vivait dans son cœur. Ce fut pour elle un merveilleux moment. Elle parlait tout bas à son mari, lui disait combien il lui manquait, que la passion physique qu'elle s'était découverte pour Salvatore n'avait en rien altéré l'amour qu'elle n'avait cessé de lui porter. L'amour pouvait prendre tant de formes différentes…

L'amour… le mot qui s'était formé dans son esprit l'interpella : oui, elle avait éprouvé de l'amour pour Antonio. Mais avec Salvatore ? S'agissait-il d'amour ? Quelque chose dans sa tête se refusait à nommer ainsi l'émoi qu'il faisait naître en elle. Salvatore lui avait seulement montré comment jouir de la vie d'une autre manière, ce n'était pas de l'amour !

Sûre d'elle et tranquillisée, Helena reprit la navette pour rentrer à Venise.

Au *palazzo* Veretti, la grande salle des fêtes brillait de tous ses feux. De longues tables avaient été dressées en son milieu, et l'argenterie, la porcelaine et le cristal scintillaient sous la lumière des hauts candélabres en argent.

Helena, ne voulant pas se faire remarquer par sa tenue, avait opté pour une robe longue noire, avec un décolleté discret. L'effet était simple, très sobre mais élégant.

On lui avait alloué la place d'honneur, entre Salvatore et sa grand-mère dont elle pouvait sentir l'hostilité latente. La vieille dame professait une grande affection pour son feu parent Antonio, et disait à qui voulait l'entendre qu'elle était enchantée de connaître sa veuve, mais ses yeux quand elle regardait Helena racontaient une tout autre histoire. La jeune femme s'efforça d'être aimable, mais leurs rapports ne dépassèrent pas le stade de la politesse obligée.

Helena vit arriver la fin du repas avec soulagement. Le bal commença tout de suite et elle fut aussitôt très demandée, tous les jeunes neveux et cousins voulant avoir l'honneur de tenir la célèbre belle Hélène dans leurs bras. Mais Helena dansait la tête ailleurs : le souvenir d'Antonio ne la quittait pas, son mari l'avait accompagnée pendant toute sa longue promenade sur la plage du Lido et était encore avec elle, lui rappelant d'autres soirées, sa fierté lorsque sa femme soulevait l'admiration des autres hommes.

— Je t'ai fait honneur, ce soir, n'est-ce pas ? chuchota-t-elle, se parlant à elle-même.

— Qu'as-tu dit ?

Helena retomba sur terre pour se découvrir dans les bras de Salvatore.

— Je t'ai enlevée à ton partenaire, expliqua-t-il, tendu, tu ne t'en es d'ailleurs pas aperçue.

— Excuse-moi, euh… j'étais ailleurs.

— Ailleurs, ou avec quelqu'un d'autre ?

Le ton autoritaire la fit sortir de ses gonds.

— C'est un interrogatoire en règle ? riposta-t-elle sèchement. Mes pensées ne regardent que moi, que tu le veuilles ou non. Tu as été d'une humeur massacrante toute la journée !

Il le savait et n'en était pas fier, lui qui dissimulait si bien ses états d'âme. Aujourd'hui, pourtant, il n'avait pas supporté que tous les hommes la regardent avec tant de concupiscence. Quand la gent masculine dévorait Helena des yeux, il avait l'impression qu'on lui volait ce qui lui appartenait.

— Je ne suis pas Antonio, bougonna-t-il.

— Qu'entends-tu par là ?

— Contrairement à lui, je déteste te voir faire la coquette avec d'autres hommes.

De nouveau, Helena prit la mouche.

— Comment oses-tu me critiquer ? Je fais ce que je veux, tu n'as aucun droit sur moi, Salvatore, et n'essaie pas de me dicter ma conduite, je ne le supporterai pas !

Il voulut la serrer plus fermement contre lui, en un réflexe de colère, mais elle ne le laissa pas faire et, se dégageant, lui déclara froidement :

— La journée a été longue, je crois que je vais rentrer.

La bouche de son compagnon se pinça.

— Tu veux me faire honte devant tout le monde en partant à peine le banquet terminé ?

— Pourquoi honte ? Il est tard, et je suis fatiguée.

— Fatiguée d'avoir excité le désir de tous les hommes ? interrogea Salvatore, le ton à la fois dur et railleur.

Helena s'immobilisa, blême de rage.

— Je m'en vais, un point c'est tout ! N'essaie pas de m'en empêcher, je suis prête à faire un scandale.

Prenant une voix mondaine, elle déclara à haute voix :

— Bonsoir, *signor* Veretti, et merci pour cette belle soirée. Je vais prendre congé de votre grand-mère et de votre famille avant de m'en aller.

L'espace de quelques instants, elle crut qu'il allait la retenir de force, mais il se reprit de justesse. Helena avait gagné cette manche, semblait-il penser, mais elle ne perdait rien pour attendre.

Poliment, il lui offrit les services de son gondolier, qu'elle refusa, préférant, assura-t-elle, rentrer à pied.

Une demi-heure plus tard, elle avait retrouvé sa chambre dont elle ouvrit la fenêtre. D'une place non loin s'élevait une musique douce et mélancolique et elle prêta l'oreille, un sourire vague aux lèvres. Salvatore résisterait-il longtemps au désir de venir la rejoindre ?

Une heure plus tard exactement, il frappait à sa porte : chemise ouverte, cheveux en bataille, il entra d'un pas nerveux et referma dans son dos.

— On dirait que tu m'attendais ? dit-il, incisif.

— J'avais l'impression que tu passerais, en effet.

Helena sourit, amusée de son air déconfit, mais cela ne dura pas : l'instant d'après, il l'attirait dans ses bras pour la déshabiller en hâte, tout en l'embrassant passionnément.

10.

— Comment as-tu réussi à quitter tes invités si tôt ? murmura Helena, lascive.

— J'ai prévenu un de mes oncles que j'étais fatigué et que j'allais me reposer. Il n'a pas été dupe et m'a fait un clin d'œil en m'assurant qu'il veillerait à ce que tout aille bien en mon absence.

Ils étaient tous les deux allongés dans les bras l'un de l'autre, nus, heureux, après avoir fait l'amour jusqu'à l'épuisement. À présent, l'aube commençait à poindre.

— Il va falloir que je rentre, soupira Salvatore. Mes invités ne repartent que demain matin, mais on se retrouve tout de suite après leur départ. Je veux être seul avec toi.

— Seuls à Venise ? Cela me paraît difficile, plaisanta Helena.

Salvatore sourit.

— Fais-moi confiance. Un conseil, cependant : choisis des vêtements confortables : chandail et pantalon me semblent tout indiqués pour l'endroit où je veux t'emmener.

Il se leva à regret et rassembla ses habits éparpillés sur le sol. Une fois prêt, il s'assit au bord du lit.

— Je t'ai dit des choses désagréables, hier, avoua-t-il, prenant la main d'Helena. Ne m'en veux pas. Tu sais bien que…

— Mais oui, le coupa-t-elle tant cet aveu l'émouvait car il était peu dans le caractère de son compagnon, je commence à te connaître. Tu es emporté, et tes paroles dépassent parfois ta pensée. Moi non plus, je ne sais pas toujours mesurer mes propos.

Elle se redressa pour nicher sa tête au creux de l'épaule de Salvatore en une attitude de tendresse spontanée qui l'étonna elle-même. Il embrassa ses cheveux en murmurant :

— Merci. Tu es généreuse, Helena.

Il prit ses lèvres une dernière fois, puis se leva et partit.

Elle passa le plus clair de la journée au lit, dormant un peu, puis se réveillant pour se rendormir encore : elle était heureuse, épanouie et parfaitement bien dans son corps. Le lendemain matin, un message de Salvatore l'attendait sur son téléphone portable. Elle devait être prête à 10 heures.

Elle le fut, tout comme lui qui accosta avec une grosse vedette blanche au quai de l'hôtel à l'heure dite. Il s'exclama en riant :

— Tu devais t'habiller confortablement !

— Tu m'as conseillé un pantalon, se défendit Helena.

— Certes, mais je ne pensais à rien d'aussi sensuel ! Celui-ci te moule comme une seconde peau.

Il plaisantait sans la moindre acrimonie.

— Je n'en ai pas d'autre, rétorqua-t-elle avec malice. C'est à prendre ou à laisser.

— Alors je devrai m'y faire. Donne-moi la main, je t'aide à monter à bord, après quoi j'essaierai de me concentrer pour piloter correctement, mais ce ne sera pas facile.

Il faisait un temps magnifique et le ciel était de ce bleu déjà soutenu qui annonce l'été. La vedette traversait la lagune à toute allure, laissant derrière elle un double sillage d'écume blanche, et Helena offrit son visage au vent et au soleil, heureuse de vivre.

— Où m'emmènes-tu ? cria-t-elle à un moment par-dessus le bruit des moteurs.

— Sur une île.

Elle savait qu'il y en avait une dizaine, éparpillées dans la lagune, certaines si petites qu'elles étaient inhabitées, mais ne cacha pas sa surprise quand Salvatore ralentit pour pénétrer dans une crique minuscule. Il s'y trouvait une mauvaise jetée de bois avec un poteau muni d'un anneau auquel il eut tôt fait d'accrocher l'amarre du bateau.

— C'est un îlot minuscule ! s'exclama-t-elle.

— Il fait environ huit cents mètres de long sur quatre cents de large, ce n'est pas beaucoup, en effet. Au-delà de ces arbres là-bas, au bout de la crique, tu verras mieux l'ensemble. Viens.

Le chemin grimpait, de sorte que lorsqu'ils émergèrent du petit bois, Helena put parcourir du regard l'étendue de l'île et remarqua tout de suite que le côté, face à Venise, allait en s'évasant comme un croissant de lune, offrant une vue panoramique sur les contours de la ville, au loin.

Éblouie, enivrée par tant de calme et de beauté, elle demeura de longs instants silencieuse, écoutant avec délice les oiseaux qui chantaient et le bruit doux des vagues s'échouant sur le rivage.

— Quel paradis ! souffla-t-elle enfin. L'île est à toi ?

— Oui. Ma mère me l'a léguée. Quand j'étais enfant, elle m'y emmenait souvent : c'était un refuge quand la vie devenait trop compliquée, disait-elle, et elle avait raison.

— Je t'imagine mal trouvant la vie trop compliquée, dit Helena en souriant.

— Justement, dans un endroit comme celui-ci, on peut se ressourcer et mieux surmonter ses faiblesses pour affronter la vie ensuite.

C'était comme si son compagnon venait d'ouvrir une minuscule fenêtre sur son monde intérieur, permettant à Helena d'entrevoir l'homme qu'il était réellement. Très vite il se reprit.

— Je vais te montrer la maison, proposa-t-il. Elle est derrière le bouquet d'arbres.

On la distinguait en partie, en effet, mais elle ne l'avait pas remarquée, tant elle était modeste : une sorte de bungalow, plutôt qu'une villa, sans rien de luxueux ni d'ostentatoire, du moins à première vue. Tout en s'en approchant, Salvatore avait pris la main de sa compagne en un geste parfaitement naturel et Helena ne put s'empêcher de serrer sa paume, souriante, heureuse.

La maison, découvrit-elle quelques instants plus tard, était simple, mais néanmoins confortable : eau courante, bien sûr, et électricité grâce à un générateur.

— Tu peux donc apporter ici ton ordinateur et travailler, s'exclama-t-elle.

Son compagnon secoua la tête.

— Je ne le fais jamais. Ici, je n'ai qu'un téléphone portable pour être joint en cas d'urgence, et une petite radio. En revanche, je peux tenir un siège. Viens donc voir la cuisine : elle est parfaitement équipée, ajouta-t-il en riant.

Il disait vrai : outre la cuisinière avec un bon four, le congélateur du réfrigérateur était plein. Mais Salvatore avait aussi pris soin d'emporter des provisions : il sortit d'un grand sac du pain frais, des pommes de terre, ainsi qu'une côte de bœuf et de la salade.

— Attends de goûter ma cuisine, dit-il avec un sourire malicieux.

— Un homme qui habite un *palazzo* sait donc cuisiner ? Je n'y crois pas !

— Encore un défi ?

— Prends-le comme tu veux, plaisanta Helena.

Pendant que Salvatore préparait le repas, elle fit le tour de la maison. Rien de grandiose : deux chambres, un salon et une pièce qui ressemblait à un petit bureau-bibliothèque. Le mobilier se limitait à l'indispensable, ce qui suggérait qu'ici, Salvatore se contentait d'une vie quasi spartiate. Spartiate, mais pas monacale, songea-t-elle en se rappelant leur merveilleuse nuit d'amour, l'avant-veille, et elle sourit de bonheur.

Ils déjeunèrent sur la terrasse face à la mer, avec en toile de fond les contours embrumés de Venise, ses dômes et ses campaniles.

— Je suis content de passer un peu de temps ici avant la tourmente, fit observer Salvatore.

— Quelle tourmente ?

— Façon de parler, bien sûr : je présente ma nouvelle collection de verrerie dans quelques jours. C'est toujours beaucoup de travail, les enjeux sont importants.

— Je sais, nous sortons la nôtre peu après toi et Emilio m'en parle sans arrêt.

— C'est essentiel, sais-tu ? Nous rencontrons alors les acheteurs professionnels avec lesquels nous faisons l'essentiel de notre chiffre d'affaires. Emilio a dû te l'expliquer, non ?

Helena hocha la tête avant de protester :

— Ne parlons pas boutique ici, veux-tu ? On est trop bien, tout est trop beau : c'est un monde à part, un paradis.

Salvatore approuva, puis murmura, le regard perdu dans le lointain :

— Certains soirs, quand je suis ici, je passe des heures à regarder clignoter les lumières de Venise. Parfois, suivant le vent, je peux même entendre le carillon des campaniles et j'ai l'impression d'être seul au monde, tout en étant encore parmi les autres, dans la vie de la ville. C'est extraordinaire.

— Je comprends ce que tu ressens, murmura-t-elle à son tour. J'ai aussi parfois l'impression de me dédoubler ainsi, mais d'une manière un peu différente : je suis moi-même, et en même temps je me vois telle que les autres me perçoivent.

Son compagnon lui lança un regard vif.

— Je connais cette sorte de dédoublement, il m'arrive même de le susciter et de m'en servir pour mieux obtenir ce que je veux des autres. Toi, c'est un peu différent, puisque les autres te perçoivent comme un objet de désir. Ce n'est pas tout à fait pareil, tu utilises ta beauté.

Il n'y avait rien de critique dans le ton de Salvatore, il faisait une simple constatation, et Helena fut soudain suffisamment en confiance pour avouer tristement :

— Tu sais, ce n'est pas toujours un avantage d'être belle. Souvent, les gens ne voient que cela, et c'est frustrant.

Elle étouffa un soupir avant de reprendre :

— Oh, bien sûr, je ne me plains pas : tant de femmes aimeraient avoir ce que j'ai et ma vie est facile par rapport à celle de bien d'autres. Mais, quelquefois, j'envie les mères de famille ordinaires dont les maris ont un métier ordinaire, et aiment leurs femmes pour ce qu'elles sont, non pour ce qu'elles paraissent. Quelle chance elles ont !

En guise de réponse, Salvatore prit sa main pour la caresser, et Helena, émue, se dit que, décidément, cet homme qui savait si bien se montrer dur et intransigeant avait une personnalité aux multiples facettes.

— La beauté est un piège, reprit-elle, elle fait prendre la proie pour l'ombre. Les gens croient vous connaître et ne savent rien de vous. Mais tu dois le savoir, n'est-ce pas ?

— Pour moi, c'est un peu différent, fit valoir Salvatore. Si les autres se trompent sur moi, c'est que je leur donne à voir ce que je veux qu'ils voient. C'est une sorte de protection.

— Pourquoi vouloir te protéger ?

— Parce que je n'ai confiance en personne, avoua Salvatore qui marqua un temps de silence avant de poursuivre lentement : J'ai vu des gens tout perdre parce qu'ils avaient mal placé leur confiance, des individus riches, puissants, à qui la vie réussissait, qui d'un seul coup se sont retrouvés ruinés parce qu'ils avaient compté aveuglément sur d'autres qui les ont trompés. Je ne veux pas que cela m'arrive : jusqu'à ma mort, je maîtriserai ma vie et, pour cela, je dois me méfier de tout le monde.

C'était une confidence, elle le comprit : il n'avait sans doute jamais parlé ainsi à quiconque. Bouleversée, elle se leva et lui prit la main.

— Suis-moi, dit-elle doucement, avant de l'entraîner vers la plus grande des chambres à coucher.

***

En se réveillant, Helena se découvrit seule dans le lit. Salvatore était-il parti se promener ? Il était là, assis à son chevet, et la contemplait d'un air étrangement songeur.

Leurs regards se croisèrent, et il détourna vivement le sien, comme s'il avait été surpris dans une expression qu'il voulait dissimuler. Mais elle n'avait pas échappé à Helena qui lui prit le bras, l'obligeant à la regarder de nouveau.

— Tu as bien dormi ? demanda-t-il doucement.

Elle lui adressa un sourire malicieux.

— Tu m'as épuisée. Pour un peu, je dormirais encore !

Il lui rendit son sourire, et ouvrit le lit : elle était nue, nonchalamment allongée sur le drap froissé, après leurs ébats passionnés.

— Je crains de ne pas t'en laisser le loisir, marmonna-t-il, la voix déjà rauque, en l'attirant dans ses bras.

Elle vit qu'il la désirait comme s'ils ne s'étaient pas aimés depuis une éternité et aussitôt le désir fusa au creux de ses reins, avide, dévorant.

À cet instant, le téléphone portable de son compagnon sonna, rompant brutalement le charme.

— J'aurais dû le couper, maugréa Salvatore. J'ai complètement oublié tout à l'heure, tu m'as tourné la tête !

Ils se sourirent, mais il se rembrunit dès qu'il eut décroché.

— … Comment cela ?… J'ai pourtant été clair… Ils ne changeront donc jamais ! Non, tout de suite, c'est impossible…

Suivit un silence durant lequel il écouta les arguments de son interlocuteur, puis il reprit, résigné et mécontent :

— D'accord, je n'ai pas le choix, j'y serai dès que je pourrai.

Quand il raccrocha, Helena avait déjà glissé hors du lit et cherchait ses vêtements. Leur merveilleuse solitude n'aurait duré que quelques heures.

— Il faut que je rentre à Venise prendre le premier avion pour Genève, expliqua-t-il. Un imbécile s'est trompé dans des chiffres et il faut que j'aille rattraper la situation.

— À Genève, dis-tu ? répéta Helena, consternée. Tu seras absent longtemps ?

— Quelques jours certainement, peut-être une semaine. Je rentrerai au plus vite, bien entendu.

Qu'y pouvait-elle ? Elle cacha de son mieux son désarroi, on ne luttait pas contre le destin.

Il ne leur fallut que quelques minutes pour fermer la maison et regagner la vedette. Bientôt, celle-ci filait sur la lagune en direction de Venise, peu à peu les contours de la ville se firent plus précis et on distingua l'entrée du Grand Canal, avec la place Saint-Marc sur la droite. Salvatore ralentit.

— Si tu savais comme je n'ai pas envie de rentrer, soupira-t-il. Nous étions si bien, là-bas !

— À ton retour, peut-être y passerons-nous encore un peu de temps, hasarda-t-elle, comme si elle cherchait à s'en persuader elle-même.

Salvatore poussa un nouveau soupir.

— À mon retour, comme tu dis… En attendant, il faut que tu saches une chose : tu es la première femme à qui j'ai fait connaître mon île.

Sa voix se fit plus grave, plus basse, et il ajouta :

— J'en suis très, très heureux. Tu comprends ?

— Oui.

Il la prit par l'épaule pour l'attirer et l'embrasser.

Son baiser émut Helena au-delà des mots, il semblait dire : « Ne m'oublie pas, pense à ce qui existe entre nous, et attends-moi. » C'est du moins ainsi qu'elle l'interpréta.

Une vedette les doubla à toute allure et son sillage fit tanguer violemment le bateau de Salvatore. Celui-ci se reprit aussitôt et, se dégageant, remit les gaz.

Peu après, il déposait Helena devant son hôtel. Pas d'adieux passionnés, un simple au revoir, mais elle n'en attendait pas davantage. Ce qu'ils venaient de partager pendant cette journée ne concernait qu'eux et elle ne l'oublierait jamais.

***

C'était l'époque de l'année où les verriers de Murano présentaient leur nouvelle collection. Helena avait surveillé de près la sienne et savait qu'elle n'avait rien à craindre des concurrents : ses stylistes s'étaient surpassés, ses ouvriers aussi, et le résultat était superbe. Néanmoins, pas question de s'endormir sur ses lauriers.

— Il nous faut un four moderne comme celui de Salvatore, déclara-t-elle à son directeur Emilio.

Celui-ci la mit en garde.

— C'est hors de prix.

— Je ferai quelques photos supplémentaires. Hélas, pour cela, il faudra que j'aille à Londres.

— Et vous n'avez pas envie de quitter Venise, dit Emilio avec un sourire entendu.

Il soupçonnait comme tout le monde que la jeune femme et Salvatore Veretti n'entretenaient pas que des rapports professionnels : depuis la Festa della Sensa, tout Venise le savait.

Helena sourit à son directeur avant de déclarer fermement :

— S'il faut partir, je le ferai. La fabrique passe avant tout.

Elle le pensait vraiment car, depuis les heures passées avec Salvatore sur la petite île, elle ne doutait plus que les liens entre eux étaient indéfectibles, même si elle n'en saisissait pas très bien la nature. Penser à Salvatore, se rappeler les moments de passion dans ses bras la rendait fabuleusement heureuse et, d'une manière ou d'une autre, leur relation aboutirait à quelque chose de durable, elle en était sûre.

Il lui suffit d'ouvrir le journal pour que son monde s'effondre. Helena fixa de longs instants la photo en couleur, essayant de comprendre ce que son esprit refusait d'enregistrer.

Le journal en question présentait chaque jour la collection d'un célèbre verrier de Murano. Ce jour-là, c'était la fabrique Perroni et le journaliste avait opté pour un coup de projecteur sur le clou de la collection : une statuette de verre à peine opalescent, représentant une jeune femme magnifique allongée dans une position langoureuse, avec de longs cheveux lui descendant jusqu'à la taille et les bras relevés au-dessus de la tête de façon à ce que saillent ses seins. La silhouette nue représentait l'archétype de la beauté lascive, faite pour l'amour. Le visage n'était pas dessiné, mais Helena se reconnut immédiatement, d'autant que, d'après la légende, la statuette était baptisée la belle Hélène.

Elle lut l'article qu'illustrait le cliché, mais, dans l'état de choc où elle se trouvait, n'en saisit que les grandes lignes. Il y était question de la flotte d'Agamemnon et le journaliste faisait un parallèle avec l'apparition de celle que l'on surnommait la belle Hélène à la tête de la flotte escortant le *Bucintoro*, quelques jours auparavant. Suivait un long développement où le journaliste louait abondamment la perfection de la figurine et concluait en disant que les commandes dépassaient déjà toutes les attentes du maître verrier Perroni.

Helena laissa le journal tomber à terre : elle tremblait de tous ses membres.

— Idiote, souffla-t-elle au bout d'un long, très long moment ! Imbécile que tu es ! Tu as foncé droit dans le piège ! Il était visible, pourtant, évident, mais tu n'as rien vu. Et lui, le maudit, le salaud, il riait, pendant ce temps…

Elle tremblait tant que ses membres en étaient douloureux. Pour tenter de se calmer, elle alla s'asseoir près de la fenêtre et s'obligea à respirer lentement. Elle avait froid, puis chaud, puis froid, et transpirait abondamment.

Peu à peu, son esprit se remit à fonctionner en même temps que lui revenaient certains détails qui auraient dû l'alerter. Ainsi, la veille seulement, elle était tombée sur Clara. La façon dont s'était comportée la comtesse aurait dû lui paraître bizarre ; aujourd'hui, elle comprenait pourquoi : Clara lui avait demandé quand rentrait Salvatore et si elle était au courant de sa nouvelle collection et de la pièce qui en était le clou. Helena n'y avait pas prêté attention, mais aujourd'hui elle comprenait.

Clara essayait de savoir si elle était au courant. Elle-même l'était sûrement, comme tout Venise, d'ailleurs, qui devait guetter la réaction de l'intéressée quand elle découvrirait le pot aux roses… Quelle humiliation ! Salvatore, après l'avoir séduite, n'avait pas seulement utilisé son corps pour gagner de l'argent, il l'avait ridiculisée devant la ville entière !

Quand elle eut retrouvé un peu de sa maîtrise, Helena relut l'article : en vérité, il était habilement écrit, suggérant que le mannequin surnommé la belle Hélène avait seulement inspiré Salvatore par sa beauté. Nulle part il n'était fait mention de calcul ou de machination, moins encore d'une relation amoureuse entre eux. L'accusation aurait été trop grave. Hélas, elle connaissait la vérité !

Pourquoi avait-il fallu que cet individu indigne, diabolique, réveille sa sexualité si longtemps assoupie ? Pourquoi lui, justement ?

En même temps que le corps d'Helena s'éveillait sous ses caresses, dans son cœur s'épanouissait un sentiment qui n'avait rien de physique, et qui ressemblait étrangement à… de l'amour ! Helena avait refusé de le nommer ainsi, mais à présent, comment continuer à nier l'évidence ? Elle était tombée amoureuse de cet homme qui, depuis le début, ne cherchait qu'à l'anéantir et n'avait reculé devant aucun moyen, même les plus méprisables.

Ah, il avait bien joué la comédie, feignant la tendresse, prenant des airs songeurs pour la contempler longuement après l'amour. En vérité, il voulait mémoriser son corps, ses attitudes, afin de s'en servir ensuite…

Elle se leva pour s'approcher de sa table de nuit : la photo d'Antonio, son mari, lui souriait.

— Tu m'avais prévenue, soupira-t-elle, et je ne t'ai pas écouté, mais rira bien qui rira le dernier.

Elle redressa les épaules, une expression déterminée sur le visage. Elle savait maintenant ce qu'elle avait à faire.

11.

Salvatore ne rentra que le surlendemain et appela tout de suite Helena.

— Il faut que je te voie : j'ai quelque chose d'important à te dire.

— Cela tombe bien, moi aussi. J'arrive.

— Et si…

Elle avait déjà raccroché et se prépara en hâte pour partir au *palazzo.*

Salvatore la reçut dans son bureau où le fameux journal était ouvert sur sa table de travail, à la page de la photo.

— Je sais ce que tu penses…, commença-t-il.

— Si tu le savais vraiment, tu disparaîtrais sous terre, le coupa-t-elle.

— Je comprends ta colère, cet article m'a mis moi aussi hors de moi, mais laisse-moi t'expliquer.

— Inutile ! riposta-t-elle durement. Nous savions dès le début à quoi nous en tenir, l'un envers l'autre. Tu t'es bien servi de moi, tant mieux pour toi !

— Cette figurine a été dessinée longtemps avant notre rencontre ! Je te le jure !

— Quelle regrettable coïncidence, ironisa Helena. Allons, Salvatore, ne me prends pas pour une imbécile !

Elle vit la colère surgir dans les yeux sombres de son compagnon, mais il se contint et rétorqua sans s'emporter :

— C'est la vérité. Tu dois savoir qu'il faut des mois pour mettre au point une pièce comme celle-ci.

— Je sais surtout que la statuette qui te représentait en diable nous a pris deux jours à fabriquer, celle que tu m'as offerte a été réalisée rapidement elle aussi.

Salvatore leva les yeux au ciel.

— Cela peut se faire occasionnellement, certes, mais celle qui est reproduite ici — il indiqua le journal d'un geste nerveux — fait partie d'une ligne de produits que nous avons mis au point il y a des mois, déjà.

— Et le nom ? La belle Hélène, c'est un hasard, aussi ?

— Je n'y suis pour rien, objecta vivement Salvatore. Un journaliste venu voir la collection a lancé ce nom et tout le monde l'a adopté. C'était inévitable après qu'on nous a vus ensemble à la Festa della Sensa. Je n'ai rien suggéré, je te le garantis.

— Vraiment ? rétorqua-t-elle. Comme par un fait exprès, il paraît que cet objet se vend très bien. Quelle chance tu as !

— Je t'ai dit la vérité, Helena, s'il te plaît, fais-moi confiance, je te le demande !

Salvatore avait parlé d'une voix dangereusement basse et elle le regarda, incrédule : il avait dit « s'il te plaît », d'un ton presque implorant ! Il murmura encore, très bas :

— Je t'en supplie !

Helena sentit sa détermination vaciller.

— Comment veux-tu que je te croie, gémit-elle, désemparée. Tu as toujours dit que tu ne reculerais devant rien pour me détruire et racheter ma verrerie. Apparemment, tu disais vrai.

Salvatore avait pâli.

— C'est ce que tu penses ? Tu pourrais aussi te rappeler certains moments que nous avons partagés, qui prouvent le contraire… Mais, bien sûr, tu es libre de penser ce que tu veux.

— Je suis bien obligée de croire ce que je vois ! s'exclama Helena, infiniment malheureuse. Je n'ai inventé ni l'article ni la photo de ce journal, encore moins la statuette !

— Certes, mais si je te dis que je n'y suis pour rien, tu

peux me croire, tout de même ! Je te répète qu'il s'agit d'une regrettable coïncidence.

— Je ne peux pas y croire ! soupira-t-elle. Tu m'as dit et répété que tu aurais le dernier mot, que tu me ferais partir de Venise, et tu m'as donné trop de raisons de le croire. Désormais, regardons la réalité en face, ce sera beaucoup plus simple : entre nous, c'est la guerre, la guerre ouverte.

Salvatore la regarda, les yeux soudainement froids :

— D'accord pour la guerre, déclara-t-il durement, tu l'auras voulu. Et tous les coups sont permis.

Son visage avait changé, était devenu dur, intraitable, et son regard était devenu effrayant.

Sans un mot de plus, Helena quitta le bureau.

Après cette scène, elle n'eut guère le temps de penser à Salvatore. Il y eut la présentation de la collection Larezzo, puis les acheteurs, qui furent légion, pour la plus grande joie des employés, d'Emilio, mais aussi celle d'Helena. Enfin, ce fut le moment que choisit un magazine de mode très en vue pour envoyer une équipe à Venise photographier la collection d'été d'un grand couturier. Sachant qu'elle gagnerait beaucoup d'argent, Helena accepta d'en être le mannequin et posa pour la ligne des maillots de bain, essentiellement des Bikini. Comme la plupart des clichés se prenaient en extérieur, les paparazzi locaux y virent une aubaine et firent, en se cachant de leur mieux, des photos pendant les prises de vue, qu'ils vendirent aux journaux de Venise.

— Quelle impudeur ! s'exclama la grand-mère de Salvatore en découvrant l'une de celles-ci en prenant le café avec son petit-fils. Quand je pense que cette créature est alliée à notre famille. Regarde-moi ça, Salvatore !

— Cela ne m'intéresse pas, grand-mère, rétorqua l'interpellé, repoussant le journal qu'on lui présentait. Helena est la veuve d'Antonio, quoi que nous fassions, elle porte notre nom.

— Veuve, dis-tu ? Pauvre Antonio ! Il doit se retourner

dans sa tombe pendant que sa femme s'exhibe quasiment nue aux yeux de tous !

Salvatore étouffa un soupir.

— Détrompe-toi, grand-mère, il aurait adoré cela, au contraire. D'ailleurs, il a dit lui-même à Helena de ne pas se dissimuler derrière des voiles de veuve, il voulait au contraire qu'elle montre sa beauté.

— C'est elle qui te l'a dit, bien sûr, persifla la vieille dame. Quelle chance pour elle qu'il ne soit plus là pour la contredire.

— Il ne l'aurait pas fait, dit lentement Salvatore. Il adorait quand d'autres hommes lui enviaient la femme qu'il avait à son bras. Il était ainsi.

Sa grand-mère le fixa de ses petits yeux perçants, comme pour le sonder.

— Tu ne deviendrais pas comme lui ? interrogea-t-elle, et le reproche était clair dans sa voix. Pourquoi t'être affiché en public avec cette femme sans pudeur ni éducation ? Tu nous as fait honte !

C'en était trop. Brusquement, Salvatore se retrouva par la pensée sur son île avec Helena, quelques jours plus tôt. Ils étaient libres alors, et avaient jeté le masque, s'autorisant à mieux se connaître, seuls, loin du monde et des regards extérieurs, heureux l'un avec l'autre, l'un par l'autre... Pendant ces heures inoubliables, il avait commencé à entrevoir qui était vraiment Helena, même si beaucoup de facettes de sa personnalité restaient encore énigmatiques.

— Tu te trompes, déclara-t-il sèchement à sa grand-mère, Helena n'est pas celle que tu crois et je ne supporte pas que tu en dises du mal !

— C'est toi qui parles ainsi ! s'écria la vieille dame. Regarde donc cette photo, et si tu n'es pas choqué, c'est que tu as perdu l'esprit !

Le cliché montrait Helena nonchalamment étendue sur une gondole, seulement vêtue d'un minuscule Bikini noir. La pose était lascive, le corps, somptueux autant que voluptueux, et l'éclairage juste assez mystérieux pour que l'on devine ou que l'on imagine ce que cachaient à peine les minuscules bouts de tissu. C'était une photo faite pour réveiller les fantasmes masculins.

Salvatore se tut et sa grand-mère repartit à l'attaque. Pointant le cliché du doigt, elle s'exclama :

— Regarde-moi ça ! Ce Bikini est pire que si elle posait nue ! Tu as vu cette poitrine, ces cuisses, ces…

— Assez ! tonna Salvatore. Je ne vois pas l'intérêt de discuter de cette photo. Le sujet est clos, grand-mère !

Celle-ci le regarda, stupéfaite qu'il ait eu l'audace de lui couper la parole. Elle le considéra quelques instants avant de se lever pour quitter la pièce avec toute la dignité requise.

Salvatore essaya de se concentrer sur son journal financier.

— Comme le hasard fait bien les choses ! Helena, ma chère, je suis enchantée de vous rencontrer.

Elle leva les yeux : la grand-mère de Salvatore venait d'entrer dans le café où elle-même buvait un thé et se dirigeait vers elle. Sans attendre d'y être invitée, elle s'assit à sa table.

— Chère Helena, nous avons vu de splendides photos de vous dans les journaux, reprit-elle, tout aimable. C'est merveilleux que vous ayez repris votre si brillante carrière !

— En vérité, je le fais pour la verrerie. Nous avons besoin d'argent pour la moderniser.

— C'est très sage de l'envisager. Évidemment, Salvatore ne voit pas cela d'un très bon œil, lui qui voulait tant vous la racheter, mais tant pis pour lui. Cela lui fait du bien qu'on lui tienne tête. Je vous félicite d'ailleurs d'avoir si bien su ne pas vous laisser prendre à ses charmes, tant de femmes n'ont pas votre clairvoyance.

— Il ne cache pourtant guère son jeu, répliqua-t-elle prudemment, se demandant où la *signora* Veretti voulait en venir.

— N'importe, beaucoup tombent amoureuses de lui

et, pour mon petit-fils, séduire une femme fait partie de sa stratégie de revanche.

— Comment cela ?

Helena regarda la vieille dame sans comprendre.

— Ne me dites pas qu'il pleure un amour de jeunesse, reprit-elle, je ne le croirais pas.

Son interlocutrice se mit à rire, un rire aigre et déplaisant :

— Non, bien sûr, je parle de ses parents. Il ne vous en a jamais rien dit, j'imagine ?

— Jamais, en effet.

— Sa mère, Lisetta, était ma fille, et son mari, Giorgio, l'a très mal traitée. Certes, ils étaient amoureux fous quand ils se sont mariés, mais lui s'est vite lassé : c'était un garçon volage. Une autre que ma fille aurait su trouver des « compensations », comme on dit, mais pas Lisetta. Elle était éprise de son mari, et souffrait affreusement de son inconstance.

Helena se souvint alors des deux photos qui l'avaient frappée, au *palazzo* : l'une montrant une jeune mariée radieuse, l'autre prise quelques années plus tard, avec la même jeune femme prématurément vieillie, presque méconnaissable.

— Pire, poursuivait à présent la *signora*, mon gendre recevait ses maîtresses au *palazzo*, où il s'était fait aménager un petit appartement pour ses aventures. Personne n'était autorisé à y pénétrer, sauf le personnel d'entretien, évidemment.

Helena n'en croyait pas ses oreilles : c'était bien pire qu'elle ne s'y attendait.

— Ma fille Lisetta est morte très brutalement, dit encore la vieille dame, Guido s'est remarié sans attendre avec sa dernière maîtresse en date, qui l'a ruiné en un rien de temps. Il est mort voilà quinze ans et Salvatore a passé une bonne partie de sa jeunesse à travailler pour payer les dettes de son père. Bien sûr, il a compris très jeune ce qui se passait entre ses parents, et son attitude vis-à-vis des femmes en a été très perturbée. Il a placé sa mère sur un piédestal, la vénère et méprise toutes les autres : il les séduit, s'amuse avec elles, puis les abandonne. Mais vous, Helena, n'avez jamais été dupe de son jeu, je vous félicite.

— Je n'ai pas eu grand mérite, rétorqua-t-elle. Avec moi, Salvatore a joué cartes sur table. Je me suis amusée, lui aussi, maintenant nous sommes quittes et je rentre en Angleterre.

— Vraiment ? Pour longtemps ?

— Le temps de gagner l'argent dont a besoin ma verrerie.

— Vous partez quand ? s'enquit la vieille dame avec une feinte sollicitude.

— Demain après-midi.

— Dans ce cas, j'imagine que vous avez fort à faire et je vous laisse. Au revoir, ma chère, ce fut un plaisir de vous connaître.

Son avion partait à 15 heures. Peu après midi, un jeune homme vint chercher ses bagages dans sa chambre, et Helena descendit régler sa note à la réception. Le jeune homme l'escorta jusqu'au bateau-taxi qui devait la conduire à l'aéroport. L'arrière de l'embarcation était aménagé en cabine fermée et ses bagages étaient à bord. Le pilote en uniforme se tenait devant le gouvernail et ne se retourna pas pour souhaiter la bienvenue à sa passagère, mais celle-ci eut l'impression étrange que sa silhouette ne lui était pas inconnue. Puis le jeune homme la précéda dans la cabine, l'aida à s'installer, sortit en tirant la porte, et dit un mot au capitaine avant de sauter sur le quai. L'instant d'après, le bateau s'éloignait et prenait de la vitesse.

Au lieu de faire demi-tour à l'entrée du Grand Canal pour prendre la direction de l'aéroport, il continua tout droit vers la lagune. Helena tambourina aux vitres de l'habitacle pour attirer l'attention du pilote.

— Hé ! Que faites-vous ?

Comme l'homme ne semblait pas entendre, elle frappa plus fort puis frénétiquement, et le pilote enfin se retourna.

Salvatore ! Effarée, elle se mit à hurler :

— Non ! Non ! Ramène-moi !

Au lieu de quoi, il accéléra et elle comprit qu'il l'emmenait sur la petite île. Elle allait manquer son avion !

— Salvatore, cria-t-elle, paniquée, tu n'as pas le droit !

Il ne se retourna même pas.

Il y avait une porte au fond de la cabine : Helena se rua sur elle, mais elle était bien entendu fermée à clé et, de toute façon, qu'aurait-elle pu faire ? Se jeter à l'eau tout habillée pour gagner l'aéroport à la nage ? C'était absurde et suicidaire ! Elle était bel et bien prisonnière de Salvatore. Il lui avait dit que tous les coups étaient permis, c'en était la démonstration !

Bientôt, la petite île fut en vue, avec sa crique où ils avaient laissé la vedette, la dernière fois. Salvatore accosta et attacha le bateau avec une chaîne qu'il verrouilla avec un cadenas. Le message était clair : même si Helena lui échappait, elle ne pourrait pas s'enfuir avec le bateau.

Déjà, il lui ouvrait la porte de l'habitacle pour qu'elle sorte.

— Tu es fou de me kidnapper ainsi, râla-t-elle entre ses dents, blême de rage, tu ne l'emporteras pas au paradis ! Que comptes-tu y gagner ?

— Déjà, tu ne partiras pas en Angleterre tout de suite. Maintenant, tu sors ou je dois te débarquer de force ?

— Si tu oses me toucher, attention à toi !

— Ne sois pas stupide, bien sûr, j'oserai s'il le faut, tu le sais très bien.

En effet. Elle était à sa merci et il n'avait pas l'air accommodant ! Jamais encore elle ne lui avait vu une expression aussi dure, aussi intransigeante. Où était donc l'être sensible qu'elle avait cru entrevoir, ici, justement, quand il l'avait amenée sur l'île et qu'ils s'étaient aimés passionnément ?… Elle chassa ces souvenirs, furieuse contre elle-même. L'heure était grave, il fallait réfléchir à la façon d'échapper à ce piège. Un espoir ténu lui restait : son téléphone portable. Elle ferait semblant de se soumettre, gagnerait la maison sans histoire, et de là, dès que Salvatore aurait le dos tourné, elle appellerait pour qu'on vienne la délivrer.

Elle le suivit donc docilement. Il lui avait ordonné de ne prendre que son sac à main et son gilet. Elle portait le premier, lui s'était chargé du second et, bientôt, le bungalow fut en vue. Heureusement, car à peine Salvatore en avait-il ouvert la porte que les premières gouttes commençaient à tomber.

— Rentrons vite, dit-il, il pleut.

L'instant d'après, des trombes d'eau s'abattaient sur l'île.

— Tu dormiras là, ordonna son compagnon en ouvrant la porte de la plus grande chambre.

— Comme tu veux.

C'est alors que tous les espoirs Helena s'envolèrent, car son compagnon s'exclama :

— Ah, j'oubliais…

Il lui prit vivement son sac à main, l'ouvrit et en sortit le téléphone portable.

— Non ! hurla Helena en essayant de le lui arracher.

En vain, l'appareil avait disparu dans sa poche.

Salvatore avait donc très bien compris pourquoi elle l'avait suivi sagement. Il avait seulement attendu qu'elle soit en sécurité dans la maison pour lui prendre son seul moyen de communiquer avec le monde extérieur !

— Tu n'as pas honte de jouer ainsi les geôliers ! s'écria-t-elle, hors d'elle. À présent, file, disparais de ma chambre !

— Je vais le faire. Mais d'abord mets-toi une chose dans la tête : tu ne peux pas t'échapper !

— Tu es ignoble ! Évidemment que tu ne veux pas que je rentre en Angleterre gagner de l'argent : tu ne pourrais pas racheter ma verrerie pour une bouchée de pain, si je réussis à la moderniser. Alors, c'est plus simple, tu m'empêches physiquement de partir. Mais tu le regretteras, crois-moi ! Je réussirai à m'enfuir !

C'était faux, elle le savait, mais sa fureur n'avait pas de bornes. Salvatore s'approcha d'elle pour déclarer, menaçant :

— Écoute-moi bien, Helena, il n'est pas question que tu

t'enfuies, il n'y a personne ici qui puisse t'aider. Aussi, un conseil : regarde la réalité en face, et contente-toi de faire ce que je te demande.

À cet instant, un monstrueux coup de tonnerre ébranla la maison. La pluie tombait à seaux, à présent, et Salvatore leva les yeux, fronçant les sourcils. Helena, sans réfléchir davantage, saisit sa chance. Elle écarta son compagnon d'un violent mouvement du bras, s'élança hors de la chambre et courut jusqu'à la porte qui, grâce au ciel, n'était pas fermée à clé, sortant comme une folle sous la pluie. Elle n'avait aucune idée de l'endroit où elle irait, mais l'idée de rester prisonnière de Salvatore était insupportable.

Quelques instants suffirent pour qu'elle soit trempée jusqu'aux os. En outre, la boue ralentissait son allure, transformant le sol en cloaque glissant et, déjà, la poursuite précipitée de Salvatore résonnait derrière elle. Il se rapprochait, et elle comprit vite qu'elle n'avait aucune chance… Il la saisit à bras-le-corps, et la balança par-dessus son épaule avec tant de facilité qu'elle cessa vite de se débattre : à quoi bon ?

De retour dans la maison, il ferma soigneusement la porte à clé avant de gagner la chambre d'Helena pour la déposer sur son lit. Il n'avait pas dit un mot depuis qu'il l'avait rattrapée, ce silence même était terrifiant. Helena commençait à avoir peur quand il entreprit de la déshabiller.

— Non, gémit-elle.

— C'est moi qui commande !

Comment lutter ? Elle se laissa faire, paralysée d'effroi, et, quand elle fut complètement nue, Salvatore la toisa longuement, durement. Elle voyait sous sa chemise sa poitrine se soulever au rythme de sa respiration hachée, irrégulière. Il passa dans la salle de bains et reparut avec une grande serviette qu'il lui lança.

— Sèche-toi, ordonna-t-il, dépêche-toi avant d'attraper froid. Je ne veux pas avoir ta mort sur la conscience.

Il sortit sans un mot de plus.

12.

Une lumière intense, brutale, insistante, arracha Helena à son sommeil profond : elle ouvrit les yeux et découvrit le soleil qui entrait à flots dans la chambre. Salvatore était debout à côté du lit.

— Je t'ai préparé une tasse de thé, dit-il.

Après l'avoir posée sur la table de nuit, il disparut.

Le thé était bon et, tout de suite, elle se sentit mieux. Le sommeil lui avait fait du bien. Il l'avait prise au dépourvu, elle n'imaginait pas dormir, hors d'elle et énervée comme elle l'était, pourtant elle avait sombré.

Elle n'était vêtue que d'une légère combinaison de soie. Hier, après s'être séchée en hâte, elle avait enfilé ce qu'elle avait trouvé de plus décent, avant de se pelotonner sous la couette. Mais ce matin, les vêtements trempés que Salvatore lui avait enlevés avaient disparu. Dire qu'il l'avait déshabillée ! Le souvenir la faisait rougir… pourtant… ses mains puissantes sur elle, sa force quand il l'avait soulevée, toutes ses sensations laissaient en elle un souvenir brûlant…

La porte s'entrouvrit.

— Tu veux encore du thé ?

— J'aimerais que tu me donnes mes vêtements.

— Ils ne sont pas tout à fait secs.

— J'ai besoin de quelque chose qui me couvre, fit-elle observer fermement.

Sans répondre, Salvatore déboutonna sa chemise, avant de l'enlever pour la lui tendre.

— Je n'ai rien d'autre à te proposer, mais rassure-toi, elle te descendra au moins jusqu'aux genoux et ta pudeur sera ménagée.

Dès qu'elle l'eut passée, Helena le regretta : le vêtement était encore tiède de la chaleur de son compagnon, et elle en fut si troublée qu'elle dut se faire violence pour ne pas se mettre à trembler. Salvatore, heureusement, disparut vite, et ne tarda pas à revenir avec un plateau de petit déjeuner. Pourquoi tant de sollicitude, soudain ? Helena lui lança un regard méfiant.

— Tu as peur que je t'empoisonne ? demanda-t-il narquois.

— Après ce que tu as fait hier, je peux m'attendre à tout.

— Peut-être, mais rassure-toi, il ne t'arrivera rien. Je veux que tu écoutes ce que j'ai à te dire. Après, je te rendrai ton téléphone et tu pourras appeler pour qu'on vienne te chercher. Tu pourras même déposer plainte pour enlèvement et séquestration et je me retrouverai en prison, ajouta-t-il avec une intonation curieusement triste.

— Comme si tu risquais quelque chose à Venise où tout le monde te connaît, rétorqua-t-elle avec acrimonie.

— Et les gens qui t'attendent à Londres ? soupira encore Salvatore. Quand ils seront au courant, ils feront tout pour me voir derrière les verrous et peut-être y réussiront-ils.

Si elle n'avait pas été autant sur ses gardes, Helena aurait noté la résignation dans la voix de Salvatore, mais elle ne voulait pas l'entendre, trop déterminée à rester sur la défensive. Une fois, une seule fois, elle avait baissé sa garde, et il le lui avait fait payer cher !

— En tout cas, je ne ferai rien pour les en empêcher, assura-t-elle vertement.

Il la regarda quelques instants sans rien dire puis quitta la pièce.

Le petit déjeuner était exquis, le pain, grillé et chaud comme il le fallait, et la confiture, délicieuse. Helena se régala et dévora jusqu'à la dernière miette avant de se lever. L'image que lui rendit le miroir la rassura : la chemise était en effet très décente. Elle vérifia ensuite le contenu de son sac : rien n'y manquait sauf son téléphone. Elle y trouva même, dans une petite poche, le pendentif en forme de cœur offert par Antonio. Obéissant à une impulsion, elle en accrocha la chaîne à son cou et, curieusement, se sentit tout à coup protégée, comme si Antonio veillait sur elle.

Salvatore l'attendait sur la terrasse. Après s'être assise aussi loin de lui que possible, elle demanda avec agressivité :

— À quel jeu joues-tu, exactement ?

— Je ne joue pas.

— Alors pourquoi m'empêcher par la force d'aller en Angleterre gagner l'argent dont j'ai besoin pour t'empêcher de racheter…

— Tu sais parfaitement que nos différends n'ont rien à voir avec l'argent ou les affaires, la coupa son compagnon. Nous sommes faits l'un pour l'autre, voilà la vérité, mais à condition de clarifier les problèmes qui nous opposent. Dès notre première rencontre, nous nous sommes déclarés ennemis et, déjà, je te désirais comme jamais je n'ai désiré une femme…

Il se tut, cherchant ses mots. Il était si maladroit pour exprimer ses sentiments… C'était une première, pour lui… D'ailleurs, pourquoi Helena ne l'aidait-elle pas, elle qui savait si bien parler ?… Crétin, imbécile, dis donc quelque chose, s'adjura-t-il en silence.

— Mais, mais… si je te dis ce que je pense, tu ne me croiras pas, reprit-il misérablement.

Un timide espoir avait surgi au cœur d'Helena, mais s'éteignit avec les derniers mots de son compagnon et elle se leva de son siège.

— Tu as sans doute raison, soupira-t-elle, restons-en là, veux-tu ?

Il lui saisit vivement le bras.

— Tu es prête à renoncer sans même nous donner une chance ? interrogea-t-il âprement.

— Je me demande si nous en avons une. Lâche-moi, s'il te plaît.

Mû par une sorte de réflexe, effrayé à l'idée de la perdre, Salvatore l'attira à lui et, furieuse, Helena s'arracha à son étreinte. Dans ce mouvement brutal, la chaîne de son pendentif céda et le cœur de verre tomba sur le sol où il se brisa en mille morceaux.

— Oh non ! gémit-elle en tombant à genoux pour les ramasser.

— Pardonne-moi… je n'ai pas fait exprès. Je t'en offrirai un autre…

Helena déjà se redressait en larmes, serrant les éclats de verre contre son cœur.

— Comment veux-tu m'en offrir un ? explosa-t-elle, le visage ruisselant de larmes. Ce cœur fut le premier cadeau d'Antonio, je l'ai porté le jour de notre mariage et aussi quand il est mort dans mes bras. Crois-tu que cela se remplace ?

Effondré, avec le sentiment d'avoir commis une terrible erreur, Salvatore secoua la tête. Il ne savait plus où il en était, ses larmes lui arrachaient le cœur. Il sentait qu'elles réveillaient en lui des fantômes qu'il avait cru conjurés depuis des années…

— Donne-moi ces morceaux de verre, dit-il, tu vas te blesser.

Elle le fit, pleurant toujours à chaudes larmes, secouée par le chagrin.

Ses larmes ravageaient Salvatore. Quelque chose en lui cédait, se brisait et il ne comprenait pas.

— Dis-moi, je t'en supplie, explique-moi, implora-t-il, pourquoi pleures-tu ainsi ?

Elle secoua la tête en un mouvement d'impuissance.

— Je veux comprendre, Helena, je t'en supplie, explique-moi. C'est Antonio, n'est-ce pas ? Il faut que tu me parles de lui, c'est trop important pour toi et pour moi.

Comment parler quand le chagrin vous submerge et qu'on pleure toutes les larmes de son corps ? Salvatore dut attendre qu'elle se calme. Alors seulement, le souffle court, la voix étranglée, elle commença :

— Antonio et moi n'avons jamais fait l'amour, mais je l'aimais. Toi qui ne sais rien de l'amour, tu ne peux pas comprendre.

— Je peux au moins essayer, murmura doucement Salvatore en s'approchant d'elle pour passer tendrement un bras autour de ses épaules et poser la joue sur ses cheveux.

— J'aimais Antonio parce qu'il était bon et généreux, reprit Helena et sa voix contenait toute la tristesse du monde. Jamais il n'a cherché à profiter de moi.

— Tu... tu pouvais pourtant avoir tous les hommes que tu voulais, non ?

— Oui, bien sûr, hélas, la vie n'est pas toujours ce qu'elle semble : pendant seize ans, je n'en ai désiré aucun. On me faisait la cour, je jouais la coquette, mais je n'avais pas de désir, et je méprisais ces hommes qui me voulaient. Comme je me refusais, ils me prenaient pour une femme vénale et essayaient de m'acheter. Toi aussi d'ailleurs, tu m'as prise pour quelqu'un qui n'aimait que l'argent.

— Ne parle pas ainsi, marmonna durement Salvatore, nous nous en sommes déjà expliqués. Je t'ai mal jugée et, la première fois que nous avons fait l'amour, j'ai compris que tu étais bien différente de ce que j'imaginais.

— Tu t'attendais à quoi exactement ? À une femme facile ? demanda Helena avec amertume.

— Non, plutôt à une femme expérimentée. Au lieu de quoi j'ai découvert, euh... presque une jeune fille. J'avais l'impression d'être le premier à te faire l'amour.

— Tu étais le premier depuis seize ans.

En d'autres temps, il aurait été sceptique, mais Salvatore avait appris à reconnaître la vérité. Serrant Helena, il l'obligea à relever la tête.

— Regarde-moi, je t'en prie.

Quelque chose dans sa voix la bouleversa et elle obéit. L'instant d'après il l'embrassait doucement, tendrement, d'abord sur les lèvres, puis sur ses joues mouillées de larmes, et enfin sur les paupières.

— Tout ira bien, chuchota-t-il, n'aie pas peur, tout ira bien. Fais-moi confiance et parle-moi, raconte-moi tout.

Helena commença son récit.

— J'avais seize ans quand j'ai rencontré un garçon, Miles Draker, un photographe de mode. Je suis tombée follement amoureuse de lui. Il me promettait de me lancer : « Tu seras une star », me disait-il, et, bêtement, je le croyais.

Nous avons vécu des moments très heureux, travaillant le jour comme des forcenés, et nous aimant la nuit. Les photos commençaient à bien se vendre et il était ravi. Quand je suis tombée enceinte, j'étais folle de joie.

À ce point, Helena eut un petit rire triste, avant de reprendre :

— Quand j'y pense, comme j'ai pu être aveugle, stupide !

— Cesse de te fustiger !

— C'est lui qui me le disait, il me traitait de bien d'autres noms encore que je ne répéterai pas. Quoi qu'il en soit, moi qui avais pensé qu'il serait heureux d'avoir un enfant, je m'étais complètement trompée. Il était furieux et voulait que je me débarrasse du bébé. Devant mes refus, il entrait dans des rages folles. Rien ne l'arrêtait, il hurlait, menaçait de me frapper, et Dieu sait quoi d'autre…

Helena semblait se parler à elle-même à présent et s'était mise à trembler.

— Continue, souffla Salvatore.

— Il me harcelait pour que je me fasse avorter, assurant que si j'arrêtais les photos à cause d'une grossesse, nous perdrions tout, que c'était le moment le plus mal choisi, que nous devenions célèbres. Je m'en moquais, je ne pouvais pas me résoudre à supprimer mon enfant. C'était mon bébé, je devais le protéger. Mais Miles devenait violent.

— Il t'a frappée ? demanda Salvatore, serrant les poings.

— Non, bien sûr, il aurait risqué d'abîmer la « marchandise », comme il disait, mais il avait d'autres méthodes de coercition : il essayait de me faire peur, m'a obligée à consulter un pseudo-conseiller médical qui a exercé sur moi une pression psychologique infernale, et j'en passe…

— Pourquoi ne pas être partie travailler avec d'autres photographes ?

— Miles me tenait par un contrat. Par ailleurs, il fallait que je gagne le plus d'argent possible tant que ma grossesse ne se voyait pas. Après, je ne pourrais plus faire de photos et…

— Je comprends, continue.

— Oh, il n'y a plus grand-chose à dire : un jour, il a été particulièrement odieux et brutal, je me suis mise à pleurer. Après, j'ai tout oublié et, quand je suis revenue à moi, j'avais perdu l'enfant.

— Doux Jésus ! murmura Salvatore.

— Miles a pensé que tout rentrerait dans l'ordre, mais je n'ai plus voulu ni vivre ni travailler avec lui. Il m'a menacée de me traîner en justice. Heureusement, un magazine féminin m'a donné ma chance et m'a permis de me faire connaître. Une agence a proposé de me prendre sous contrat et s'est occupée de l'aspect légal de la situation.

— Ce Miles, qu'est-il devenu ?

— Je ne sais pas. Quelques années plus tard, je l'ai croisé sur une plage anglaise : il prenait des photos de touristes. Il ne m'a pas vue. Quant à moi, je me suis consacrée à ma carrière, j'étais très demandée et c'était parfait ainsi. Une part de moi était morte. Je ne voulais plus entendre parler des hommes, ils ne m'inspiraient que mépris et je ne supportais plus que l'on me touche : je me sentais aussitôt profanée. Et puis je t'ai rencontré… Je n'avais plus fait l'amour depuis seize ans quand nous nous sommes aimés pour la première fois.

Salvatore la serra farouchement sur son cœur. Comment avait-il pu si mal la juger ? Il le comprenait maintenant, mieux, cela devenait évident : dès le début, il avait eu peur du pouvoir qu'elle avait sur lui et avait inconsciemment jugé plus sage de la mépriser.

Helena reprit, comme apaisée :

— Un jour, j'ai rencontré Antonio, il était à la fin de sa vie, seul, et ne me demandait qu'une chose : être près de lui. Il savait que j'avais de l'argent et n'a jamais pensé que j'acceptais pour des raisons financières. Il m'a choyée avec tant d'amour, tant de tendresse qu'il me manquera toujours. Nous étions très proches, c'était moi qu'il aimait, pas mon corps comme tous les autres.

— Tu aurais dû me raconter ton histoire bien plus tôt, murmura Salvatore. Il est vrai que je ne t'ai jamais posé de questions, ni rien fait qui t'encourage à te confier. J'avais trop envie de toi, je ne pensais qu'à cela. Je croyais que tu jouais les allumeuses.

— J'en avais l'intention au départ, admit-elle, et le destin en a décidé autrement quand tu as su si bien faire renaître mon désir. Mais tu tenais tant à me considérer comme une femme vénale qui n'avait épousé ton cousin que pour son argent que je devais rester sur mes gardes : tu ne pouvais rien comprendre à l'amour parce que tu n'y croyais pas. Après ce que m'a raconté ta grand-mère, il ne peut malheureusement pas en être autrement.

Salvatore desserra son étreinte et, reculant d'un pas, la fixa droit dans les yeux.

— Que t'a-t-elle dit ?

— Elle m'a parlé de ton père, et m'a expliqué comment il avait brisé le cœur de ta mère en la trompant.

— Elle ne t'a rien dit d'autre ?

— Seulement que ta mère était morte brutalement.

Salvatore poussa un long soupir.

— C'est un peu plus tragique, hélas !

Comme il se taisait, Helena s'approcha et lui effleura doucement le visage.

— Tu veux m'en parler ?

— Ma grand-mère t'a dit qu'il amenait ses maîtresses à la maison, qu'il s'était aménagé un appartement pour les recevoir ?

— Oui.

— Ma mère rencontrait parfois ses rivales. Alors, elle retournait se cloîtrer dans sa chambre, la porte fermée à clé, et moi, misérable dans le couloir, je l'entendais sangloter sans pouvoir entrer la consoler. Je sais maintenant qu'elle était inconsolable. Un soir, elle s'est précipitamment retirée dans sa chambre après avoir croisé l'une de ces femmes. J'étais derrière la porte à guetter ses sanglots, mais rien ne vint et rien n'est jamais plus venu : elle s'était donné la mort.

Helena était trop bouleversée pour trouver des mots de réconfort. Elle se blottit entre les bras de Salvatore et ils restèrent ainsi tendrement enlacés pendant de longs instants.

— Quel âge avais-tu au moment du drame ? finit par chuchoter Helena.

— Douze ans, et depuis j'ai détesté l'idée même de l'amour à cause des tragédies qu'il peut causer. Toutes les femmes étaient des monstres pour moi, sauf ma mère. C'était plus simple et plus sûr, ainsi. Quand je t'ai rencontrée, je t'en ai voulu parce que pour la première fois j'entrevoyais ce que pouvait être l'amour entre un homme et une femme et j'étais furieux contre moi, mais je te désirais tant que j'en oubliais parfois toute prudence. Moi qui avais si soigneusement établi mon échelle des valeurs, voilà que je bousculais tout pour te voir, fût-ce un instant. Bref, je commençais à me comporter comme mon père, et pour cela je me haïssais. Mais c'est fini maintenant.

— Comment cela ? souffla-t-elle, sentant naître en elle un espoir fou.

— Aujourd'hui, je peux te dire ce que je jure n'avoir jamais dit à personne : je t'aime, Helena. J'ai espéré longtemps ne jamais articuler ces mots, le monde était moins dangereux sans amour.

— Parce que toi, tu crains les dangers ? demanda-t-elle avec un doux sourire.

La simple pensée que cet homme si fort, si puissant puisse avoir peur était incongrue, mais Helena le comprenait, à présent : Salvatore s'était mis à nu devant elle, lui avait permis de le voir tel qu'il était vraiment.

— Je ne m'en rendais pas compte, mais désormais je le sais. À cause de toi, grâce à toi, Helena. Tu m'as fait découvrir un autre monde, un monde où l'amour prime sur la sécurité, la peur et l'incertitude. Alors je te le demande, ma chérie : malgré le mal que je t'ai fait, malgré toutes les raisons que tu as de me détester, accepte de m'épouser. Je t'aime plus que je ne l'imaginais possible. Même si tu ne m'aimes pas, je ferai tout pour te choyer et pour que, peu à peu, tu t'attaches à moi.

Des larmes d'émotion scintillèrent dans les yeux d'Helena et, durant quelques instants, elle fut incapable d'articuler un mot. Elle finit par balbutier :

— Je t'aime, moi aussi, Salvatore. Tu n'aurais pas réveillé ma féminité si longtemps endormie si tu n'avais pas éveillé aussi mon désir d'aimer. Je n'ai plus peur, moi non plus.

— Alors ne nous quittons jamais, mon amour. Nous nous marierons à Venise, mais…

Salvatore marqua un temps d'hésitation avant de poursuivre, adoptant un ton de croque-mitaine :

— Mais nous resterons rivaux acharnés en affaires. Que le plus fort gagne, tu es d'accord ?

Helena éclata de rire.

— Parce qu'en m'épousant, tu pensais racheter la verrerie Larezzo pour une bouchée de pain ? Quelle erreur !

Son compagnon éclata de rire à son tour avant de prendre sa bouche pour un baiser passionné.

Quand leurs lèvres se séparèrent, tous deux, se tenant par la main, contemplèrent longuement la lagune sur laquelle montait lentement le soleil.

Retrouvez en août 2019,
dans votre collection

Azur

Le secret de Manhattan, de Kate Hewitt - N°4114

ENFANT SECRET

Un gratte-ciel de Manhattan, des lumières qui scintillent derrière de vastes baies vitrées. Voilà le décor dans lequel Maisie fait le ménage, la nuit, pour un jour atteindre ses rêves. Habituée à arpenter les couloirs dans la solitude, quelle n'est pas sa surprise de découvrir, un soir, un homme attardé au bureau. Un homme splendide nommé Antonio Rossi, et dont la tristesse lui étreint le cœur. Bientôt, tous deux se laissent aller à quelques confidences, puis à une étreinte passionnée. Une folie qui n'est pas sans conséquences…

Cet insupportable patron, de Cathy Williams - N°4115

COUP DE FOUDRE AU BUREAU

Face à Matt Strickland, Tess sent la colère l'envahir. Cet homme d'affaires brillant qui vient de l'embaucher pour s'occuper de sa fille, la considère avec une insupportable condescendance. Elle aimerait lui dire le fond de sa pensée, mais elle se doit pourtant de rester calme et professionnelle. Non seulement Tess a cruellement besoin de cet emploi, mais surtout, il n'est pas question qu'elle abandonne la petite Samantha aux seuls soins de ce père autoritaire et débordé…

Irrésistible Jafar, de Rachael Thomas - N°4116

LES PRINCES DU DÉSERT

« Je veux vous engager… pour être ma femme. » La proposition de Jafar al-Shehri laisse Tiffany sans voix. Certes, elle est réputée pour organiser de somptueux mariages, mais de là à endosser le rôle d'épouse, il y a un pas ! Pourtant, Jafar sait se montrer persuasif : il s'agirait d'une union platonique de trois mois seulement. Si bien que Tiffany accepte de suivre le cheikh au Shamsumara… au risque de bientôt le regretter !

Une vengeance grecque, de Trish Morey - N°4117

Athéna n'en revient pas. Son père, si peu présent dans sa vie, vient de tout lui léguer : sa fortune, une villa grecque, un immense yacht, un hélicoptère... Et surtout, l'île d'Argos ! Alors qu'elle prend timidement les rênes de sa nouvelle vie, elle tombe sous le charme d'Alexios Kyriakos. Parce qu'il est lui-même milliardaire, elle est sûre que c'est à elle seule qu'il s'intéresse, et non à son héritage. Hélas, elle découvre bientôt que son amant ne l'a séduite que pour se venger de sa famille...

Les vœux d'une héritière, de Louise Fuller - N°4118

« Je le veux. » Rien ne pouvait davantage réjouir Max Montigny que d'entendre Margot Duvernay lui promettre amour et fidélité. Autrefois rejeté par la famille de la belle héritière, il a connu le pire. Jusqu'à ce que, à force de volonté et de travail, il revienne sur le devant de la scène. Aujourd'hui, afin de préserver son domaine et les vignobles de champagne dont elle est la PD-G, Margot n'a eu d'autre choix que de l'épouser. Et cette union sous contrainte est pour lui la plus délicieuse des vengeances...

Mariée à Dante Vittori, de Tara Pammi - N°4119

Épouser Dante Vittori ? À cette seule pensée, Alisha frémit tout entière. Bien qu'il soit l'objet de tous ses fantasmes, le bel Italien est son ennemi juré. Certes, il ne s'agirait que d'une union de convenance entre eux, et qui lui garantirait des fonds inépuisables pour la fondation qu'elle dirige. Mais à côtoyer Dante, ne risque-t-elle pas de perdre tout contrôle ? Les risques sont bien réels, en effet : chaque regard échangé pourrait éroder sa résistance, et la frontière entre haine et amour se troubler dangereusement...

L'honneur d'une Sicilienne, de Jennifer Hayward - N°4120

Née dans une famille de mafieux siciliens, Gia Castiglione s'est toujours pliée aux ordres de son clan. Jusqu'à cette nuit-là où, grisée par le désir, elle s'est abandonnée dans les bras de Santo Di Fiore, oubliant alors qu'elle était promise à un autre. Si cet instant d'égarement a bouleversé sa vie jusqu'à la contraindre à fuir aux Bahamas, Gia ne l'a pas regretté. Car un enfant est né de cette union interdite. Un enfant qu'elle a protégé durant trois ans, mais dont Santo est aujourd'hui venu réclamer la paternité...

L'héritier de Rodrigo Cabrera, de Jennie Lucas - N°4121

SÉRIE : *HÉRITIERS SECRETS & SCANDALEUSES MARIÉES* - 3/3

Rejetée avec mépris par Rodrigo Cabrera, Lola lui a caché être enceinte de lui. Hélas, maintenant que le milliardaire a découvert son secret, il exige que son héritier porte son nom ! Bientôt mariée sous la contrainte, Lola tente de résister à Rodrigo, si arrogant et distant avec elle. Mais emportée par la passion, elle comprend que, face au désir, il ne peut y avoir qu'une seule issue : la reddition...

Les roses de la passion, de Melanie Milburne - N°4122

SÉRIE : *D'AMOUR ET DE HAINE* - 1/2

Fleuriste, elle sublime les mariages. Avocat, il plaide en faveur du divorce. Autant dire que tout sépare Holly de Zack. Du moins, jusqu'à ce qu'ils soient déclarés fiancés, bien malgré eux. Dès lors, et pour tirer profit de cette situation scandaleuse, Holly décide de se prêter au jeu. Mais elle a beau lutter contre le désir qui la rapproche de Zack, elle sent peu à peu ses résolutions vaciller. Au point qu'elle oublie soudain qu'il ne s'agit entre eux que d'une comédie...

Au service d'un cheikh, de Sharon Kendrick - N°4123

Hannah peut être fière de son parcours. L'orpheline sans racines travaille aujourd'hui dans un hôtel qui symbolise le luxe absolu, sur une île méditerranéenne de toute beauté. Dans ce palace défilent princes et hommes d'affaires, héritières et stars hollywoodiennes. Habituée à côtoyer les puissants en toute discrétion, elle n'en est pas moins impressionnée d'être un jour mise au service exclusif du cheikh Kulal al-Diya. Face au roi du désert, dont l'aura virile la captive, la femme de chambre réservée n'est soudain plus que désir...

Une tentation interdite, de Dani Collins - N°4124

Depuis toujours, Rowan O'Brien représente le fruit défendu pour Nico. Rowan, la femme dont les traits délicats et les courbes voluptueuses hantent ses longues nuits d'insomnie, mais aussi la seule femme qui lui soit interdite. Non seulement parce que son propre père considérait Rowan comme la fille qu'il n'avait jamais eue, mais aussi parce qu'il déteste l'homme brûlant de désir et impulsif qu'il devient en sa présence. Pourtant, lorsque la mort de leurs parents les oblige à cohabiter, le temps de régler la succession, Nico sent ses résolutions vaciller. Pourquoi ne pas céder à la tentation, juste une fois ?

Composé et édité par HarperCollins France.

Achevé d'imprimer en juin 2019.

CPi
BLACK PRINT

Barcelone

Dépôt légal : juillet 2019.

FSC
www.fsc.org
MIXTE
Papier issu de sources responsables
FSC® C108412

Pour limiter l'empreinte environnementale de ses livres, HarperCollins France s'engage à n'utiliser que du papier fabriqué à partir de bois provenant de forêts gérées durablement et de manière responsable.

Imprimé en Espagne.